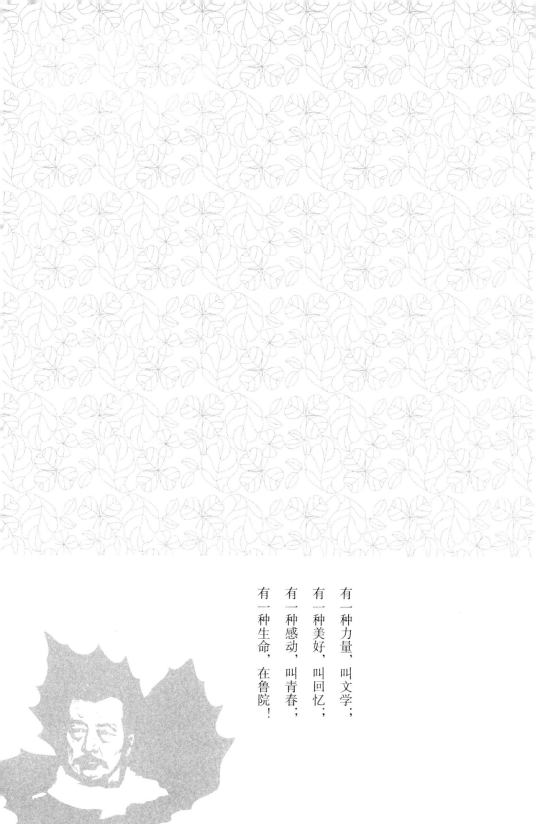

有一种力量，叫文学；

有一种美好，叫回忆；

有一种感动，叫青春；

有一种生命，在鲁院！

鲁迅文学院「百草园」书系

生死漫步

夏晓露 ◎ 著

SHENGSI MANBU

江西高校出版社
JIANGXI UNIVERSITIES AND COLLEGES PRESS

她的笔似一把柔软的刀子，
把人的内心情感与生死的纠缠，
人性的觉醒与麻木，
生活的碎屑与冷暖放置在一个相应的空间，
对其进行灵魂的捕捞。

图书在版编目（CIP）数据

生死漫步 / 夏晓露著. —南昌：江西高校出版社，
2017.6
（鲁迅文学院"百草园"书系）
ISBN 978-7-5493-5454-2

Ⅰ.①生… Ⅱ.①夏… Ⅲ.①散文集—中国—当代
Ⅳ.①I267

中国版本图书馆CIP数据核字(2017)第111490号

出 版 发 行	江西高校出版社
社　　　址	江西省南昌市洪都北大道 96 号
总编室电话	（0791）88504319
销 售 电 话	（0791）88595089
网　　　址	www.juacp.com
印　　　刷	北京一鑫印务有限责任公司
经　　　销	全国新华书店
开　　　本	700mm×1000mm　1/16
印　　　张	17.5
字　　　数	217 千字
版　　　次	2017 年 6 月第 1 版 2020 年 7 月第 2 次印刷
书　　　号	ISBN 978-7-5493-5454-2
定　　　价	47.00元

赣版权登字-07-2017-476

C目录
Contents

握住灵魂的翅膀 …………………………………… 1

感悟生命与电影艺术 ……………………………… 3

拿什么来祭奠他们 ………………………………… 6

凡尘与天堂的来信 ………………………………… 10

我眼中的一名京城民警 …………………………… 19

孤独的阅读与快乐 ………………………………… 31

探长的春天 ………………………………………… 38

让孤独说话 ………………………………………… 45

用心捂热一方土地 ………………………………… 48

生死界碑 …………………………………………… 53

灵魂永在 …………………………………………… 57

你听到的是一篇心的祈祷 ………………………… 60

心似耶稣 …………………………………………… 64

母亲的味道 ………………………………………… 70

爱之元素 …………………………………………… 73

怀念烤火岁月 ……………………………………… 75

回　家 ……………………………………………… 78

人活意念 …………………………………………… 81

袅袅花香报春来 …………………………………… 84

流　星 ……………………………………………… 87

这个冬天不太冷 …………………………………… 90

很有夏天的感觉 ·················· 93

死魂灵的复苏 ·················· 96

一生有一个信仰 ·················· 99

你看，月亮的脸 ·················· 102

舒适自在地活在冥想的春天 ·········· 105

生命已逝精神永远年轻 ·············· 107

珍惜民力 ······················ 109

走进贫困村的春天 ················ 111

学会找寻幸福的玄机 ·············· 114

用文字来慰藉哀伤的灵魂 ············ 118

一棵树 ························ 122

点亮一盏灯 ···················· 127

思考生命 ······················ 130

柔软时光 ······················ 132

远古的你穿越我的梦 ·············· 136

梦在清明上河图 ·················· 144

古城——我的精神家园 ············· 148

今昔黄鹤不寂寞 ·················· 151

水乡滋味 ······················ 153

海市蜃楼——湘子桥 ·············· 156

用心走滇西 ···················· 159

版纳诱惑 ······················ 163

走在异乡的日子 ·················· 165

驴象之争 ······················ 167

谈入关 ························ 169

几只热乎乎的煮玉米 ·············· 172

流动的春气 ···················· 175

地狱之梦 ······················ 179

勇敢的心 ······················ 183

快枪手 ························ 189

五月花的秘密……………………… 196

风雨澳门……………………………… 203

毒瘾迷惘……………………………… 212

血　祭………………………………… 220

把玩死神……………………………… 236

生命挽歌……………………………… 249

潜　水………………………………… 264

握住灵魂的翅膀

我坐上南航 CZ3121 航班，广州直飞北京。

我的记忆在飞机滑行的跑道上穿越。

天很蓝，只见飞机的翅膀在太阳下闪着银色的光，飞机腾空而起……

不敢触摸的时光像纤夫把我的心扯疼在记忆深处：公安部大院尽头，一栋不起眼的小楼是人民公安报社的办公楼，还记得连着一间间办公室，那条长长的走廊如一缕音符撩动我的记者梦；还记得那些亲切的京腔对我的嘘寒问暖像一朵朵梅花开在我孤寂的心里飘动暗香；记得我曾发表的《面对机遇与挑战》《美国的驴象之争》《京都当铺大走笔》等报道无不凝聚报社老师们的心血……

仿佛一切都随时间的推移而淡忘。

春去春又回，岁月的秋天捎来一个春的信号——"鲁迅文学院公安作家研修班的录取通知书"像一片树叶承载我的文学梦，它又像一把柔软的梳子轻轻梳理我尘封了 20 年的记忆。

在飞机上茫然地似睡非睡不敢回忆也不敢想，接下来的又一个 4 个月会在内心深处留下怎样的刻痕和怀念。飞机下降了，我清楚地看到裸露的黄土草地房屋，好似嗅到北京古城墙的气息。突然"咚"的一声，飞机落地了。

我鼻子一阵酸涩，眼泪不自主地溢出眼眶，只在内心对自己说："北京，久违了，我的北京。"百感交集，20 年前我在北京经历的 4

个月是我从事新闻事业的起点，当年作为贵州省公安厅驻人民公安报记者像雏燕一样在人民公安报实习，把我锻造成一名公安新闻记者，让我履行着记者的使命，风风雨雨见证了无数公安英烈血写的履历；见证了公安民警生命如一束纯净的火焰在刀光剑影中燃烧；见证了一个个精彩而又平凡的警察故事。

20年来，我对人民公安报社的思念如断了线的风筝一直找寻青春的记忆。想再有一次赴京深造的机会成为心中永远的痛。今天，我追梦而来，却是一次人生华丽的转身。

深秋的北京，满眼色彩斑斓。走出机场，坐上省厅接待站的车，车缓缓开过天安门广场，一种久违的暖流浸润我有些陌生的眼，有一种游子回家的感觉。当司机给我指示鲁迅文学院的方向时，我仿佛越过红色的古城墙，越过温润的护城河，越过高高的银杏树看见鲁迅先生睿智的目光，听到他如刀枪一样的声音。

开学典礼在鲁迅文学院召开。站在鲁院神圣的殿堂，面对历代文学大师的画像，崇敬之情油然升起，血液里奔腾着一种责任和使命。

今天我千方百计把握住这次机缘，这是公安部党委、全国公安文联和鲁迅文学院给了我一次让我灵魂涅槃的机会，一次公安作家圆梦的机会。感受到文学是一种经历，是一种体验，是心灵的回看壁，我将用更高的文学艺术形式去抒写与我并肩战斗的战友，用心灵凝结成文字去建造警察生涯不朽的丰碑。

两个难忘的4个月，一次是作为新闻记者的锻炼，一次是文学创作的深造，正如两匹战马让我握住灵魂的翅膀在梦想中奔腾。

感悟生命与电影艺术

　　一堂《美国往事》与好莱坞电影的课，让我感受陌生的吸引和至高的享受。

　　一阵电话铃声把寂静的空气唤醒，我回过神来，教室屏幕上打出《美国往事》，镜头在眼前拉开：循着电话铃声，一盏灯从近到远，从模糊到清晰，一个雨天事故场景出现……画面上把"灯"作为场景切入到昨天，通过镜头的切、叠、摇、推，虚虚实实，行云流水般地把镜头进行切换，而电话铃声在影片中不间断的响起，造成故事和画面的整体感和悬念。画面通过主人翁透过墙壁的砖缝看到黛博拉（Deborah）在悠扬的乐曲中翩翩起舞时，影片在光影柔和中泛出光亮，一个少年的灵魂觉醒在此得到演绎。此刻我却看到屏幕与画面交替，一个修长的身影站在讲台上，他身穿土黄色西装，戴一副黑框眼镜，儒雅之气，在弥漫，他举着话筒陷入电影场景，某个细节像一尊行为雕塑，话筒举在半空一动不动，只听见秒针走动的声音，一会话筒又像黑色音符在空中划拨像演奏一首经典乐曲，把你推向情节高潮又让你跌落深谷。一堂课让你的思维和灵感在波澜壮阔中冲击，在高潮与低谷的徘徊中感受生命的特征与力量，感受人性的焦虑与恐惧……他就是北京电影学院苏牧教授，他正在为我们讲解《美国往事》与好莱坞电影。精彩的镜头解剖和生动的语言无不让你对艺术产生膜拜和朝圣之心，电影艺术像一幅图画，而文学则像背景音乐流水般地相互穿透感染交融，在灵魂的山谷开出绚烂的花。

寒日萧萧上琐窗，梧桐应恨夜来霜。望着萧瑟的秋光，我像一片游手好闲的叶子，在寒冬到来的惶恐中匆忙种植秋天的文字，我的思想开始揣摩文字与灵魂的纠葛，揣摩如何把眼睛变成心的镜头，让灵感的风筝像子弹一样飞，我终于看见一道梦中彩虹在鲁迅文学院宁静的殿堂划过。

影片《美国往事》让我们感受的不仅仅是从中体悟人类生命的本我，从中悟出人类生命的一种状态、一种表象，而生命内核变异才是我们生命精神的主宰，我们在时光穿梭中照见自己，恍如隔世，而行走中的生命是自我灵魂的救赎，它超越了善恶的道德说教，走向了饱含深情的起点、毁灭与重生的交错。

我痴痴地看着苏牧教授拿着话筒手舞足蹈，丰富的肢体语言把你带入《美国往事》，带入《精子之旅》，带入《罗拉快跑》等精彩场景。我第一次发现电影给我们的带来的不仅仅是视觉上的享受，它更有一种生命的穿透力和历史的厚重感，更感受到电影艺术的结构，铺排，转换，人物心灵的塑造，场景感等立体化的视觉冲击力表现对文学创作有着色彩的空灵提示，犹如撕开了一张呆板的面具。

苏牧教授的课是一次视觉与感观的盛宴，突然把一扇处在暗夜中紧闭的门打开放进一米清亮的阳光，触动我灵感的闸门。

一堂电影讲解，如一首排箫，一段口琴，一曲小号，一幅厚重色彩调配的超现实主义油画，让你在各类器乐和画面中去沉醉到20世纪初始、三十年代、六十年代三个年代的美国纽约街头的怀旧氛围中，把影片中平缓的、克制的、张扬人性的律动与生命的浮沉在心海中缓缓流荡。

苏牧教授从电影的影响力、电影的形态去分析，从电影的完成功能、框架结构、核心元素去讲解，让我们从中悟出电影艺术的魅力与人性的思想深度表现，悟出文学艺术探索宇宙中灵魂的重要。在这里，我们倾听《美国往事》，感受《罗拉快跑》，期待《变脸》。作品中，我们呼唤人性的善良，同时也呼喊内心的魔鬼，学会人性角色的转换，让我们一起《飞越疯人院》，完成《精子之旅》，最后让思想飞翔。

电话铃声穿越着《美国往事》，我们像《行者》在文学艺术之路上蹒跚学步，像秋天的风在艰涩中学会承载生命之轻。正如苏牧所说的，我们要学会"洞穴语言"，让外界的阳光射进"洞穴"，不仅看到世界的影子，也让世界看到我们的影子。

　　秋天的叶子已经落尽，我在等待种子植入灵魂孕育世界的影子，与世界跳一曲优美的华尔兹。

感悟生命与电影艺术

拿什么来祭奠他们

——献给天津"8·12"爆炸事故中牺牲的战士

人活着就是要用生命去解释自己的信仰。

——马·普顿尔

妈妈，别哭，妈妈，别哭，让我盖上被子再睡一会儿。妈妈，昨天，我参加爆炸案抢救，我的全身很疼，我被那只疯狂的火魔灼伤，直疼到骨髓。这次我真的走了。我知道我的身体流淌着妈妈的血脉，我珍爱着你给我的生命，我一直想把这个生命站成春天，繁花似锦，成为你最美的骄傲。可是今天，我要把我年轻的血液奉献给另一些更需要的生命。妈妈，儿子不孝，不能让你看到我威武的身姿和胜利归来的笑脸，不能为咱家传宗接代，不能……对不起，亲爱的妈妈，原谅儿子不孝……我太累了，让我再睡一会儿……

宝贝，妈妈不哭，宝贝，妈妈不哭，可是宝贝你走慢些再慢些，让妈妈好好看你最后一眼，最后一眼……宝贝，把手给我，一切疼痛会消失，光明就会出现，妈妈与你生死相依……

此刻我却听到一个划破长空的声音在恸哭，那流出的不是泪水，而是鲜血一样的母子魂，用生死离别在天地之间谱写一曲感天动地的咏叹调。

当噩耗传来，天津消防战士宁宇的母亲来到部队，她来到宁宇宿舍，抱着宁宇还有余温的棉被拼命闻儿子留在人世最后的味道，想把儿子的乳香留住，感受儿子留下的一丝体温，她忍不住一头埋进棉被失声痛哭起来……泪水濡湿了那床军绿色的棉被，她只想与它融为一体，拼命吸回儿子的生命。

这几天，在城市的上空布满泪水一样的雨，在微信上听说今天天津又下雨了，天空很暗。这次"8·12"爆炸事故中，天津港消防员牺牲战士是遇难者中最多的。我在网上搜寻着那些逝去的年轻生命的痕迹，却看到一只只火凤凰在苍穹盘旋，带着壮美的微笑和血色的信仰。我知道他们还没有墓碑，也许我们会把哀思寄托在遗留在火灾现场的一顶军帽上、把泪水洒在那床军绿色的棉被上。可我的心却不能平静，这颗哀伤的心随时间发酵，只有嵌入巍巍青山，屹立天地；印入长江、黄河，滚滚流动，我只想面对这群逝去的年轻生命深深鞠躬。

灾难让人悲痛，巨大的毁灭让人充满恐惧和愤怒感，而更多的是无力感。

是的，就在一刹那，伴随着腾空而起的黑色火焰，消防战士们便化成黑黑的焦土和火红的忠魂，与祖国的热土融为一体。此刻，我们该拿什么来祭奠他们？

2015年8月15日，宁宇，19岁。这个名字今天出现在天津牺牲消防员的名单中，而战友们强忍着悲痛收拾他的遗物时，发现两本学习笔记，有一则日记，津门最美消防员观后感："当他们离开之后，到现在我的心还是一样激动，打心眼崇拜他们，向最美消防员学习，励志成为一名最差消防员。"

最年轻的袁海，今年尚未满18岁，四川德阳人，天津消防总队保税支队天保大道中队消防员，8月12日晚的滨海爆炸案中是牺牲战士中年龄最小的消防官兵。牺牲时姐姐得知噩耗，忍住悲痛不敢告诉妈妈，在微博公布他入伍照片，如今有35万人转发。生前，袁海给家人发了两段语音："你们就算来了天津，也只能看我一眼，因为我要站岗。"

还有许多许多的战友同他一样"我要站岗"。在这和平年代他们却把这个光荣的岗位站成了一缕缕军魂，用生命实践了"最美消防员"的梦想。

8月的秋风还未凉，却星寒风高。当我得知爆炸事故的消息时，我刚从广州飞往沈阳的飞机上下来，打开的是手机屏幕，听到的是哀鸣，还有撞碎屏幕的泪滴。我走出机场大厅，站在北方宽阔的土地上，这里离天津很近，仿佛能触摸到壮士们的气息，能闻到爆炸的硝烟和英魂的暗香，仰望苍穹，猛然感到胸腔抽痛的悲怆：

"刚子死了，牺牲了……死了。"

"我在车上，去塘沽。"

"我不回来，我爸就是你爸，记得给我妈上坟。"

"媳妇，开发区爆炸了，刚才那声巨响就是……"

"老公注意安全，媳妇等你回来。"

"别等我，先睡，爱你。"

"我同学的男朋友是塘沽的消防兵，明天结婚，婚房都准备好了。去救援之前发短信说：我爱你，如果能活着……唉！"

这字字对话如一枚枚冰冷的铁拳，无情地撞碎人们的胸腔，血泪从胸腔里流出，我用它写下这段带有温度的文字把灾难的伤痛与教训铭刻，视为心声。

曾看过蒋子龙的一篇文章：在莫斯科二战纪念馆里，有一个庞大而奇特的"泪厅"，高大浑圆的穹顶，垂挂下数万条眼泪般的水晶珠，仿佛整个大厅里都是眼泪，而讲解员的解说则是："对战争最好的纪念就是记住这些眼泪。眼泪是柔软的，又是最有力量的，是一种无声的语言。这些眼泪诉说了我们这个民族的苦难，还有教训和痛悔……"这次爆炸事故，因为发生在和平年代，在歌舞升平，盛世繁荣的中国，一大批消防官兵战死火场，一次集体的死亡，这是一个怎样的代价？不知如何去痛去悲去祭奠他们。失去儿子的母亲们刚肠寸断呼唤儿子的乳名，他们在痛失儿子的死亡现实面前选择"光荣"二字，就是用荣耀在心中垒起一座坟茔用以支撑活着的人继续活着。

不知道，在大火与生与死与信仰之间，究竟哪一个更宝贵？当爆炸当火灾来临，当一些无助的生命伸出求救的双手时，我们的消防战士就得献出生龙活虎的生命去营救。是不是我们的消防战士都是铁打的身躯？根本不知道爱惜生命？难道还有比计较个人生命更宝贵的？不是的，他们比任何人更懂得生命的价值。生前的宁宇这样写道："每个人都有一颗私心，都是为了自己为了家人，而我也是这样一个人……现在我能问心无愧地说出我要努力，还有，我能做好一名消防战士。军人就应该为祖国、为人民舍生忘死。"我相信这是宁宇的心里话。这也是一个消防战士的信仰与责任。对于消防官兵，火场就是战场，火魔就是面对面的敌人，别无选择。但是，这场爆炸事故却留给我们太多的需要我们反思的教训。人类文明发展到今天，竟然因一个危化品物流公司发生爆炸，造成了上百人遇难的后果，令世人震惊。在我们为死者追思的同时，是不是该从惨痛的教训中，带着鲜血的代价来思考，随着城市化推进，消防面临的挑战越来越大，首先是最大限度地减少流血牺牲。而对于企业，任何利益的获取都应坚持安全生产和珍惜生命为底线，比如那一箱箱的电石（碳化钙 CaC2）是没有生命的，管理不当却有着无比强大的杀伤力，而它的命运是掌握在有生命的人手中，无视生命的建设就是对人类生存的毁灭与犯罪。于此，我们在和平时期该如何珍爱生命？

在这里，所有的眼泪都应该从柔软凝聚成最有力量的一把出鞘之剑，敢于揭示这场沉痛的爆炸事故背后那些不为人知的教训。有一种让你泪流满面的力量叫真相，带着教训与痛悔，还塘沽大地一片清澈。这也是为了让自己与自己血脉相通的族人，在更辽阔的土地上，活得更滋润，在这片热土上能活得更清宁平安，让这些逝去的战士们灵魂能安息，让他们用生命淬炼出的春天光照日月，一直温暖母亲的背影，暖暖的指引着人间与天堂的美丽通道，不离不弃生死相依。

此为祭！

凡尘与天堂的来信

此刻，天些许的暗，一丝炫黄的微光沿天边划开一条口子，金色的光晕如天梯轻绕凡尘看不到尽头。

他正急走在一条小巷深处，身材魁梧，穿着黑色的长风衣。小巷两边是斑驳的红色砖墙，因阴雨天顺着砖缝隙漫延出一层层毛茸茸的绿苔，沿砖墙顶有树枝偷渡而出，羞涩地伸出洁白的梨花，这是这个城市春天才有的花。他目光游移的不是身边的花草，而是那一间间嵌套进砖墙的一户户人家，他在找寻什么？是朋友，还是案发地？最终，他的脚步停在一间已有些歪歪斜斜的甚至有些干裂的土灰色的木门上，门楣边上写着蓝色的门牌号："灯笼巷 13 号"。

他推门进去，内有一小院，院内站了七八个身穿制服的民警，一个民警正拍照取证，屋内传出一阵嘶哑的哭声，又一起凶杀强奸案发生。他没有过多的说话，他与民警们点点头，鼻腔内发出"嗯嗯"的浓厚声。当他听完现场民警的情况汇报后，握紧的拳头砸向门柱："老子不抓到这混蛋，名字倒过来写……"然后他进屋伸出手紧紧握住哭泣的受害者家属手，鼻子一阵酸楚，眼里噙满了泪水。他走出屋，双手叉腰站在院内那棵梨花树下，仰望那些将开未开的花朵。谁也不敢惊扰他，他们知道队长的习惯。

梨花在细雨中弥漫蕴藉已久的香，而冷冽的风露伤春。

那年，她刚刚踏入公安记者生涯。一个初冬的夜晚，她穿上那件红色的棉衣，挎个海鸥牌相机，在老站长的带领下，来到他所在的刑警大队。旧式的小楼，木地板已是红漆斑驳。她与站长上到二楼，随着"吱嘎、吱嘎"声来到尽头的一间办公室，门框上有一块白色的牌子：刑警一大队。已近晚上10点，这里却灯火通明：有一个人正斜躺在一张看上去冰冷的陈旧沙发上，脸上盖了一张报纸，一双大脚耷拉在地上。旁边还有两人在审一名抓来的嫌疑人。

办公室有些"乱"。

"麻猪，起来啦!"随着站长的一声喊，报纸被掀开，那双大脚一下站在地上，木地板发出嘎吱的声音。她抬眼望去：哇，可真够壮的。厚厚墩墩，怎么也算是个"公斤"级人物。他一边打着哈欠一边说："怎么，来采访啦，参加今晚的行动?"说完，他瞟了她一眼，一副不屑一顾的模样。他说话的腔调和表情，让她觉得他真有些"油条"。她没好气地瞪了他一眼。站长在一旁立马介绍："这是大队长杨宇，这是……"她马上伸手想同他握手，他只淡淡地"哦"了一声："请坐。"她收回有些发烧的手，心里怪别扭的。之后，她对他的冷漠一直有着陈见，同他相处久了，才知道在他冷漠的外表下原来藏着的是一丝对异性的羞涩。

她跟他最多的故事就是共同谈论他所侦破的一个又一个精彩案件的回放，在她看来像是欣赏"福尔摩斯"古老的气味。

10年了，回忆像空中飘动的絮烟，又像一个罩着蓝色雾霭的梦；10年了，她离开了这座生她养她的土地，可她的心却一直像风筝被一根浸满思乡的线牵扯着；10年了，她与他再未谋面，他似乎也随时间的流逝而被她封存心底。

而给她心灵的一记重伤的是那条新闻报道，她捂着心口的疼，叩问苍天潸然泪下，尘封的记忆被无情地揭开……

"你还记得那个成天跟在你屁股后面嚷嚷着要你讲故事的我吗?我一直以为总有一天我会回来重聚首，在月色清朗的夜煮茶夜守，听你讲我离开后那些多如千纸鹤的侦破故事。"

此刻，她手捧一杯温热的清茶，一行清泪无声流淌，从音响中传来的班德瑞《天堂之路》颤动心怀……

她在橙香的台灯下用微颤的十指铺开洁白的纸，听窗外风嗖嗖掠过满天的声音。只等天上落下那潇潇的清雨以疗救她干涸的眼眸。她心静寂得只有灵魂像白色的莲花在一片片打开，好想与他对话，把她的祈望传递给他：

麻猪：

你好！

我想了很久，不知如何表达对你的怀念，也不知你能否收到我这封信？但我还是情不自禁地提起艰涩的笔。麻猪，当我写你的名字时，我的血液开始倒流，而内心有一个声音在耳边轻轻低吟，像是悠扬的琴声，像是深谷回荡的声音，更像是你在给我讲那些折戟沉沙的故事。

我此时正在京城。秋天刚刚履行了秋风扫落叶的职责，看见院落堆满那棵枣树皱褶的落叶，才相信冬季来了，而树干与树枝像西部老翁的脸雕刻着灰褐色的沧桑与深沉，浑厚地盘错于蓝天，那种苍劲的力就算隆冬也无所畏惧。仰望天空，我搜寻你的样子，可我的脑海已经模糊，只依稀记得你身材魁梧，胸肌厚实，走路像一头笨重的大象，敲得地板嗷嗷叫。

今天的风很冷，屋外那片茂盛的草在傍晚的风中细碎地发出哀鸣。草有些黄了，而有些还顽强地生长着，葱绿大地。

我透过远山淡蓝淡紫已趋于夜色的雾霭，看见你坚实敦厚的身影在山间急走……是你让我掀开了透视刑警生命内核的第一页。

麻猪，你能听到我的声音吗？能看到我用思念写成的文字吗？

记得那是一个冬天的清晨，雪如一位圣女无声无息地在大地抒写洁白的情怀，阳光清丽的山峦披上一层金辉。屋内，灰头土脸的你端起满是茶渍的茶缸咕嘟喝一大口说："哎哟！昨晚又搞了一个通宵，抓了个'金牌杀手'，过瘾!"你的脸顿时宛如霜冻后开春的一棵蒲公英星光灿烂。

那是你们死守了3个多月的战果,你同战友们一起摧毁了闻名全国的黑社会性质团伙,足足抓了8个主犯。你们熬了三天三夜。当你亲自抓住主犯A时,A跪在地上竟得意地扬起戴手铐的双手告诉你:"你抓到我可说是抓到一个'金牌',算你狠。"你当时恨得牙痒痒,想一脚踢死他,可内心却暗自欣喜,抓到这个家伙就是该团伙瓦解之时。

那天夜很冷,你再度执行抓捕另外几名团伙成员的任务。白日山清水秀的山寨早早进入黑夜,重峦叠嶂处尽显纷乱树影与茅屋的蛊惑,四野无声。你携一队人马悄悄入寨,你们靠近树木掩映的一农户家。

此刻风声鹤唳,杂草潦倒。你们像不眠的猫头鹰静静地把夜色守候,机警的双眼像要刺破这黑透的夜。山寨在沉默,山寨在哭泣。春寒透骨,凉风浸心。可你们早已成了品味黑夜与寒冷的常客,如把酒相守寂寞。

记得,我曾在采访时问过你:你觉得干刑警最难忘的是什么?

你呵呵地笑了,独自呢喃:"这个嘛,这个如何说呢?"

之后,你沉默了一会说:"要说难忘的就是搞完一宗棘手的案子回到家,能看见窗口那盏灯光,心里就会有无限的温暖和幸福感,那盏灯永远会亮在心里。"

是啊,你时常有一个动作,在出现场后,总会双手叉腰或站窗口或站在空旷田野遥对碧空问苍天,似乎在那里能找到你要的线索和答案;也似乎能与云相携捎去对家人的问候。

那是不久前,一个黑社会团伙成员因别人赖了他的账,他竟举起双管火药枪把赖账者给"崩"了,像杀一只鸡一样,一条生命就这么从世界消失。血溅落在院子外的那堵白色的院墙,像晚风中哭泣的蜡梅。死者的家中还有一个卧病在床的老母亲,老母亲哭瞎了双眼,两个月大的婴儿从此失

凡尘与天堂的来信

去了父亲。

月藏浓云，青山含冤。

经过侦查，你们探明携枪潜逃的凶手藏匿在清镇的一农户家时，你带领刑警会同武警战士展开了围捕行动。

你们是夜出奇兵，封锁了这户山寨人家的所有通道。为避免误伤无辜，你决定主动引蛇出洞。随着"老幺，开门，是我"的喊门声，门"吱"的一声打开，一缕如魂的灯光穿夜而过，如流光倾泻在你握的短枪上，划着一条美丽的光线，而你如一堵正义的城墙堵在门口……

如同每一个胜利的时刻，山寨会响起一阵云过风清的泉水声，还有你走路时发出的让山野也熟悉的脚步声。

同你聊了这么多，仍然无法表达我这么多年想与你对话的心愿。我怕你的心冷如寒夜的霜冻，我怕你在那边过得很孤独，更怕你英雄无用武之地。

请允许我再唠叨一会，让我满揣无数的言语攀越过玄黄的天梯与你对话。

我依稀记得：你写得一手秀丽的硬笔书法。你办公桌的玻璃板下压了一首苏东坡的《赤壁怀古》的书法，秀丽的字体中饱含着一种激越的风骨。你不仅喜欢苏东坡，还喜欢看名人传记。你还常常告诫下属要不断充电才能与社会接轨。你读了电大、读了西南政法学院刑侦专业的成人教育进修班，先后有多篇刑侦理论文章在国内的权威期刊上发表。你还时常写一些侦破通讯、公安论文之类的东西。

一年对于你来说不是 365 天，而是上千天，因为你透支了你的整个生命。

也不知谁给你起了个绰号——"麻猪"，你的战友们都这样叫你，显得格外亲切。我同你混熟了也会情不自禁地叫两声"麻猪"，你会开心地发出洪钟般的回应。今天我真想再一次大声地喊你，喊你的名字、写你的名字：麻猪！麻猪！麻猪……

不知，你在那边还能履行"福尔摩斯"的职责吗？10年了，你又破了多少大案？

很想知道你的近况，那边是不是有春天，有开满鲜花的季节吗？

夜深了，就此搁笔。静候回音。

晓露

2013 年 12 月 11 日星期三

写于京华

信写于此，却不知其地址，如何才能寄往远游的他？一枚白色的信封徜徉在桌上，她只能看着它发呆，心被空白处刺疼，眼泪流落下来。

缓缓走出室外，站在树下，她把它们扔进了风里，如蝶在月光的天空飞舞。

春花秋月，依然信守有一天他会告诉她，他目前的近况。窗外，稀疏细雨宛如他的心思开始千里迢迢滴落凡尘。

秋风萧萧意阑珊，她在院内散步，一阵微风拂来凉意，校园里的那棵银杏树竟无声地飘落下一片叶子，树叶不是早掉光了吗？她弯腰捡起来，透过月光她发现了脉络间有一行行清秀的文字，看着一行行文字她惊呆了，那是他写给她的吗？

晓露：

你好！

我早想与你们对话，借着月光我想写几句话。那青山连着青山的家乡土地让我魂牵梦萦，我离开你们的时间只能用灵魂丈量。我记得苏格拉底说过："离别的时刻到了，我们得各自上路。我走向死亡，你们继续活下去。至于生与死孰优，只有神明方知。"

我在这里可以超越悲伤，超越生死，超越世俗，可却无法超越人间的爱与温暖……

　　但我又多么想回到那个生死与共的战友身边，我还想亲自抓住那个杀人狂魔。

　　那个案件是你离开家乡后发生的，那是一个隆冬的夜。青山间满是霜冻，树枝上吊挂着晶莹剔透的冰柱，温热的山泉水在树林深处汩汩流淌。

　　我在抓捕一名缉毒犯时，为保护人质，不幸被毒枭暗藏的黑枪打中左胸骨，我无力地倒在那片熟悉的山上，青草与泥土的芬芳使我闻到了回家的气息，我的眼睛生出一阵眩晕的太阳光，我知道我已走完自己的一生，我听到我身体的血流得像清冽的泉水，我看到了战友们像一朵朵向日葵在太阳下奔跑着追踪毒犯，可我跑不动了。我看见天边腾空扬起一道彩虹，像一座天梯把我接过，走向彩虹，一步步离战友们越来越远……我向战友们挥手告别，与我同生共死的战友，我再也看不到你们，我再也不能与你们月夜把酒论剑，再也不能与你们走过那片熟悉的温润的田野，闻那稻花的芳香；再也听不到老朋友朗朗的笑声，再也看不到家里那盏温暖的灯光和妻子女儿的笑靥……

　　这里，只有凛凛刺骨的冷风对我的问候，可我的心正越过千山万水，尽管一路风雨飘摇，荆棘路遥，我还是要捎去我的问候，也请你把问候带给我的妻儿，告诉她们我在天堂会很好。

　　谢谢！

麻猪

2013 年 12 月 16 日

写于天堂

　　她痴痴地看着叶脉间的字，她的心像被冰冷的钢针深深地扎着。她缓缓走在湖畔，朝北望着苍茫的天空，难抑的泪水随风流了下来。

她拿着叶片神思恍惚，把秋意正浓时捡回的枫叶从书中翻出，用笔在上面为他庄重地写下另一封信：

麻猪：

　　你好！

　　夕阳渐晚，离亭叶稀，所嗟人间天堂两不同。散发着墨香的报纸飘动着哀鸣。那天，我不经意间打开，突然，一幅"万人泪别老刑警"的新闻照片吸引了我："某市公安局副局长杨宇11月15日在追捕毒犯时牺牲"。照片上是300万老百姓对你的追忆——"坦荡忠诚心系百姓安危立功立德，鞠躬尽瘁献身公安事业无憾无悔"，挽联似天空中飞行的一对凤凰乘风飘向天堂入口，你的生命由此涅槃。

　　也很惊讶能收到你用树叶带来的回音，你的突然离去，使我茫然不解这一季的秋，为什么这样的悲凉？

　　我深知，在你的世界里，你保存着你和战友们抓捕、追踪、守候的日日夜夜的记忆。当我踩踏在青山连着青山的家乡土地时，深感是怎样的一种刑警精神在雕琢着我的灵魂，我的记者生涯里也刻满了刑警的文字。那个杀害你的杀人狂魔早就伏法，全案破获。

　　麻猪，我的好兄长，你可以安息了！

　　是啊，10年后的今天，当我再次提笔写你时，没想到这是永恒的诀别，竟发现笔端情不自禁地流动着那些曾经如烟的往事，它们正一件一件像尖硬的杜鹃花枝深深地刺疼我滴血的怀想，又像秋天晚风中的呢喃浸润我沉重的心头。

　　泪珠纷飞不忍思，只恨清明雨落红。黯神仿，只待月寒霜送时，才感到一种难以追回的愧悔：为什么在离开家乡时没能好好与你相聚，劝劝你别太玩命？为什么我没能从琐事中忆起你，为你写上只言片语或打个电话问候你？为什么总要在迟了的时候才去补救早该珍惜的东西？我多么希望你能收到我沾满追思的问候。

你虽然离开了我们，可你生命的回响却在风中带过一季又一季。是的，秋色将一天天地走向深处，而时光将把一个刑警的灵魂带进冬季、带到灿烂的春天。

祝你天堂好梦！

在此，我和全国公安民警向你致以崇高的敬礼！

2013 年 12 月 17 日

写于京华天安门国旗下

这封信，她写到黎明初现，手中的枫叶写了一片又一片，她把对他的话语写满了整整一棵树。如今这棵树已种在长城脚下，在寒冬如燃烧的生命之火焰，带着她和战友的体温传递到他心底，会每天随着东升的太阳温暖他在天国孤寂的心。

我眼中的一名京城民警

他就是一纯北京爷们，说话尖酸刻薄，模样桀骜不驯，还有点"痞"劲儿。可他偏偏是一名警察，在我眼中还是一名铁血柔情的警察哥们。

我知道北京于我早就种下一种"情缘"。那种博大、温馨、古朴、厚重不时在我心中掀动难耐的相思。每当我踏足在南国雨润的街道，呼吸着南国潮湿的空气，便会想念北京爽朗明丽的蓝天，想念北京那条飘散着白雾霜冻的昆玉河，想念句句悦耳的京腔和温暖的胡同。而北京王府井我并不陌生，当我闭上眼睛，20年前的王府井便会出现在我脑海：那也是一个秋季，每当夜幕降临时，在人民公安报社实习的我，下班后常常会推着自行车在王府井的街道一路瞎逛，吃着街道两边的各色小吃当晚饭，然后回到东单红星胡同的"家"。

如今我再一次踏足这条古朴而又充满现代气息的街道时，发现她是熟悉的又是陌生的。正如很多人都说："每当想起北京城，我就热泪盈眶。我对它的城门、城墙乃至一砖一瓦都是有感情的。"而这一次来到北京王府井又有着另一种意义，它再次加重我对北京情感的砝码。

这里是东方广场。

王府井书店左前方50米：一辆白色警务巡逻车像一枚硕大的"和平鸽"卧在那儿。他坐在驾驶座上，身穿天蓝色夏季执勤警服。他用眼睛机警地扫视着街道的一切，我感到有一种冷光弥漫在车外。

车外：街道、行人、商场、小吃摊、冷饮店、报刊亭，一切都在喧嚣中有条不紊，秩序井然。

此时，我只想用神清气爽来描绘现在的季节。要说清爽也只属于秋。这是北京初秋的黄昏，夕阳正暖。京城高耸的红墙与青瓦浸染着耀眼的金黄之光，虽说城墙拆得七零八落，可故宫的城墙依然巍峨，有着当今城市建筑中无与伦比的炫目；而街边的银杏树，护城河岸的杨柳，青绿中开始夹杂着点点杏黄，预示着赏秋时节就要来了；那些高大的楼宇，在辉煌的阳光中透出高贵的皇族气息。在我的印象中，阳光永远照耀着这座城市，北京的天总是蓝得纯得让人想哭，连雾霾也有些许的亲切感。

夜降临，我与他在东方广场执勤。

他从裤兜内掏出一盒烟，弹出一支，把黄色烟盒以一个潇洒的弧度扔到驾驶台上，然后点燃烟。顿时，车内有了烟霞一样的暖雾。我只见白色的烟雾正笼罩着他疲惫的面孔。一会，他用嘴叼着香烟，腾出右手揉了揉双眼，并深深地打了一个哈欠。

我透过烟雾看着他在沉思，双眼又似乎在"欣赏"车外的景致。车内没有任何声音，我却听到他内心又在沸腾着不甘寂寞的思考，我感受到一种生命的力量。

车外人声鼎沸。

我坐在副驾驶座上问："要值到几点？"

"没准。"他面无表情地看着车外。

过了一会儿，他摁灭手中的香烟，只见一缕青烟从他手指尖快速窜到车内，又慢慢散开去，散成一圈薄薄的空气。

"走，去商场巡一圈儿。"他戴上放在方向盘上的白手套，将警帽正了正跳下车。

按要求早穿好警服的我匆匆扎上警用执勤腰带，上面缀有急救包、手铐、辣椒喷雾器、电警棍、防割手套，少说也有 3 斤重。从警已 30 年的我竟然第一次扎这样专业的执勤腰带，实在汗颜。我急忙跳下车跟在他后边进入"东方新世界"商场。

在我的印象中，他的心就是一匹狂野不羁、任思想驰骋的"野马"，他的大脑永远弥漫着一种焦渴、一种躁动、一种坚韧，他总在找寻让灵魂能飞跃的岩壁。

在他的意识里，思考人性的真实才是生命的真正要义。他把思考贯穿在生命细节中。他一直做基层一线警察，在这样的日复一日年复一年的派出所工作中，他那颗孤傲的心早已"屈服"于日常治安案件和辖区内那些"鸡毛蒜皮"的警情中。但他却让自己生活在一种自成体系强大浩瀚的内心世界，孤独地攀爬灵魂的气根。而作为一名人民警察，还有一种警察精神的东西在他体内燃烧。

夜有些深了。深蓝色的天空还浮着紫红而又妩媚的几片云朵。我此刻彻底地陌生起来，从没在北京街头执勤过。当年在报社的 4 个月也是以记者身份四处采访，如今却穿着警服装模作样在王府井街头巡来巡去，几分激动几分紧张还有好奇，骨子里还是记者心态，仿佛在进行一次跨越式采访，而一种难言的心境却也铺陈开来。

夜光中斑驳的灯影打在白色的车头，引擎盖上的"警 POLICE 察"却给夜色增添了几分温暖与安宁。霓虹在这座城市的眼眉处闪着五彩星光夜色阑珊。"王府井书店"几个炫目的红色霓虹大字骄傲地闪动她特有的光芒。

"警官，请问北京站离这有多远？"

"警官，公交车 104 路如何走？"

"警官，现在几点了？"

"Hello，How can I get to railway station？"（请问地铁怎么走？）

他一一回答："往前 500 米是……往左 300 米是……"

他十分耐心地告诉过路询问的人们，几乎是 5 分钟、10 分钟就有三四个问路的。我纳闷，这警察敢情成了"活导航仪"了。可他却笑着回答如数家珍。当警察快 30 年的他竟然能把西班牙语、俄语、英语、韩语、日语等多国语言听懂七八成。他告诉我，今天算是平静的，我运气"不"好，没赶上"热闹"。

其实，这会儿已是他从早上执勤到现在有 12 个小时了。他显得有些疲惫，但还必须坚持，不知还有多久。值班是要值 24 小时的，没警情或许子夜 12 时可以收队回所休息待命。一旦有警情或许到凌晨，或许到第二天，真叫没准。

那天下午，我接到他的电话："出发了，你准备好 5 分钟赶到派出所。"好在我刚从机场赶到住地，换好警服，立马拿上相机一路小跑，到派出所门口只见他从派出所带上一个左额头包扎白色纱布的男子上车。太阳正暖暖地照在他们身上，身后拖着长长的影子。只听他说："上车，我们去法医鉴定中心。"一路上他告诉我："你来我们所体验，我上报了警长和所长，特批后才允许的。"我坐在副驾驶位，受伤男子坐在后面。他一脚油门，警车箭一般从王府井大街冲上长安街，我急忙拉上安全带，他嘲笑我胆小。"我曾在市局特警队进行过驾驶特技训练，习惯了开快车，我们所的人坐我的车也直喊晕。"他得意地笑着说。

他曾做过刑警、特警、治安警，还做过北京东城分局政工干部。因不习惯机关工作性质，他要求回到了派出所，他说："在派出所接地气。"

在法医鉴定中心排队间隙我才获知，他今早正处理这起流氓为争地盘发生的斗殴案件，这不，上午他已经带伤者到医院进行了包扎，下午又必须再到法医鉴定中心做伤情鉴定出具证明，再回所里整理案件材料，然后还要移交分局，一个案件可以折腾七八个小时，甚至更长时间。

我从下午一直跟随他值班到晚上，这宗伤害案材料还在继续。

此时，已是 21 点 20 分，街上的行人渐渐少了，灿烂的霓虹也在一盏盏减少。

他所在的派出所是北京东城区公安分局东方广场派出所。派出所坐落在王府井大街 218 号，该所 30 多名民警。这里是北京的政治文化经济的核心地段之一，但是派出所的办公条件让我有些不敢恭维："藏"在一个不起眼的大厦四楼，实则是一座类似广东的骑楼，大门门口派出所的牌子还与某宾馆的招牌并列，一进门就是宾馆服务台，让人不知是去宾馆还是进到派出所。到了 4 楼才有一个派出所的玻璃门，进去后发现，几乎办公室和民警宿舍都没有窗户，可民警们在里边正干得热火朝天，他们在这个寸土寸金"巴掌大"的地方，承担着让地方警察难以想象的重任，对于平常的工作状态则是：采取重点地段设伏蹲守，对各类违法犯罪活动保持"零容忍"的工作态势。他们一年之中要承担各类全国性、国际性重要会议，还有各国元首来访等一、二级警卫安保任务，其间是万无一失的高要求，常常是连续上勤48小时，并严格要求十不准，绝不能出任何差错。对于他们来说不仅仅是治安任务更是政治任务。

我不知道，对于在这个所工作了7年的他——张文潮，离30年的警龄还有800多天，却仍然是一名基层民警，是什么样的动力让他坚守着？我突然意识到，或许正是"中国警察"四个字让他经历着人生的黎明与深夜，是他身边的人和事常让他潜然泪下，是他内心世界的那些警察人物承接着他情感的泪水，这些在他的人生中组成牢不可破的生命架构，寻求一种朴素的坚守。

"心"的答案

与他相识，是在去年10月我们一起就读全国公安文联和全国作协主办的"鲁迅文学院第二期公安研修班"。

他是一个思维敏捷、思想尖锐的地道北京人，也算是一个写公安题材的剧作家。与其谈话，他常常会很激愤顺带着京腔骂骂咧咧，仿佛那些尖酸刻薄的语言像一支支小箭搭在喉咙急于发射，让对方毫无防守之力。他的声音因有鼻炎竟产生意想不到的浑厚深沉的共鸣声，加上京腔京韵，听他讲话像站在波峰浪谷上的一叶小舟，享受一种尖锐思想的剥离。他很有个性甚至有些怪癖。记得，他的左手无名指曾不小心骨折，那天他值班，不好请假，他干脆在派出所翻出一张名片做成夹板用一条带子将其固定还边弄边骂："去你大爷的，就不信处理不了。"就这样坚持了好几天，后来红肿得厉害了才去医院。

今年7月他做了鼻息肉切除手术，手术后当天凌晨2时，因鼻孔被棉条堵塞让他呼吸困难，他竟自作主张先用冰敷鼻子，然后躲进洗手间悄悄将棉条拆除。第二天医生获知第一时间冲进他病房要抢救，吓得医生说，这是他从医 30 多年来从来没有遇到的情况。这么危险动作这么不听医嘱的病人也是第一次。医生说，像这种情况一般会造成大出血甚至无法止住的生命危险，可张文潮却敢拿生命做赌注。医生无奈地说："警察都这样吗？硬汉，服了。"

我说想写他却不知从何写，他在微信上甩我一句话："就写我的缺点和不足吧。"然后就不再多说。

他文章中总会贯穿着一种人性与心性的灵性脉络，读他的文章总让我感觉到政治的、历史的、哲学的、社会的诸多问题像一条传输带碾过我苍白的思想，而那些文字仿佛安装了灵动的翅膀，给阅读者十分力道的享受，但也会时不时刺疼思想的软肋。他喜欢创作影视剧本，成为超级电影迷，对中外经典名片、名导演、名演员如数家珍。

在他创作的《警长和他的哥们》小说时，他说，他因在一本杂志上看到欧洲一位文化名人的一句话，大意是："如果这个世界上除你以外，永远不会再有第二个人知道你所做的事，你会做出什么事？"

他对此写道："这是一个十分诡异又十分残酷的问题。说它诡异，是因为它把人的欲望刹那间裂变到了一个最大值；说它残酷，是因为它把人的遮羞布彻底拿掉并撕得粉碎。这些年来，我时常想起这句话，也时常被这句话所困扰，迷离其中。我时常在心里问自己，我会做出什么样的事呢？一位同行大姐用 120 万字的篇幅，上下五千年，纵览一世纪，萃取历代京师警治禁卫安全活动的历史经验，清理 20 世纪风云变幻中我国警制沿革的发展脉络，写了城砖一样厚的书。而她的一句话让我流泪了，她说：'作为一名警察，不去写自己职业的历史，等着谁去写？我知道我能行，我是一名警察，一生不变的纯粹警察。'是的，我流泪了。我流泪是因为我的心忽然被莫名的感动了，也正是在这股忽然而至的莫名的感动当中，让我意识到，是心，是一颗纯粹的心的力量。于是，我又想到那句名人的话，并试图在我的小说里找出'心'的答案。"

由此，引起对从事警察职业的思考，有了写警察的想法，创作了中篇小说《警长和他的哥们》（原载《啄木鸟》2011 年第 9 期），全国公安文联秘书长张策的评价："文潮是个优秀的警察，多年工作在派出所、刑警队这样的基层单位，至今也还是一名基层民警。他对文学创作有着深沉的热爱，繁忙工作之余笔耕不辍……文潮完成了对一个警察家庭精神世界的完美诠释，也写出了警察战友之间的无私情感。故事讲到这儿，不禁让人潸然泪下。这就把故事升华到精神和情感层面了。难能可贵的是，这种精神和情感也是真实的，是警察这个群体中的普遍价值观，是在警察的工作与生活中凝聚和养成的，也是张文潮用文字准确地提炼出来的……它们带着新鲜的生活气息，像一股清新的风扑面而来；又像一团炽热的火，温暖着每一个读者的心。"

今年刚刚 48 岁的他中等身材，双肩宽厚，发达的胸肌显得魁梧敦厚，穿上警服一看就有警察气质，五官严肃起来令人生畏。可当他笑起来眼睛会眯成一弯新月，有着孩童般纯净的清澈，当你真正了解他后，发现他的内心如佛般纯净，亦如佛门的一炷清香，孤独地燃烧散发着特有的熏香。

生命深处

"一林秋叶染天工，夹绿编黄染面红，唯柏不随霜露改，依然翠滴冷霜风。"回想去年深秋时节，我们因文学情结将来自祖国各地的 50 名警察牵在一起，如今大家都回到各自的岗位，很多同学仍然在一线上岗执勤，可他们硬是挤压睡眠休息时间用来创作。让我感到做警察的不易，做一个警察作家更加不易。张文潮在短短的几年中竟然创作出版了两部电影剧本《势不两立》《天国追凶》，8 集电视剧本《派出所里的年轻人》，28 集电视剧本《新西部警察》和 1 部话剧《东边日出》等，还有诗歌、散文、小说等一批专写警察的优秀作品等约近百万字。

他一直在用行动诠释一个基层民警内心世界的真实。

他在微信上的一则话总在我脑海回响："无论你是谁，身在何方，唯一重要的是攀爬的意志力。踏出改变的第一步，埋头做事、专心做事、耐心做事，这是攀岩教会我的最好本领。"看他的微信如读一句句哲理名言，总是带着一个个令人深思的问题。攀岩是他最酷爱的一项运动，同时还是一名游泳健将，曾获全北京市举办的某运动会游泳第四名，或许他从来就有一股子好胜心态。

在我跟他执勤时，听他讲过精彩的瞬间，也听他讲过那些警察无奈的故事。

星期二21点15分。刚和一个醉鬼滚起来了，他号称是特务连出身，要我脱下警服和他过过招。我当即脱下制服，和他"对练"起来，几个回合就把他压在身下！这醉鬼也没法弄，跟他熬半宿，他又蹦又跳没完，我说也不送你拘留所，看你是条汉子，我放你一马，我用车把他送回他家楼下，醉鬼不停作揖要请我喝酒吃饭……

23点17分。刚处理完，准备休息。想早睡会儿，明早6点还得出勤。得，又接到指挥台报告，一对男女因婚外恋闹到派出所来了，不得已又要起来调解……

今儿晚上，我刚出了现场，一名中年妇女看完电影后，由于不熟悉安全通道情况，被反锁在地下通道里，孤身受困，导致惊恐症大发作。接警后，我赶去解救，费尽口舌终将安抚……

"这是我们派出所的工作常态。"他告诉我。

夜幕中，行人已经稀少。东方广场上的灯光依然灿烂，我看见远处王府井百货大楼的大钟在黑夜中若隐若现，时针指向10点10分。从商场巡逻出来，平安无事。我们又回到车上，他松了一口气，又点燃一支香烟，当他把黄色烟盒又一次扔在挡风玻璃前台上，我顺手拿起一看，还是在鲁院学习时抽的10元一包的"黄金叶"。

他告诉我，他们所来了一个女政委，说她又体贴又勇敢。一次，他们三个民警一起值班，他年纪最大。那天正好出一现场追捕一名犯罪嫌疑人，他仗着自己体力好，让政委和另一名民警掩护他，他冲上前与犯罪嫌疑人搏斗，女政委紧跟而上，一起将歹徒制服。他轻描淡写不说自己勇敢，他把勇敢二字给了女政委。

"正是那些让我感到害怕的事物，让我们保持着人性，所以决不要害怕产生恐惧感，只是不要因这种恐惧而干扰了你的选择。"这是他发在朋友圈的微信。

那天我问他："你们国庆放假吗？"

"我们哪有节啊？全员在岗。国庆安保之后紧接着四中全会安保了，接下来就是11月 APCE 峰会安保，然后……"

我一听安排头都麻了。前不久的一天，他又在朋友圈发了一条微信说："上午打靶考核，5发子弹，竟打4个10环，1个9环，49环。"我暗自佩服。他是不是算得上一个内外兼修"得道"的警察呢？

我常问他，每逢遇到警情是如何处理的，他给我看了他近日的巡逻日记。

巡逻日记

2014年7月23日，星期六。

北京的夏天，已经进入二伏。潮湿闷热的天气依然没有阻挡繁华街区的滚滚人流，同样也无法叫停每日的巡逻，只是工作强度变得更加大了。这天晚上，我和老焦搭伴外出巡逻队。当我们的巡逻车途经公交站时，我发现一辆公交车刚刚驶离车站后，便又缓缓停了下来。我觉得有点奇怪，便驾车追了过去。观察车内情况，看到车中间有乘客纷纷向车两头聚集，还不时有乘客向我们招手。看来确实情况异常。我和老焦跳出巡逻车，又跳上公交车。一开始我们以为是小偷呢，临近现场，才发现是一名乘客突发急病。此时，只见一名男乘客倒在地上，身体剧烈抽搐，乘务员和司机在一旁一筹莫展。我见状，一面叫老焦打急救电话，一面毫不迟疑地摘下白手套拧成一股，塞进男乘客嘴里。根据以往经验，我初步断定是癫痫病发作。接着，我从随身携带的急救包内拿出纱布和止血带，为男乘客清理倒地时磕破的脸上的伤口。不一会儿，男乘客停止了抽搐，神志也渐渐清醒起来。这时，急救车赶了过来。医生对我的处置大加赞赏，所有措施均符合急救流程。医生半开玩笑道："来我们急救车吧，我们这儿缺人手啊。"

他从没说他喜欢当警察，还嚷嚷着满 30 年就退休，只说：太累了。可他却在在岗时的每一分每一秒都用尽了心，以一个警察的姿态在践行一份责任，警察二字早如一枚种子深深的种进了他的生命。

他是一个重情之人，从警校毕业刚参加工作时，在派出所带他的师傅如今已离世。在我们去浙江社会实践参观鲁迅故居时，他在门口没有进去，我问："你怎么啦？"他红着眼眶哽咽说："今天是我师傅的祭日，我要为他写祭文……"然后见他孤独地坐在门口一棵大树下抽烟不语，清晨的阳光穿过他追思的面庞。

当有人谈到基层警察工作中委屈与辛酸等，他常常会为其中的情节、细节而落泪。在鲁院的一次文学沙龙，他主讲题目就是：文学的人性与心性。当回忆讲述师傅带他的故事时，他竟泣不成声，让课堂哭倒一片……一份警察情结像千万条丝线牵动他灵魂深处那枚柔软的内核，每动一条都要会扯疼他。其实，表面上满不在乎、有些玩世不恭的他，骨血里却暗藏着难以言说的警察情结，流淌着对警察这个职业最真最质朴的情感，这情感将伴随他的一生。

他曾说："很难在生活中为自己定位，所以我干脆不给自己定位。我到哪里，位置就在哪里。"

2014 年 8 月 20 日，星期三。

今天街巡突发奇想，先截住三名路人问了同一个问题。我诚心诚意告诉他们自己明天就要退休了，问他们有什么话要对我说？

第一个答："关我屁事啊！"

第二个答："警官大哥，你想要二胎吗？"

第三个答："哎哟，谢天谢地！大街上总算少了一个查找身份证的人了。"

他一直想知道老百姓对民警的真实想法，他那天突发奇想，用这三个问题做了一个实践。他得到的答案让他汗颜。他说："真悲催，这就是老百姓眼中的警察。这说明我们的工作还有让群众不了解的地方，还有距离、有隔阂……

他对一段名言的感悟是："人不要好高骛远，首先要改变自己，我们不是活在真空，而是社会的一分子，如果每个人都反省自己，常思己过，先改变自己，我们才有资格改变社会、改变国家，甚至世界。"

一位哲人说过："我活着因为我有思想。"张文潮是一个基层普通民警，但他却又是超越警察职业的另类。他阅读了大量的哲学历史文学书籍，也由此丰富了他的思想。他说他这辈子就写警察题材，这是他创作的根。基层派出所的工作状态基本一样，但是像他虽然身在一线，可思想却到了一种深度，灵魂进入了让很多一线民警难以企及的高度。他让我再一次深感一个民警在从警职业生涯中最不该蹉跎的是思想，最应该尊重的是我们的灵魂。魂是一种崇高的精神，而灵魂中真正的生命之金来源于思想，而于警察则是一朵永远盛开的警魂之花。

我只知道，他一直坚守在派出所这个岗位，业余时间他把对人生的拷问和追求化成一篇篇文学力作，让那些带阳光的文学、带荆棘的文字、带着风雨雷电之声的文字浸淫他身边的人和事。其实，他一直在职业与文学的领域如鱼得水般承接转换，默默地诠释一个民警的内心追求。

在东方广场派出所体验了仅仅 8 个小时的我，却在我内心深处留下深深的刻痕。

秋天的光芒正热烈地照耀着南粤大地，紫荆花繁华着城市的胸膛，宛如一片片淡紫色的霞光在秋风中撞醒日落黄昏。我坐在南粤的午后，总会看到北京之夜满目的霓虹和东方广场派出所的"警长与他的哥们"在夜色中忙碌的身影，而读着张文潮的文章，读着那些让人无法停止思考甚至会咬伤我、刺疼我思想的文字。此刻，他手中的清烟掠夺着我的思绪，我的胸膛跳动着这样一行行诗句：

总以为阳光里有天堂

总以为阳光下的你

就是我的天堂

总以为消灭敌人是坚强

总以为坚强到底

就是我的胸膛

其实，你的胸膛

早已撞碎了我的天堂

　　这是张文潮写的诗。其实，他的天堂就是让那缕蓝色的温润和一抹蓝色的印记铸就一方平安，用真实把自己的灵魂伫立。

　　"这会儿北京刮大风，现在又冷又饿还内急，不敢离开岗位呀……"从电话里传来他的语音，我感到北京的风正嗖嗖地刮过广州温暖的夜空。我猜想，他此刻正蹲守在 APEC 代表驻地执行警卫任务。

　　做警察是张文潮的骄傲，做文学是他的宿命。

孤独的阅读与快乐

——读小说《查令十字街 84 号》感悟

如果你去英国伦敦"你们若恰好路经查令十字街 84 号，请代我献上一吻，我亏欠她良多……"

记得台港作家唐诺在附录中说过：有这一道街，它比整个世界还要大。

它就是：《查令十字街 84 号》。

该书作者：海莲·汉芙（Helene Hanff）1916 年 4 月 15 日出生于美国费城，绝大部分的岁月都在曼哈顿岛渡过，一生潦倒。

汉芙生前从事最多的工作乃是为剧团修审剧本，并曾为若干电视影集撰写剧本。1997 年，汉芙因肺炎病逝于纽约市。具主要的著作有：日记体的纽约市导览《我眼中的苹果》（Apple of My Eye，1977）、自传《Q 的遗产》《纽约的鸿》《布鲁姆斯伯里的女伯爵》以及一系列以少年为对象的美国历史读物。

这本书写的是作者本人的真人真事。《查令十字街 84 号》是一本让我无法沉默，无法独享的书，它总在萦绕我的心怀。

《查令十字街 84 号》已于 1987 年 2 月 13 日由美国哥伦比亚影片公司拍摄成同名电影。

这是一本书信体的小说，也是一本哀悼伤逝的书，书中以信件方式，记录了 1949 年至 1969 年住纽约女剧作家海莲和英国伦敦一家专门买旧书的经理弗兰克之间的书缘情缘。书中男女主人公海莲和弗兰克在购书的信件走过 20 年，20 年间双方始终没有见过面。海莲的丈夫已去世多年，弗兰克有妻儿。20 年来，海莲在该书店购买了 50 多本书。这本书看似没有什么丰富的情节，也没有世俗的爱情故事，只有单调的书信来往，内容也紧紧围绕书的买卖，似乎并不想诱惑你的垂青，只在那里静静等待她的知音。

然而，为什么这本书信集被誉为"爱书人圣经"，还译成数十种文字流传，广播、舞台和银幕也钟情于这本书，成为爱书人的掌上明珠。书中的对话一直激起后人的思念和共鸣，每年都有世界各地的书迷和影迷们到查令十字街 84 号朝圣信。渐渐的——查令十字街 84 号成为全球爱书人之间的一个暗号。

当你打开书的第一感觉，是一行行清丽的文字与场景，然后，慢慢把你引入时光的隧道，引到一条书街上。这时你会一口一口喝着手中的热咖啡细细地品味，你会被所有的文字深深吸引，感受主人公的书信往来像岁月流沙流过他们的心灵，流过他们深厚情意的默契，做着不能握手的梦，你会体会到一种愉悦而柔软的经历。

书中语言平实，却又在平凡中跌宕你的情感，就连序言和附录都让你回味无穷，我从没见过这样的对手戏，男女主人公永远都在静静地对白。那种文字的精巧和一种清风细雨的语言，直抵你思想的根，让你的灵魂疯狂。我认为这还是一帖心灵的圣药，能让"修女"也疯狂，她留给我们思想太多的空白又装满了我们的灵魂。

是的，男女主人公一直通过书信做着书的买卖。由于当时英国正处于经济萧条时期，海莲时常会寄一些比如鸡蛋、火腿等紧缺的食物给弗兰克一家和店员，而弗兰克也会常常费尽周折为海莲寻找她想要的珍本。书信成了他们生活无时不在的旁白，随着时间的流逝，一条情感的美丽线条开始缭绕着他们往来的书信，他们的情感从公事公办中冒出人间烟火。

这是海莲写给弗兰克的第五封信，书中写道：海莲已将信首的尊称"先生"或"阁下"改为直呼其名，信的内容也像是写给一位相识已久的老友，且不乏亲昵、撒娇之态。

弗兰克·德尔，你在那儿究竟干什么？你什么都没干，你只是闲坐着！

我的利·亨特在哪里？我的《牛津诗集》在哪里？

……

信在一封一封的来来往往，他们的友情正像春天的细芽开始在信件中生长。

读完书后，我感到有一种对书珍爱的脉脉温情贯穿着整部作品。我觉得，这本书让我首先体会到两种爱情：一种是海莲对书的激情之爱，第二种是海莲对弗兰克的精神之爱。

再就是让我体会另一种感受：书的力量。

海莲与弗兰克之间的感情，不掺杂任何爱情固有的欲望，不炽烫不激烈，平淡至此，淡成一种天涯中司空见惯的清风细雨。说是友情，却又多了一种不能渗透的情愫，成为心甘情愿的尽心尽力和不可或缺。这含义是爱情吗？又绝对不是，我想起码与男女之情无关。即使"精神伴侣"也有所夸大。他们两人之间最动人的交流全因书和岁月的流逝而起，那是爱书人的惺惺相惜的会心微笑。

我认为这本书我们可以从文字中触摸人性的真实情感，那种由岁月蹉跎、由远隔重洋、由现实与梦想熬制了 20 年的心灵圣药很快击败了一本书纯粹的商业性，如同美国作家约翰·房龙曾说的那样："一个马槽击败了一个帝国"。

读完这本书来，我感到书能带给我们人类一种使命感，但又不仅仅是历史的、政治的、社会的，真正鼓舞人的是作品中人性和心性的真挚的东西。

一部优秀的文学作品不仅愉悦人心还能成就一个人的理想，甚至改变人的命运，重铸人的灵魂，从中感受文字带给我们内心的质感。优秀的作品魅力总是在不经意间拨动你的某根神经，给你思想注入新的空气和氧分。

记得我在鲁院学习期间，每一堂课都让我们如饥似渴。因为老师们从中会介绍无数的优秀作品。只恨自己读书太少。全国公安文联副主席、作家武和平说："一个作家你必须读1000万字的作品才能写出百万字的作品。还要写一部延长自己生命力的作品。"

像海莲正是为了纪念她与弗兰克之间的这种情感，为了延续这段书缘情缘的生命，她把20年来的通信用丝带束成一小扎静静地放在抽屉底部，又仿佛像一个人在等待，像一个心愿等待阳光来释放。之后，她出版了轰动全球的《查令十字街84号》。凡是迷恋此书和该电影的人们只要到伦敦一定会去与查令十字街84号相会，甚至幻想能在那见到弗兰克、见到海莲，这就是文学的魅力所在。

文学是什么？鲁迅文学院常务副院长、著名作家白描曾说："文学是神圣的，用我们的笔点亮生活的红烛。"海莲与弗兰克的书信来往已从单纯的商业买卖升华到人间真爱，燃烧着一种隔世的人间红烛。

英国是海莲魂牵梦萦的地方，从1950年开始她便屡次想去，但都因无资而未成。《查令十字街84号》的最后一封信，是她于1969年4月写给一位前往伦敦度假的朋友的，读来让许多英国人觉得鼻子酸酸的：

亲爱的凯瑟琳：

　　我梦到那儿的次数太多了。或许在那儿，或许不在。看着四周地毯上散乱的书籍，我知道，它们肯定在这儿。

　　那位卖给我这所有书的好人几个月前去世了，书店的主人也死了，但是书店还在那里。如果你正巧经过查令十字街84号，能否为我吻它？我欠它的实在太多了。

（1969年4月11日）

从《查令十字街84号》中深切体会到，一部好的小说一定激荡你的精神与内心世界。

《查令十字街84号》把读书的简单思维升华到一种境界，让你领悟"书籍，确实是人类所成功拥有最好的记忆存留形式，记忆从此可置放于我们身体之外，不随我们肉身而朽坏。"

此书教会了我们，买书读书是用来慰藉心灵的，不仅仅用眼睛扫描，更不是用来装饰你的虚荣和粉饰你的风雅。

我喜欢海莲的爱书方式，她从不收藏自己没有读过的书，也绝不将书当作炫耀的摆设。她的书一直藏在心底，在时光中像一曲月光流淌着温润与阅读有关的一切人和事。

海莲与弗兰克20年来始终未能谋面，海莲不是没想过去伦敦看看书店看看弗兰克。她终于有了自己的积蓄，但却因为各种原因没能成行。

书照买，信照写。

到了这一天，海莲3个月后才接到回音，她被告知：弗兰克于1968年12月22日病逝。

读到这里，我仿佛感到自己是海莲，突然一种期待已久的愿望如一张纸被撕碎，心里的感受已不是用悲用忧用伤痛能形容的，是一种多年累积的情愫城堡瞬间崩塌。那个遥远的书店，那个曾经让她产生无数美好遐想的街道，查令十字街84号，那个称呼了20年的弗兰克，他再也不在那里了……

年届晚年的海莲终于有了一个仅有的机会，她仍抱着酝酿20载的怀想，奔赴另一座魂牵梦萦的城市——伦敦。

当海莲赶到查令十字街84号时，这时弗兰克已离开人世3年了。当海莲走进即将被拆迁的马克书店时，距离她第一次给这里写信，已经过去了20年……

她在心里对已逝的弗兰克重温信中的对白，海莲在一封信里说道：

"弗兰克，这个世界上了解我的人只剩你一个了。"泪尽之后，海莲觉得体内像掏空了一样，一片冰凉。

是的，那是一种如此温暖的揣想，如此温暖的语调，如此温暖的笑容，如同一杯酝酿多年的酒终于启封，饮了就化作相思，足够海莲微醺一生。其实见与不见又有何不同，她知道他在那儿，从不曾给她失望；他知道她总会惦念着他便知足。这样隽永而没有欲望的相知，因为纯净无邪才更温情，因为不曾激烈地燃放就不会有凋谢。这样古

孤独的阅读与快乐

老的一种方式，却最是恒长。

海莲与弗兰克甚至没有握过手，可灵魂却一直相伴而行。这是一个凄美的遗憾。假如我们远方有一个不曾谋面的知心朋友，给人一种绵长的思念与怀想与遗憾，也许每个人心底都有这样一种情怀，也正是这个遗憾打动着我们。

我想，现在的人们渴望以最快的方式满足心中澎湃的而出的欲望。而不知过程地漫长恰恰才能积淀深厚和难以倒塌的感情，有多少人耗得起20年陪伴一个触手不得的莫逆，却能换回一种灵魂的共生？

叔本华说："要么庸俗，要么孤独。"

海莲与弗兰克20多年的莫逆之交，幸好没有变质为爱情，这个故事才没有沦为庸俗，才会让读到的人无法忘记，才会让读到的人在孤独中享受阅读的快乐。

《查令十字街84号》不仅仅让我们从文学作品中找到想要的愉悦和享受，更多的是她把我们读书人爱书人带到一个神秘而令人向往的读书之旅，同时，也教授爱情的另一种译法。

"我想，当爱情以另外一种方式展现铺陈时，也并非被撕去，而翻译成了一种更好的语言。上帝派来的那几个译者，名叫机缘，名叫责任，名叫蕴藉，名叫沉默。"这是台港作家张立宪对此书中关于爱情的又一种注解。

假如我们热爱文字，首先要阅读；如果我从事写作，我一定要阅读；如果我不写作，我更要阅读。我想从事创作的我，如何能创作让给别人带来赏心悦目的文学作品，让书带给人们阅读的快乐，让阅读改变自己，让自己变成另外一种人，尽管不一定变得更好，但改变本身就已经是人生的目标。

我想，阅读能让自己与自己的灵魂靠得更近。

台港作家唐诺在附录中所说："一个无垠无边的智知世界，却是由一个个小洞窟构成。我尤其喜欢查令十字街的一个个如此洞窟，一方面，这有可能正是人类亘古的记忆存留，是某种乡愁，像每一代小孩都有寻找洞窟打造洞窟置身洞窟的冲动，有某种安适安全之感，而读书，从阅读、思索到着迷，最根底处，本来就是宛如置身一己洞窟的孤独活动……"

我想，我们要学会孤独，学会在孤独的心灵世界去读书去体会阅读的快乐。

当我掩上这本书，让我与大家来重温一下结尾的感人的画面，海莲对着空荡荡的书店如对着空气说：

"我来了，弗兰克，我终于来了。"

最后我想说："如果你去英国伦敦，你们若恰好路经查令十字街84 号，请代我献上一吻，我亏欠她许多……"

孤独的阅读与快乐

探长的春天

已经3天了，崔超良还在昏迷中。他沉入深海一样的黑夜与病痛较量；她守在床边像守一个世纪的春天，她迎接着命运的挑战。

之后，在那个秋天的黄昏，我携带着文字邂逅一个探长的春天。黄昏呼吸着夕阳，夕阳照醒我的记忆，我的记忆像一件老旧棉袄的纽扣又一次不可抗拒地打开在秋风缓缓吹过的情节里，仿佛触摸着故事柔软的体温。

一

天阴沉沉的，夜色苍茫，很静。

那夜，不记得有没有风，应该是有风的，崔超良记得在虎头山看守所审讯犯人时，听到窗外的树发出沙沙的响声，一片斑驳的光影像皮影戏在玻璃窗外舞动，有些魑魅。

审讯结束，踩着夜色，他驱车回到家里。

"阿良，您今晚又这么晚回来，我煮点东西给你吃。"妻子崔春媚从卧室传来说话声。

崔超良抬腕看了看表，此时已是深夜12点多了。

他说："不用了我不饿，你赶紧睡吧。"

他已经很疲倦了，进屋看了看儿子，见老婆已经起来，他安慰她好好睡，并说"我今天去虎头山审了几个犯人，所以晚了，现在可以睡个安稳觉了。"

家是一个普通的三口之家。他们生活在粤西名叫电白的小城。如果给崔超良的血液把脉，他只是一个流着普通血液的汉族人；如果给他的职业把脉，他是广东省茂名市电白区公安局刑警大队一名探长；如果给他的爱情把脉，血浓于水。他的妻子在他受伤后连续90多个日夜守候他、照顾他，最终晕倒住进了同一间病房……

其实，这是一个老掉牙的故事且算得上是一段"俗"的故事，写警察的文章总是在"熟"与"俗"中像连环套一样来来回回地进行文字编排，这次我又将这段"老土"的故事从记忆的脑门开始进行新的重组。

感情离不开人性，婚姻离不感情，血肉之躯之上便是人性的灵魂在闪动。生命的现象是很神秘的，而柔软的爱情在水与火中焠炼出坚韧的生命。

我已记不清崔超良的模样，只仿佛记得他是中等身材的南方男子，普通得如墙根下的一株小草，却青绿挺拔，一双眸子如黑夜中野猫的眼睛闪动着机智的光。警察只是一个职业的名称，可在职业名称的背后，必须赋予一种常人所以不具备的内涵，比如忠诚、比如正义、比如勇敢、比如流血、比如牺牲……但更多的我觉得还有一种警察品格，从事警察职业所经历风雨雷电、刀光剑影之后自己与家人的耐受性，甚至可以将濒死的生命注入奇迹的生命体征，这就是生命之上的灵魂、灵魂之上的爱情力量。

二

天阴沉沉的，夜出奇的黑。

那夜，崔超良一家沉入了梦乡。凌晨4点左右，一阵惊悸的电话响起，崔超良马上接听，对方是马桐队长打来的："崔超良，XX逃犯有线索，立即回队集合赶到林头镇……"

崔超良立马起床穿衣。可妻子崔春媚说："你刚从虎头山审犯人回来，才睡3个小时，你太疲劳了，别去了?"

崔超良边穿衣服边说："没办法，工作嘛还得去……"话未说完，崔超良已出门，骑上那辆红色本田摩托车消失在夜色中。

可妻子崔春媚却怎么也睡不着了。心里有种异样的感觉，特别的慌。按常理，丈夫经常是半夜"机"叫就出发，虽然每次都睡得不踏实，可没这次显得心慌意乱。当初约定只要外出办案，都要打电话回来报平安。这一次，春媚直到天亮，也未能听到电话铃响。

崔超良他们7个民警乘着夜色赶到离县城30多公里的林头镇，去抓一名抢劫逃犯，可刚抓获逃犯押至村口时，被逃犯的亲属阻拦，并以"抓贼"为由煽动不明真相的村民围攻他们。这帮人用火药枪、木棒、铁棍向他们一阵乱打。而崔超良挺身而出向不明真相的群众讲道理时，结果被一棍击中打晕在地，成为歹徒们行凶的对象。天快亮时，110接到报警电话，60多民警赶到现场，崔超良已是伤痕累累、昏死过去。

崔超良觉得离太阳好近，他感到一种热力传遍全身，身旁有一棵高大的木棉树，树的枝干锈红，花开得如碗口般大，他看到了妻子崔春媚在喊他："阿良、阿良……"风好大，殷红的木棉花像雪片一样坠落。

这一头，崔春媚没有接到电话，崔春媚有一种不祥的预感一直持续到她接到那个让人心悸的电话，此时的春媚正在医院上班。电话是马桐队长的声音："崔医生，阿良受伤了，现在第一人民医院抢救……"一听她大脑轰的一片空白，连白大褂都来不及脱，马上让科里的同事开了摩托车赶到医院。

在第一人民医院外科病房，春媚看见了县委、县政府、县公安局的领导及同志们，20多人站满了病房和走廊。一看这阵势她明白了几分，知道事情严重了，腿一下发软，差点晕倒。人们见她来了，立即闪开一条路，她眼睛直直地在病床上寻找丈夫，而映入她眼帘的是满脸泥沙，头部肿得比平时大二倍，手脚也打着惨白的绷带的丈夫。作为医生的她，也承受不了这样的现实，她踉跄地扑到丈夫床前，悲切地喊了一声："阿良……"随即晕了过去。

当她被抢救醒后，抚摸着昏迷的丈夫哭了。经诊断：崔超良全身大面积软组织受伤，左手粉碎性骨折，左小腿断了二节，头部颅骨受挫出血……

显然，崔超良生活不能自理，有无后遗症很难说。春媚此刻才发现，她的生活从此被改变了。儿子刚两岁，丈夫是她生命的一棵树，树倒了，她的生命将支撑不起来了。但是崔春媚没有倒下，她必须把自己变成一棵树，否则，这个家就没了，她必须撑起独立飞翔的天空。

崔春媚爱笑，崔超良在昏迷的日子里，妻子的笑声在耳边像一阵阵海风带着家乡的味道陪伴她，他的灵魂细胞在分裂，在滋养一种新生的力量。崔超良终于被抢救醒了，在医院一住就是3个多月，也就是90多天，妻子也就守候了90多天个日日夜夜。

这是她的流程：每天，天不亮，她做早餐喂完两岁的儿子；7点不到，将早餐送到医院喂丈夫，然后料理丈夫；8点回单位上班，晚上买菜回家做饭喂儿子，接着送饭到医院，一直陪丈夫到深夜，有时太累了趴在病床边上就睡着了。这是刑警的妻子。从某种意义上，除体力外，她比丈夫更要具备强大的内心世界。她除了照顾受伤的丈夫更多的是给超良精神的慰藉。

此时，让我想起女诗人舒婷的《致橡树》：

我如果爱你
绝不像攀缘的凌霄花，借你的高枝炫耀自己。
……

不，这些都还不够！
我必须是你近旁的一株木棉，
作为树的形象和你站在一起。
……

你有你的铜枝铁干，
像刀，像剑，也像戟，

我有我的红硕花朵，

像沉重的叹息，又像英勇的火炬。

我们分担寒潮、风雷、霹雳；

我们共享雾霭、流岚、虹霓，

仿佛永远分离，

却又终身相依，

这才是伟大的爱情，

坚贞就在这里：

爱不仅爱你伟岸的身躯，

也爱你坚持的位置，足下的土地。

在结婚的 5 年里，她要照顾患有慢性支气管炎的家公家婆。家公住在乡下，一犯病，春媚就得背上药箱顾家公；家婆患有"风湿性心脏病"，一犯病就要到医院抢救，春媚又得背着儿子往返医院。

一次，她正在为一名子宫肌瘤患者做手术，手术进行了一上午，还未来得及吃早餐的她到中午 12 点终因劳累过度晕倒在手术台上。如今，崔超良已从轮椅上站了起来恢复了健康，这全靠妻子春媚，是她为这个风风雨雨的家付出无数的心血与汗水。

三

我脑海中是一个会笑的女人。她有南方女子的娇媚，如她的名字一样像一支粉白的梅花在风雪中更加默默散发着暗香。她在与警察进行锅碗瓢盆的日子里找到一种姿态，这种姿态是令人赞叹的，这姿态是经历风雨雷电的洗礼。

"我最大的心愿就是：丈夫多一些时间陪，多同家人团聚。"她心愿太小，可心愿又太真太实。

1990 年，18 岁的崔春媚考上了广东医学院读书。而这一年，年长春媚 4 岁的崔超良已从广州市警校毕业，分配到广州市公安局越秀分局工作。两人是在一次老乡聚会中相识的。当时，春媚得知他是警察时，仿佛嗅到一种壮美的气息，一种从骨血中流淌出的"英雄"气概，她觉得她对从事这个职业的人有一种特殊的敏感。

她说，他是那种稳定沉静的男人，是那种热心帮人毫无怨言的男人，是那种干事业并有一定才能的男人。她说了很多很多，她还说，他在她眼里是个帅警察，然后，她甜美地笑着，少女的情怀像水一样在灵魂中铺陈开来。

然而，崔春媚父母坚决反对她嫁给又清贫又危险的警察，一心指望她嫁个有才有识的医生。亲戚朋友也劝她。春媚困惑过、哭过、最终还是违了父母心愿，嫁给了穷警察。

首先面临的便是两地分居，一分就是 3 年。

不久崔春媚怀孕了。

分娩对于每个女人来说都是刻骨铭心的，也是女人最幸福的时刻。可此刻对崔春媚来说内心的阵痛，已远远大于身体的阵痛，她发现这爱有些沉重。

1997 年 8 月 24 日上午，他们爱情的结晶出世了。可这位警察爸爸却在几百里外缉捕犯罪分子。

3 天后，崔超良冒着大雨搭乘早班车回到电白，直奔医院。

做父亲的心又兴奋又激动。他浑身有些颤抖地来到母子身旁，轻抚着妻子："媚，有事没有哇，感觉怎么样……"

崔春媚她看着还穿着警服浑身已是湿漉漉的丈夫，深情地说："你终于回来了……"声音哽咽了，两行热泪顺着眼角流了下来。

崔超良鼻子发酸，眼眶湿湿的，双唇蠕动着，说不出话来。儿子在他们中间睡得十分甜美。

第二天清早，崔春媚床头柜上多了一大棒红玫瑰，香气袭人。崔春媚笑了，她已记不得这是丈夫第几次送她花了，可她知道，这一次，是最多的一次，88 朵。

此刻，这位年轻母亲的心如盛开的玫瑰，亮丽、灿烂，她满足了。

故事有些简单，但也是故事。崔超良和崔春媚是在对方心中都找到了自己的天空。有人说，爱情是一场戏，其实，爱情是两个人的一个真情故事。

　　在如今的社会，爱情似乎已经变味，崔超良的故事给我们带来的是血浓于水的人间真情。所以说，爱情是发自内心深处追求自我满足的动力，通过它的外在客观，内在动力由潜意识转化成明朗的现实状态，他们这对普通的小夫妻却将其演绎得十分淋漓。

　　在崔超良的身上，我们感受到了温暖的人性，温润人心的付出。崔超良是幸运的，在他生命的低谷，他找到了生命的春天。

　　我想我们应该尊重这个故事，她终究是美丽的，比春天。

让孤独说话

当一段时光开始总结，记忆就会从暗角流泻，像沙砾碾过眼眶；当激情向时间奔涌，交点终会组成一枚凄凉的句号，思想从巅峰滑行，一路捡拾走过的经历，如手中紧握的沙，不忍曲终人散。

在鲁迅文学院学习的3个多月，就像从现实进入灵魂的天堂，从思想到内心世界、从迷茫到顿悟、从麻木到感知、从疼痛到大爱、从懒散到激情，是我人生历程一场重大的洗礼。

说实话，听同学说写总结时哭了。我有些害怕，想逃！不想去总结在鲁迅文学院学习的日子，心在疼处漫延，舍不得这段光阴收场。

可再远的火车终要到站，再美的烟花也会散。对着公大萧瑟的校园，静默地听心讲述出，让孤独说话。

接到"鲁迅文学院第二期公安作家研修班的录取通知书"的一刻，我知道我的人生开始转换角色，深深感到全国公安文联是我文学生命的娘家，鲁迅文学院是拯救我文学生命的智者，感激在这里显得如此苍白。在这里我与文学已达成默契，血浓于水，唇齿相依。在我走过的30多个人生岁月，茫然地蹉跎一段一段文学的光阴，思想从不敢企及这个文学最高的领空。文学是我天生的一个苦结，从小就想成为作家，小学时写儿歌发表。可现实生活和从事的新闻职业把这个结打磨着，只剩那么一点苦味沉淀在欲望的角落，不敢去搅动。

如今，站在北京、站在公安大学、站在鲁迅文学院的殿堂，一天又一天，时间的针脚缝合着走过的分分秒秒。

回想听过的一节节课，不仅把小说、散文、诗歌、报告文学创作分类装进我们迷途一样的思维，更让政治、历史、哲学从高层次解析，跨越到音乐、电影最高峰，从视觉、知觉、领悟像高山流水冲击而下，疏通我们滞涩的神经；如一把把手术刀解剖我们创作中的自以为是，深挖出我们的创作瓶颈和软肋；每一堂课又如钢琴的黑白键高高低低置换我们创作的角度，也敲击我们对时代、对社会、对人乃至对公安、公安民警以艺术形式去讴歌的责任。正如何建民老师所说，作家要用政治家、思想家、哲学家、甚至于社会学家的思维去写，要超越独立的思维方式去创作。近40节课，让我们从迷茫的创作状态找到一个相对清晰的，更高、更深、更远的路径。

第一节课是李敬泽老师的《小说与人情》，它让你开悟，写小说要反反复复去研究人、了解人，犹如闲庭漫步，轻重缓急，在忙中写闲，闲中写忙，步步惊心，从中感受到文学的质感与文学的可能与不可能；刘庆邦老师的《生长的短篇小说》以种子说开场，小说的种子是什么，如何选种子，形象生动地把小说的创作规律告诉大家，从中找到自己需要的东西，他从一般文学技巧讲到小说创作的具体实践，这是一堂丰盛的文学大餐；王冰老师的《散文写作的起点与向度》，要站在别人的终点去跑步，才能超越；张策老师的《关于公安文学的一点想法》从公安文学的基本特征以及公安文学发展的问题等，为我们创作提供了丰富而宝贵的实战经验；武和平老师的《从作者到作家》作为一个公安文学的领军人，回顾了公安文学的发展历程和存在的问题，用他的创作经历提出了创作体会和忠告，并给我们传达了一种坚忍的创作精神。

3个月时间如水一样流走，一根文学红绳把来自祖国各地的50位同学集结北京实现一个共同的文学梦。我们情同手足，我们拥有一个缘分的天空，我们相依聚首。在这里，与老师、与同学、与文学、与忧思；与北京的一瓦一草、与公大的一树一天空，就像撒在血液里的花种，深深浸淫我的思想，等待在岁月中发酵，开出我文学的春天。

3个多月在彷徨中、在怀疑与肯定自我中前行。过去，对文学仅浮于表面，以一种爱好的姿态写作，虽然发表了不下200万字的东西，常常去写一些慌张的文字自以为是，与文学定义为一面之交，沉湎于"小"我中，并没有领略文学蕴含的震撼世界的精神力量。

今天，我在鲁院的收获是埋进思想深处的体悟——文学是孤独的天堂，让孤独说话。

慌张无法抒写深刻，浮华无法沉淀思想。在此期间，在课堂上，我收获另一个世界的砖瓦，唤醒我建造心灵世界城堡的欲望，让我的文学神经开始像有了丰富的血肉。由此，在鲁院学习几个月，我浮躁的思想有了孤独感，也将于今后的日子演绎一个个经久不衰的人间故事。

在鲁院期间，我的散文《梦在飞翔》于2013年12月20日发表在《人民公安报》，评论《感悟生命与艺术》得到鲁院老师的好评。后期，坚持每日写一首诗练笔，5000字的散文《凡尘与天堂来信》写完后，感到从思想对文字的感悟都有了一次飞跃，这些成为我心灵世界城堡的门槛，而把老师的教导和同学的友谊编织成一个个相亲相爱的花篮悬挂在门槛之巅。我文字的阶梯在孤独中开始爬行，忍耐寂寞的感觉，把文字浸润在精神的天空，从一个字一个符号出发，握一支素笔，点亮生活的红烛，如莲静静坐实这片文学的风景。

写到这里，本该收笔，可看到坐了3个多月空空的教室，往日同学们热烈的争鸣，老师精彩演讲的声音，都已成为过去；看着公大校园曾经金黄繁盛的一树树秋色被寒冬浩劫，空留枯木和草黄；看着高警楼前那条洒满阳光的大道和操场不再有同学的身影和喃喃细语，心陡然陷入极度的恐慌，泪水忍了又忍，无数遍告诉自己一定要坚强，让自己变成冷漠，致命撞击，也要云淡风轻。

我最后想说：永不道别。不管是鲁院、文学还是同学，我们刚刚相聚，一起守望文学的天空，享受孤独。

用心捂热一方土地

我不怕黑夜也不怕孤单
只怕没有你笑容在身边
有你的日子相互依恋
守护着我们的誓言
……

每当听到这首《爱是永远》的歌，心便会有一条情感的河流涌动。在鲁院学习的日子，一天一天像流沙在深秋和寒冬的北京流过，而思想的时间表却在每节课堂穿行，像一根无影的针在悄悄地挖掘内心的激流，又像一把青铜色的小锁不经意把文学的精髓锁定在公安作家灵魂深处。文学理论的教学犹如一片白云飘动的湛蓝天空，而社会实践却给了我们无限辽阔的土地，我们是行走在天地间的文学人。

午后的阳光打在古镇那三五个青春年少的脸庞，沿街是岁月铸成的青石板路和木门青瓦房，我走在光影照耀的小街上听到他们在声声歌唱。两岸边的乌桕，小河中的乌篷船，小狗与夕阳、老人和古树，瓦屋和红灯笼，渔夫和村妇，野花、杨柳……在水的倒影中，在闪烁的光波里舞动，仿佛所有的物象都镶着日光的笑，这是一幅流泻和顺的水墨，我心中渗出一种阳光般的感动。

我的思想带着南粤初春的葱茏奔赴一场在江南心与心的约会，这是来自祖国各地50位公安作家在浙江省杭州、绍兴、湖州等地进行社会实践与实地警务的相约。

　　有一种声音可以穿透你的血液，有一种声音可以温暖你的双眼，而有一种声音却能在你的记忆中留下刻痕回响终生。我在这听到了一种让你肃然起敬的回响："我的生命属于文学，我的文学属于人民。"这是全国公安文联主席祝春林掷地有声的话，把我们带进作家责任的领空。

　　我来自人民，我要还归于大地，这是一种使命和召唤。

　　青柳上眉梢，烟雨听飞花，二月的风刮动江南的雨，我在南浔古镇追忆古老时光，翻动那一章章故事。我静静地坐在小桥上，清风徐徐，迎面拂过我凌乱的思绪，太湖的水、绍兴的鲁迅、兰亭的故事、南浔的桥、吉安的竹，风卷残云般把我的思想占领。最后我对风景说，你们只能成为我故事的背景音乐，我要寻找我故事的主角，直到用文字扎根，直到用记忆封存。

　　我挂着微型单反相机，恨不能把这里的每片瓦、每滴水、每一个眼神捕捉。此刻，我用文学的心嗅到百间楼和谐的炊烟；我用文字的眼睛搜索到"警务广场"实体平台；我以一个民警的身份与马长林、郭春华、王永年、裘力彬进行心灵的对话。这些是我想说的故事，湖州市的天空永远流动着春潮，每个人都享受着盛夏般的暖意，这篇故事永远流传不会结束。

　　与我相约的浙江省湖州市原来是生长在太湖边上，沾满了水灵的气息。湖州市位于太湖南岸，西部是丘陵地带，东部是水乡河网地域。我与湖州市约在二月的春风里，空气中还氤氲潮湿，她身上有漂亮的雨，有含蓄的雾，有灵动的山，有柔媚的水……

　　故事的主角在我文学的天空开始丰满起来。而此刻，记忆蹦出全国公安文联副主席武和平闪电一样的语言——"作家要写一部延长自己生命力的作品"。由此，我想到我们的警务合作共同体，想到了警察精神。是的，我们如何用行动书写一部延长警察精神生命的史书？在湖州，我领悟到一种警察精神的深度、宽度和长度，湖州的

用心捂热一方土地

"民意导向型"警务是全国公安机关践行党的群众路线教育实践活动的样板，是新时期的"枫桥经验"。"用民意领跑警务，让警务领跑民生"的承诺像风雪之夜挂在路口的红灯笼，时刻暖着匆忙赶路的行人。这里的民警又用行动把这个诺言诠释：站在老百姓喊得到的地方，像流动的太阳去捂热老百姓的心窝，捂热一方土地。

我在细碎的阳光下，在春雨绵绵的夜晚，翻动一章章故事，翻看一行行档案。

王法金，湖州吴兴区公安分局月河派出所副所长兼文苑派出所社区民警。他推出的"黄手帕工程"，解决了无业人员"饭碗"问题；实施了"朝霞工程"，挽救了失足青少年；发明了"六位代码出租屋管理法"……

我看见王法金像精灵一般在水乡来来回回，在夜深人静、在清晨、在雷雨闪电的时刻，他用永远的微笑点缀着两岸水乡的景色；他用昼夜把"点子警察"标注成了他的符号；他用天边的云锦剪一角黄昏，把"黄手帕"摇动成他的安心的工程：在迂回难辨的青石小径，在绿柳絮语的早晨，在小街沉寂的深夜，太阳不眠，在河岸，在水上人家，在孤寡的心里，开出一团团暖黄色的抚慰。

春雨绵绵，湖州开发区分局杨家埠派出所罗师庄社区民警马长林向我们走来，他平凡的笑容、平凡的问候、平凡的步履如日月星辰掠过社区，如大雁飞过天空不留痕迹，正如太阳只穿一件朴素的光衣，白云却披了灿烂的裙裾。我穿一身红衣与身穿警服的马长林合影交谈，这正是一个公安作家用心去感悟"平民警官"的大好机会。我坐在马长林的办公桌前，脑海里是他走在社区的蜿蜒的小路上，身后踏出一条和谐路的情景。人们称他是穿警服的保姆，而他却说，被别人需要是一件很幸福的事，每当说到这他憨厚的脸会笑出晚霞的红，却透着不容置疑的坚韧。

曾经有人说过，音乐是神奇的，在湖州我听到用灵魂来演奏的曲子。一曲曲旋律像来自天籁的声音，飘洒得山清水秀，像喝了的酒的岁月把太湖之州浸透得分外妖娆；为一方百姓演奏着柔情；把平安和谐的乐章镀进这里的一草一木一时光。这就是湖州市公安局警官乐团。这是公安文化的具象体，却又展露出承载公安文化精神生命的内功。演奏家全是来自公安一线的交警、刑警、治安警……每个警种都是一枚跳动的音符，他们演奏的是内心世界汩汩流淌的情感；演奏的是水乡哗啦啦流动的月光；演奏的是警察的困难、困苦、追求、梦想、神圣、荣光；演奏的是警察的精神家园，和谐警民关系的今天和明天。

记得有人说，春天不是季节，而是内心；生命不是躯体，而是心性；人生不是岁月，而是永恒；风雨不是天象，而是锤炼；沧桑不是自然，而是经历……而湖州的民警经历了四季、经历了沧桑、经历了岁月、经历了蹉跎，用热血展露着生命价值的底蕴，把对百姓的爱一直锤炼到生命的尽头。

我的故事里还有刑警沈光明，还有百姓身边的"警务轻骑兵"，还有最美女警成伟明，还有……这里有太多太多的人和事，每一个故事都那么动人，虽然有的已经久远，可在我的记忆中还是那么清晰，那么动人，使人沉吟回味，使人想触摸个中的情怀，像触摸核心世界一段刻骨的经历。因为太多的感动，我的笔开始艰涩，成为一条漂浮的小船在古镇的运河打滑……

每棵树都会长成林，每个秋都有丰收的果实，每一季春都有花开的繁盛，所有都经历过风霜雨打，而马长林、王法金、郭春华、王永年、裘力彬等民警用云淡风轻一样的心境收获一连串荣耀，他们日复一日，开垦一片润物细无声的田地，共用一个大写的爱种植。

我故事的最后还有一段有些古老的寓言要讲：有一个船夫在湍急的河水中驾驶小船，上面坐着一个哲学家。哲学家问："你学过哲学吗？"船夫说"没有"。哲学家说："那你失去了一半的生命。"哲学家又问："你研究过数学吗？"船夫说："没有。"哲学家说："那你失去了一半以上的生命。"哲学家刚说完这句话，风就把小船吹翻了，哲学家和船夫两个人都落入水中。于是，船夫喊道："你会游泳吗？"哲学家说："不会。"船夫说："那你失去了整个生命。"

理论带给我们的是思想的生命，而生活的实践却给了我们生命，我们作家要与大地一起呼吸，才能拥有创作的生命。

我们不仅要做哲学家还要做一个船夫。

走在湖州的山水，领略警察的情怀。我们带着鲁迅文学院的给我们的魔杖开始行走，而在湖州找到船夫驾驭河流的双桨开始人生实践。

生死界碑

没有经历过战争，有资格和能力谈战争、谈抗日吗？

现在我的身体如此安静，每条蜿蜒的血管内流淌的是水，净而清澈。我不想血液沸腾，那样心也会沸腾，身体也就不那么安静了。在和平年代可以感受一种带着花香的休养生息的态度，但是思想不会。特别是历史的印记，它让思想像复杂的万花筒不得不去感受一场场多变的世界。思想越安静，那些逝去的故事、场景会排山倒海放逐在大脑深处，封存的历史会在阳光下发酵，被情绪推着，被形势推着，被轰轰烈烈推进一堆文字中。

我在等待一场放逐。

我活在和平年代，没有经历过战争与苦难。但却看过无数战争的场面，那是文艺作品中包括电影、电视剧，这些作品也会排山倒海般浇灌我宁静的内心，让心不得不去沸腾。从年幼时就被忆苦思甜洗过胃，被《血战台儿庄》《中途岛海战》《虎虎虎》洗过脑，终究我记忆中爬满最深的、让人不寒而栗的就是战争的弹痕。于我几乎用"恐惧"另一词汇来代替。

在城市的中央只有高大的建筑、车流、忙碌的市民。这个南方的城市已几乎两个月没见到太阳，阵雨、雷暴雨清洗滋润着这里。而我却想起了山，想起山上那道晨光云朵。我在虚幻中看见山的倒影在雨中显出一种柔软，水乳交融。我一直敬仰山，山是我血液中承载生命的支架。

我想说的是一座没有名气的山，高黎贡山，景颇语叫：母亲山。她坐落在滇西腾冲中缅边境，云南境内。她是横断山脉的明珠，站在山之巅，向东迈一步是亚洲，向西迈一步是印度大陆，这母亲山是腾冲人民的生命坐标，是生生不息、生死相伴的精神图腾。

清晨，窗外是电锯声，那朵香皂片做成的红玫瑰似乎比真的更艳丽地开放在一格窗前，永恒地开着。还有一盆小小的文竹，细弱枝干像我体内的骨头顽强地生长在沉郁的空气中。历史的声音、尘土、场景和现代的电锯声音响中传出的音乐都以一个生活的名义骚乱我安静的身体。我的身体和思想分裂着，我想舒服地躺在城市的阳光下喝咖啡谈文艺，可是思想却在身体的裂缝中进进出出，像风一样带着历史的墨迹从古到今，像雷电一样拷问生命的价值，还有一种责任像锯齿撕咬麻木的灵魂。

记忆线拉着风筝一样的片段，来到一座山下。当我进入中缅边境腹地时有一种敬仰穿透我，柔软的黄土地散发着热烈的气息。

"我的祖先并没有遗传我软骨头，高黎贡山孕育的儿子绝没有软骨病。"语言中带着血的刚烈，他是当年腾冲县县长张问德口中喷出的怒火。1942 年 5 月 10 日下午，日军组成的"黑风部队"直入腾冲，腾冲沦陷。7 月 10 日，张问德毅然领导腾冲各族人民参加抗日斗争。其施政方针是：安定地方秩序，减轻民众痛苦，支援军队抗战，以期收复腾冲。至此，腾冲各族人民抗日斗争如火如荼，日本侵略者心惊胆战。1943 年初，日本驻腾冲行政班本部长田岛到腾冲后，想以欺骗手段诱使县长张问德投降，并发诱降书。面对日军实行的"怀柔"攻心政策，张问德严词拒绝，并复函田岛，《答田岛书》严词拒绝邀请，严厉谴责敌人罪行，大快人心。

腾冲这段历史我只能从导游公式化的介绍中了解只言片语，但在这些碎片中我读到一种风骨，也将顺着这些碎片拼接我对高黎贡山下"小团坡"的感受。

历史不会改变，如磐石嵌入史册，可人的感受异彩纷呈。在这里，我看到的是战争与和平的对峙，是生死对抗，是日本与中国的较量，是人性与兽性的挑战。

此刻，窗外下起了大雨，我的笔却在记忆与历史的轨道中徐徐前行。那支玫瑰像在祭奠阴沉沉的天空和历史的思想。

我来到高黎贡山下的"国殇墓园"。腾冲人为纪念远征军而修建。"国殇墓园"坐落在腾冲县城以南的来凤山。它是云南唯一的、也是全国罕见的大型抗日战争纪念陵园。忠烈祠门两边深棕色门柱像壮士两条手臂威武有力："气壮山河成仁取义，光照日月生荣死哀"，这是墓园忠烈祠内的楹联，门额上为蒋中正题写的"河岳英灵"匾额，如他眼中喷射的一团怒火。

风从四方吹得有些凛冽，头发在风中始终凌乱，一颗心像扔进水中的石头向下沉降。往里走是当地人命名的"小团坡"。

"小团坡"是墓园内安放英烈墓地的一座小山坡。我站在山坡下，风抽疼我的眼睛，我突然觉得我活着，我们都活着，而脚下黄土里却是逝去的生命，只有灵魂像风一样与我对话且，生在延续。手里拿着一支黄色鲜活的菊花，菊香像柔软的手抚摸我的气息。

眼前不知是壮烈还是壮观，从没有见过这样的墓园：山坡长满碧绿的青草，而顺延而上是呈扇形状排列整齐的 3346 块小墓碑，按军衔静静地依次排列着。坡麓呈半圆形台，石阶可登。一直往上走，坡顶则是"民族英雄纪念碑"宛如出鞘利剑耸直犀利直指蓝天，这是记载中国远征军抗日阵亡将士丰功伟绩的丰碑。

1942 年日军占领缅甸，截断了盟国援华抗战的运输大动脉——滇缅公路，之后入侵中国。怒江以西的大片国土落入敌手，腾冲成为滇西沦陷区抗日的桥头堡。1944 年 5 月，中国远征军发起滇西大反攻，这是世界军事史上罕见的最为惨烈的殊死血战。收复腾冲之战，中国远征军毙敌少将以下官兵 6000 多名，我军将士 8000 多人阵亡，腾冲民众死难 6000 多人，美军官兵阵亡 14 人。

这一天，却是一个阴雨的天。墓碑真的很小，高不过五六十公分，恍惚间以为这里埋藏的是一个个孩子，其实当年的远征军战士也不过十六七岁，放在今日还是在母亲怀中撒娇的孩子。有些墓碑没有人献花，有的墓碑前有。我蹲在一块没花的墓碑前，有个声音在耳旁穿过，那是一种呐喊，一种"冲啊……"的喊声；我又闻到一股浓烈的硝烟气息，一个远征军战士走来，手里还握着一枚冒烟的手雷。他很年轻，年轻得看不清他的五官，只感到脸有烟霞一样的云雾，胸前有一片开得如牡丹般的鲜血，他是中国远征军第20集团军的一名士兵。我将手中的黄色菊花放置在他胸前，与那牡丹一样的鲜血排在一起。我的手触动到墓碑，墓碑很湿，手在风中有些颤抖，又一个声音传来："现在世界和平了吗？是不是不再有战争？"又或许在拷问："我们用死换得了你们的生，你们有无好好珍惜？"是的，鲁迅先生说过："先烈的'死'是后人的'生'的唯一灵药。"在生死界碑前我坚信。悼念英烈是为生的人们敲一记警钟，在墓碑前灵魂与亡灵的对话应该就是直逼着人的生命与人性的大限。

我只能默默三鞠躬。

在纪念碑的正对面脚下，一片荒草中，有三个低矮的坟茔，墓碑上写着已被岁月侵蚀得模糊的"倭冢"二字。这里埋葬着当年与中国远征军对抗激战的日军高级将领的三具尸体。倭冢很低矮，像匍匐在地上的倭寇向中国"民族英雄"谢罪。

今天是我离开腾冲的3个年头。那座母亲山、那个墓园、那3000多将士的墓碑在沉寂的思想深处激活。

小战士如风走过我的灵魂，我看见烟霞一样的云朵正从"国殇墓园"上空缓缓移动，移到高黎贡山——母亲的怀里。那支黄色的菊花正挂着雨珠子静静地放置在小墓碑前。我说：世界正莺歌燕舞，生命在流淌。

英烈们，你们安息吧！

今天的腾冲，今天的中国大地正透着和顺的阳光和母亲温暖的体温，而我们在不懈地创业，创建一个更加繁荣富强、和平安宁的中国。

今天，我的思想得到放逐，我知道当生命觉醒，天地长歌，云帆竞流，使命在肩，当护佑中华。

灵魂永在

雨下得特别的大，玻璃窗的雨珠如人们追思的泪水潇潇而下。

我静静地、静静地等，我的眼里映满白色与黑色，犹如生与死在天堂门前无声的告别。白菊花、白玫瑰、白百合连着几片青绿的枝叶缀在黑色的绸带上，庄严、肃穆、悲哀。我第一次认真地观察灵堂的装饰，它竟然有着肃穆的辉煌，阳光从楼上的窗口穿透着流光的灿烂。过去，我参加葬礼从不敢多看周围一眼，每次都是匆匆送别就离开。原来灵堂可能这么美，被活着的人们布置得素雅而精致。

我努力嗅花的芬芳——一种生的气息。

今天，我却细细的琢磨：一个个花篮、一排排花圈拥挤地排列在大厅的两则，上面垂挂一条条白底黑字的挽联，挽联太多太多，人名一个接一个，像哀思的人们手挽手护送一个灵魂升入天堂，而我的灵魂此刻却受到强烈震撼。

我站在这里，这里如同一个与生死告别的界碑——广州市殡仪馆白云厅。正堂横批"沉痛悼念梁国聚同志"，两旁是："无私无畏从警一生正气始终长存，亦慈亦让忠厚一世好人自有好报"。我的前面、身后是潮水一般追思的人流，队伍排到了大厅门外，上千人的队伍几乎都是穿着白色和蓝色警服的警察。我穿着警服伫立其间，我像是在开一个盛大的庆典时针，不会因此而停留。耳边一阵一阵追思的呜咽像秋天的风又像山泉在空谷回响，我的记忆像弹奏的一曲琴弦，在心灵的长河奔腾。当我听到你辞世的消息，我脑海浮现的是你身穿高级警官制服威风凛凛的身影。我的心在说：敬爱的梁厅长，你不会离去。你的生命已延续在天堂充满了美好，我看见你带着花的芳香、阳光的色彩，还有昂扬的音乐声音走去天堂的路上，你不朽的生命气息仍生长在你奉献的这片热土，滋养着一个又一个为公安事业奋斗的后人……

我们举行的不是生命的葬礼，而是对你的生命，对一个优秀党员、久经考验的忠诚的共产主义战士展示生命的庆典，也预示着新的生命正在继续做强大的延伸……

我伫立其间，我以我心追悼一个为警察生涯拼搏了近40年的老前辈；我以一名警察的名义追思一个为一方平安守望南粤一片净土的廉洁警官；我以一个鲜活的生命延续着前辈未竟的事业……

梁厅长，你永远不会离开我们，过去，现在，未来，你的生命像一支燃烧的火炬，传递着永恒的誓言："打击犯罪、维护治安是我们的天职，服务民众、服务社会是我们的宗旨"。这就是南粤警察精神，灵魂永在。

死神可以夺去人的生命，却夺不去人的信念，这是我们每个生者活在这个世界的一种生命寄托方式，正是这种精神让我们获得永生，灵魂不死，死而后已。《论语·泰伯》："士不可以不弘毅，任重而道远。仁以为己任，不亦重乎？死而后已，不亦远乎？"此刻，让我想起一句话：每个人一生中会被时间般的经历照亮。

华灯初上，羊城的街头天空灰暗。我仿佛走不完这条并不长的路，可这条路却又如此漫长，路长在我的岁月里。那是1999年澳门回归的日子，15个春秋的记忆，今天突然如闪电撕开，残酷地把蕴藏的珍品呈现出来，任其风吹雨打。

"小夏，你写的破获叶成坚团伙案的这篇报道要重新修改，你这篇不是新闻通稿的写法，不能只写故事，要充分体现我们是如何做好迎澳门回归的安全保卫工作……"当时的我十分惭愧。

珠海市公安局迎澳门回归"505办公室"一间会议室灯火通明，时任广东省公安厅副厅长的梁国聚正在为我的这篇报道进行指导，这篇报道关系到澳门回归安保工作的重要工作，迎澳门回归的安全保卫工作由梁厅长亲自挂帅督战指挥。之后，稿件经过多次研究修改终于得到梁厅长的肯定，并顺利发表。同时，《羊城晚报》《广东公安报》《法制与新闻》等全国报刊纷纷报道了《澳门冷血杀手叶成坚落网记》的长篇通讯。也就是因为我承担了迎澳门回归的安保工作宣传任务，才有幸得到梁厅长的亲自指点，才近距离地体会到梁国聚厅长的呕心沥血。

在那个严峻复杂的境内外形势下，梁国聚厅长却勇于担当，迎难而上，用智慧和忠诚，为澳门顺利回归做出了重大贡献，也由此荣立个人一等功，我也才深切感受到梁国聚厅长的平易近人与豁达大度。之后，梁厅长只要见到我就会面带笑容亲切地喊一声：小夏……也会时不时关切地问候近况。记得最后见到梁厅长是我们在竹安园编写那本《粤警新剑》一书时，看望了正在养病的他。当时的梁厅长已有些消瘦，可精神矍铄，从容镇定，谈笑风生。至今回想起来，鼻子发酸，他竟然走得这么突然，走得如此匆匆。

那一年，我作为记者跟随你赴湛江调研打黑，我们坐在火车上一路奔波，你风趣的谈笑让我印象深刻。第二天早上6点到达，你不顾旅途疲劳，带着我们一行5人到海边舒展一下身体后连脸也未洗马上投入工作中来……

那些年，你率领广东公安民警先后组织开展打击"车匪路霸"、严打整治攻势、打击"两抢一盗""粤鹰"等系列专项行动，全省治安问题突出的形势得到根本扭转……

穿过了一个春天，走来了夏天的果实累累。你死于春天，却把春天的葱茏留给了后人。

梁国聚在2003年的警民心连心活动开幕式上致辞时说："我们庄重向社会承诺，打击犯罪、维护治安是我们的天职，服务民众、服务社会是我们的宗旨，我们真诚地欢迎、诚恳地接受社会各界和人民群众对我们的监督。"

灵魂永在

你听到的是一篇心的祈祷

这是我第一次参加这么隆重的寿宴，寿宴是在香港的城市花园酒店粤宴厅举行，在我来说是够气派，大约有100多人参加，女士很多身穿旗袍，男士西装、中式服装，场面十分喜庆。

主席台全用中国红绸缎布置，中间是一大大的金色"寿"字，每张宴会台上有一篮盛开的鲜花，花很香。我们是在给91岁的伯娘祝寿，仅家人就有来自美国、澳洲、新加坡等生活在各国的，伯娘的子孙后代共40多人。主席台上那六七个西装领带白皮肤的美国和澳洲的小外孙围坐在穿红色长旗袍的祖奶奶身边，上方是大大的"寿"字，一幅难得的中西合璧画面呈现在面前，仅一家一家与伯娘合影照就花了40多分钟。

91岁的伯娘，皮肤很白，虽然脸部松弛，眼角写满岁月的蹉跎，依然精神焕发，口齿清楚。戴一副深茶色眼镜，眼光透着神采，化了淡妆，两颊淡粉，银发闪亮，唇红齿白。其间还换了一套衣服，当她换上一件中国红的镂空刺绣暗花长旗袍，让人眼前一亮，虽然有些步履蹒跚，却如一朵风中摇曳淡雅的紫荆花，带着秋天的风韵。91岁的女人也能有如此动人的容貌，不是哪一个女人能达到的。这种深如秋天的美是内心长年的深耕细作。据说伯父早年过世，是她一手带大5个子女，而小儿子却因病走在她的前面，接连不断的亲人离开也没能打垮她。其他的儿孙子女个个出人头地，分住国外，过着幸福的生活。透过这个四五十人的大家庭我看到一个生命的顽强和伟大。这与她长年的教养、修炼，性格的豁达与开朗分不开的。她把生命的年轮走得如此精彩。我想她年轻时一定是个非常有主见的大美人。伯娘曾告诉过我，中华人民共和国成立前，她曾经跟伯父在贵州生活过好几年，当初日子很艰难，之后回到香港，她的内心有一种韧性的强大，就算风雨如磐也无坚不摧。

在我们等候宴会开始间隙，我仔细观察，发现香港人的脸上总是带着淡淡的自信微笑，素不相识的也会对你付出一个会心的笑。我很惭愧，我们对陌生人没有友好的习惯，时时处于一种戒备状态。这一刻我不得不练习微笑。在排队等候签名的队伍中，我看到他们真是个个面带微笑，而且他们的牙齿十分洁白有光泽，眼神温和自信，让人感觉很舒服。我只知道，伯娘与堂姐信奉天主教，后来知道这些人都是他们的教友。

让我留下深刻印象的是宴会的主持程序，其中有一段神父的祝词，神父说："我们每个生命里都依赖天主，我们感谢和赞美天主，我们每天开心健康地活着，都靠身边的朋友支持。愿天主保佑你!"我是第一次参加有天主教友的活动，对我来说有一种特别的新意，与我们平常参加的活动祝词完全不同，他们靠信仰天主而友好地相处成为一种默契的祝愿，我认为这种祝愿更接近人性。

在最后，神父再一次讲话，其实是在引领大家唱颂祈祷文。只听神父念颂一句，下面的人合掌低头，非常整齐地跟着念诵，对于不信天主教的我们是一点也听不懂。

后来，堂姐发邮件告诉我们说："你听到的是一篇祈祷文，叫《圣三光荣经》，祷词是这样'愿光荣归于父及子及神圣；起初如何，今日亦然，直到永远。'这是赞美天主的祈祷，任何时间都可以颂念。堂姐说，你对这些感兴趣是天主圣神触动了你的心灵，是对你祝福。"原来我们听到的一片虔诚之声是他们内心世界发出的祝福之声。愿天主保佑我们。

如今我们缺少微笑，缺少信仰，还缺少暖心的东西。信仰不在于形式，不在于信什么教，而在于我们内心是否真正的强大，是否有一个能够找到驾驭自己内心的马车。当我们独处时，我们能静心感受到

你听到的是一篇心的祈祷

身外的宁静吗？能感受到一种温暖在温润你我的孤独的心灵吗？能感受到一种力量在血液中聚集吗？一切均在心。

　　最近因各种原因一直在修心，却找不到良方，从中国佛教到道教，又到天主教，一个人要使自己心安静下来，仅仅能吃饭香，睡觉安心，恐怕也不是件容易的事。以佛教为例，禅师总会告诉人们：人啊，需要修炼。如何修？禅师说：饿了吃饭，困了睡觉。在一本旧杂志上看到禅师的这样一段话："求人不如求己，求己不如求心。心，应该是一池清水。心水清澈了，山鸟花树映在水面上才是美丽的。那样日日是好日，夜夜是清宵，处处是福地，法法是善法，就没有什么可迷惑、污浊我们的了。"这段话其实挺抽象，让对人生迷茫的人会在刹那间醍醐灌顶，可却不能解决真正的心静。仅从四季的轮回来说，比如春天来了，首先人们会对春天的一草一木一花有着感叹和向往，停在层面的会想到踏春旅游，深层的会激发对下一年生活工作事业的良好期待；接下来夏秋冬，很多世俗的东西涌现，日复一日，很容易被喜乐、兴奋、盼望、忧患、失望、失败、病痛以及经历、异象等等左右，特别是自我主观意识的纠缠，我们自然杂念丛生，无法逃出窠臼，又如何去静心？现在也有些人进行所谓的"辟谷"修身，通过禅修静坐，少思少动，降服妄欲，打通气脉，达到外不随境而动，内不随念而起，心平气和而没有烦恼的心理状态，提高了自我心性。

　　但这"辟谷"修身也不是人人能做到的，我们只能寻找适合自己的方法。曾经慢读张德芬《遇见未知的自己》一书，所有的人事物都是你内在的投射，就像镜子一样地反映你的内在。当外境的任何东西触动你的时候，记得，要往内看。看看自己哪个地方的旧伤又被触碰了，看看自己有哪些阴影还没有整理好。不要浪费能量在那些外在的、不可改变、不可抗拒的东西上。先在内在层面做一个调和事理，然后再集中精力应付外在可以改变的部分。我边读边思考，曾让我拥堵的心打开了一条阳光的缝隙。

　　而参加了香港的寿宴，91岁伯娘的精神状态和对神的祈祷又给我内心增加了一点点能量。伯娘一直微笑着，好像一池深秋的水，水面上漾着点点绯红的花瓣，宁静中透出对生活的热爱与从容，这应该源于她内心对生命的自信。因为自信才能让自己的心安静下来，因为自信才能给自己的找到一条通向灵魂的道路，因为自信才能对生活从容不迫，才能有一个持久而温暖人心的微笑。91 岁的伯娘身上散发的是深沉而内敛的光华，这也源于她对生命的态度。

在写此文时我一直很迷惑，我的心究竟如何才能安静下来，才能安心地做一件让自己真正充实的事来，现在我发现，这就是自信心和一种持之以恒的做事态度。不因外界的、他人的所为而影响；不因年龄的变老而沉沦；不因没有"成就"而焦虑自责，永远不要好高骛远，在日常生活工作中做好手头每一件事。正如我办公室正前方一幅书法"求真务实"，把内心在时光中修葺成一座坚固的马车，面带自信的微笑，任其从容驾驭。

在生活的每一时刻、每一角落静静地听一篇自己心的祈祷文。

心似耶稣

> 无论你属于哪个种族或说哪一种语言，你们都是相同的；在你们的眼里，责任就像永不熄灭的火焰，以它那永恒不变的光芒照耀着世界——无论是白天还是黑夜。
>
> ——《生活的颂歌》

夜让人孤独，加上黑，让孤独往深里进了一步，这种黑会把一颗心沉进深海水淋淋的窒息结结实实的寂寞。闭上双眼足下轻浮仿佛有光影托住坠下一声叹息。没有光亮我是不敢睁开眼睛，害怕寂寞落在茫然的空气中，踩痛生命最隐秘最敏感而又最奢华的神经。

上帝说要有光

上帝创造世界，第一句话就是"要有光"。有了光，世间万物才是可视的，于是就有了视觉艺术。每个艺术家都在寻找适合于题材内涵和内心表达的光，并最终以一种特殊的个性化手法作为艺术风格，当光成为表达感情的视觉语言时，这种寻找就体现为自觉地调整、处理和选择。

过去，点烛为照明；如今，点烛联想烛光晚餐，为浪漫。烛火之苗在冉冉升起，白蜡如少女露在旗袍外纤细的手臂，指尖霞红色豆蔻媚俗却燃着温暖的风情。

法国画家乔治·德拉图尔运用了"烛火"，呈现神秘的光与暗，表达其内省的精神特质。外行看画，不懂画的技法，更不知从哪里去欣赏，只能从色彩、构图、人物表情、场景的层面表述。我特想揣摩这位"烛光"大师的作画情绪状态。或许他点燃一支蜡烛是为孤独抑或是罪恶的心燃尽苍凉的夜色，以建造心理释放的途径，道德修炼及完满的阶梯，成为精神世界最原始的依据。

德拉图尔的大多数作品，是在夜晚的屋子运用光源神奇技法，让一支蜡烛成为画中心视点，火苗很长，长得抽象，但从画面暗处似乎有种无形的压抑感。画家似乎把一颗心放置在暗室，成团成片的深褐色为画的底色，我把它比着心的外壳，一支烛火剥开心脏的门襟，如柔软的舌头一寸一寸舔着四壁夜色，遗下燃烧的痕迹。火心从透明的白色扩展淡蓝、紫红、淡黄，再到漂亮的橙色，层峦叠嶂如中国的八卦图，又一寸一寸拉长，随着一股子青烟升腾至画外，形成阴森森的繁华。画家心在画内，灵魂却在画外。艺术家的每一处笔触都是一种暗语，只有与他思想对等的人才能对上暗语破解心灵的密码——生死磨难、天堂地狱。

《油灯前的马利亚》这幅画藏于卢浮宫，描绘当过妓女的抹大拉马利亚，在为过去罪恶闭关苦修。膝上的一个骷髅头，提醒自己要正视死亡。画面的一切光线都来自那盏耀眼的灯，即使灯也画得简单无比，是一只普通的玻璃杯，里面放了一根粗绵灯芯。他用的色谱很窄，主要是不同色调的红棕色，只与玛利亚的白色内衣形成鲜明对比，唯一的光源成了视线中绝妙的焦点。

画面弥漫着时空的、佛化的、未来的、灵动的生活意象，与观者一起呼吸。而我则在画中神游，仿佛在八卦图内回旋，让我在很长一段时间回不到白天。德拉图尔的每个夜晚都在浓郁地燃烧夜的香气，我有些沉湎暗夜的烛火。

广州的秋天温暖如夏，树木的苍绿让人搞不清季节的分割。今儿天已黑，小区意外停电。掏出手机照明光冷森森的，少了烛火的温暖。忽然想起朋友五六年前送的一支蜡烛，据说是英国带回的，很精致：蜂巢做的，淡黄色、蜂窝状、5 寸长，白色软纸包裹外绕一白棉线，手捏有空心感，细闻蜜香。

今晚点上吧，我害怕世界无光。蜡的柔软流动让白色的情欲在夜里仓皇。自我看到那个马利亚纤细的手指握住骷髅头骨，像握住有罪的灵魂，怕它在烛火中复活；那双与烛光对立的眼睛透出内心的凌乱，无声的画面只有桌上的皮鞭在喘气。女孩用祈祷、惩罚、忏悔切割与过去的不堪。

童年的胎记

守着阳光灿烂的秋天，我却像个盲人正从无知的世界走来，渴求灵魂呼吸晨曦的气息触摸到暖阳的温度。

讲到光，又回到乔治·德拉图尔的画。他是 17 世纪美术史上一位擅长描绘光线与阴影的大师。其绘画作品布满宗教神秘的味道，曾赢得法王路易十三钟爱。在他逝世后，不知何故，被世界遗忘长达 300 多年之久，直到 20 世纪初才被发掘出来，震动画坛。他的作品强烈地运用明暗光线，他极擅长对黑暗环境下蜡烛、油灯、火把照明交易的描绘。画中光源部分有强烈视觉冲击力，薄如翼的火苗像一把锋利的尖刀让画面中的人物面部、肢体接受光的肢解，顺着光的发扬，我的内心出现一片宽广深远宁静，我惊异于这段时间精神的沦陷，脆弱神经在烛火中炼狱，在麻木中觉醒。

突然发现，点蜡烛成为童年记忆的胎记。童年时，我们的城市常常停电，家里的茶杯底、碗底，一些瓶瓶罐罐都为蜡烛备好了托，记忆犹新的是厕所窗台总会有半截烧剩的蜡烛，大人是舍不得丢弃的，拇指大一点还能照亮黑暗十多分钟呢。只要一停电，奶奶的徐州口音便会穿透夜空："点蜡烛！"声音清亮得很。烛火点燃，一家人圈坐那张八仙桌旁，母亲捧一本小说，父亲伏案写作，奶奶一边缝制衣服一边给我们讲《岳飞传》《牡丹亭》的故事。烛光在八仙桌中心形成 360 度的光圈照在每个人的脸上，有温暖的红，这不正是德拉图尔的画么：母亲，林道静式的装扮，齐耳短发，宝蓝色的布衣外套一件红色针织外套，眼大如杏，内有明亮的火苗，爱情正在小说情节里燃烧；奶奶银发，穿过逆光的烛火呈金黄，发下黑框老花镜几乎滑落鼻尖，深陷的两只眼睛有着老年人少有的"贼亮"，面部的皱褶深藏着大大小小人的故事。人、物、景在光晕中显出超常的静态，静态在体内温暖的涌动，生活的浪潮在这种安静的黑与亮状态中更加汹涌，我们都随着烛光闪动而熠熠生辉。不起眼的蜡烛发挥着巨大无边的力量，它的光有颠扑不灭的温暖，穿透人心，给人坚定、安详、暖心的依靠。

上鲁院时，白描院长给我的一本册页题字："文字是神圣的，用我们的笔点亮生活的红烛。"18个字纵横于我的生活和文字中。而德拉图尔的烛光作品让我心生敬畏，更准确地说是对蜡烛的光力产生一种膜拜。不知何故，突然恋上这个烛光，且总是感到辽阔的远方，有一支生命的红烛在雄壮燃烧，而总会与它不期而遇。

在德拉图尔的画中，我把烛光与我童年的记忆、青春的伤逝、灵魂的空泛、生命的渴求与死亡的恐惧勾勒在一起，烛火的温度让300年后的我们依然灼热。歌德说："各种艺术都有一种源流关系。每逢看到一位大师，你总可以看出他吸取了前人的精华，就是这种精华培育出他的伟大。"艺术家笔下的烛光不仅表现功能性的照明，更重要的是通灵，用明亮的橙色引领人们走出或炭黑或深褐或不可知的心灵之夜。

我匍匐大地，听木心说："耶稣是集中的艺术家，艺术家是分散的耶稣。知是哲学，爱是艺术。艺术可以拯救人类。"我想这样去理解，艺术家就是布道光明与正义、爱与和平，都有一颗耶稣的心。德拉图尔就是用蜡烛尝试赞美这残缺的、黑暗的、冷酷的世界。他用光的自身对立而创造生命的温柔与刚烈，新生与死亡，还有爱。终究艺术家创造艺术归根到底是为了一颗心，他们自身就是人间烛火，为心而亮。

我不知道德拉图尔创作烛光画的初衷，抑或当时的精神、生活状态，但我在画中可以窥视一个艺术家的创作态度，智慧的觉醒、爱的自我教育、生命的无声阐述以及对死亡的冷视。光是西方绘画的灵魂角色之一。黑格尔说："'深'有两种，一种是有很深刻的东西，一种什么都没有。"德拉图尔的画中的暗部既是丰富的又是深刻的。

尊爱加爱

沿着时光的走廊，我追随着艺术空间的灵魂之光，它是向人类召唤"直面惨淡人生"前行的箴言，它像一流线体从就像一流线体从我的眼中流泄至我的每个文字，或者说控制着我的大脑、思维甚至控制了我的身体。写到此，不得不谈谈我近期听的北京大学《简·爱》的电影赏析公开课《用光写作与文学改编》，让我的灵魂又一次与光不期而遇。透过电影或绘画中视点我听到画家和摄影师与作品饱含深情的对话。

《简·爱》为主人公设计了一个光明的结局。就影片的拍摄角度来说，室内，摄影师精心营造地板反射光来突出人物，成功地用电影的叙事语言，创造了我们阅读 19 世纪现实主义、浪漫主义小说时的阅读感受。导演和摄影师通过光、色、摄影机，成功地复制 19 世纪的主流媒介（视觉媒介）——油画和肖像摄影。同理，四周的暗是有层次的暗，从角光打在人物的脸上，让人看到物象丰富的五官表情，通过双眼的折射光，我们又可集中视觉焦点穿透到画面中人物的内心世界。室外，摄影师运用全逆光，让画面呈现雾茫茫水粉画的视觉效果，唤起日景与夜景风格化的媒介特征，唤起作者对创作时代的历史感。简单地说，在我们生命的远方，总有一束光在照着我们。

"你认为，我因为穷，我就没有灵魂吗？你想错了——我的灵魂和你一样，我的心也和你一样……我们在上帝脚跟前，是平等的——因为我们是平等的！"影片《简·爱》告诉我们，人的美好是人尊严加爱，是化繁为简，是返璞归真，是追求全心唤起美好的未来向往。与其说是一部小说，不如说是作者夏洛蒂·勃朗特自己为自己的精神追求铸造的一个心灵巢穴，而电影导演和摄影师则把这个巢穴用光在视觉空间中一层一层剥离，让主人公、小说作者以及摄影师在整个作品中给观者传递无限的情感和个性魅力。

我只想让一尾烛光般的灵魂在春天扎根泥土，在秋天冠冕堂皇地燃烧，正如德拉图尔的画，带着对宗教、死亡、伦理的思考，带着泥土的芬芳布道爱、欲望、神圣。

今晚，我点燃那支柔软的蜂蜡，任耶稣进出天堂与地狱。

天明时，我会穿一件黑色旗袍，在胸前画一支长柄白莲带着烛火的光泽，带着灵魂的筋骨、道德声音、温度还有泥土的味道，走出乔治·德拉图尔的烛火，走进《简·爱》的尊严，心似耶稣。

母亲的味道

在我的记忆里，家乡总在不停地下雨。雨中总会夹杂着泥土的气味，而我却从中感受到一种迷恋，就像迷恋空气一样，一直渗透到我的血脉，母亲的味道就蕴藏其间。

在我的记忆里，年轻时的母亲是不怎么做饭的，那时祖母还在，一切都由祖母操办。母亲一下班，就坐在窗边那张黑色雕花的太师椅上读书，夕阳照在母亲的脸上，宁静而美丽。母亲很喜欢读书，常常把书里的故事讲给我和姐姐听。记忆最深刻的是《卓娅与舒拉的故事》，当时，母亲还说要我们像她们那样坚强，我似懂非懂睁着眼睛看母亲有些感动的泪光。那时我觉得母亲身上净是书的味道，还夹杂着一点点洗发粉的幽香。我仿佛记得，母亲洗发用的是一种发黄的廉价纸包装的洗发粉，散发着浓郁的香味。那个年代能用三五毛钱买一小袋洗发粉已经有些奢侈了。而祖母只让我和姐姐洗皂角水，我不想用皂角一点香味也没有，可祖母说用它头发会长得又多又黑。我常梦想着有一天能用散发香味的洗发粉，所以我十分贪恋这种香味，而这种香仿佛是母亲独有的，就这样一直跟着我。再后来，祖母过世了，母亲不得不担起生活的重担。母亲开始围上围裙买菜做饭。我一放学就会闻到阵阵炒菜的香味，我知道母亲一定下班回来了。母亲的菜做得越来越好吃，每逢亲戚朋友来，都要夸母亲的手艺。我在一旁自豪地说："当然，这是母亲的味道，谁也做不出来的。"母亲的味道已不是单纯的洗发粉的香，她像一支古老的音乐，融进你的生命，总在不经意间穿过你的记忆。

其实，在外工作，一年忙到头，也很难想家，想也没用。可深藏在内心的那种思念却常常在我的梦里出现。在我记忆中，母亲永远是那个年轻美丽、散发着书本味和淡淡洗发水香味的母亲。记得有一次同母亲买菜，卖菜的叫母亲阿婆，我心里愤愤然对卖菜的说："你喊她什么，阿婆？她哪有这么老呵？"其实那时的母亲已近60了。今天，面对母亲有些佝偻的背影和白发时，我想买世上最好的洗发水和化妆品给母亲，可母亲却淡然一笑："人老了，这些我已用不着了。"我的心突地难受起来，我用手理着母亲的白发，任眼泪流下来。离家的我没有伴随母亲的白发渐长，却猛然看见年轻的母亲已是满头的花发，心里便有许多的酸涩。母亲，这种难舍的感情，不知如何诉说、如何的珍爱。

每年回家，我最最快意的事就是挽着母亲的手，走在细雨霏霏的雨雾中，陪母亲逛菜市场，母亲就是每天穿梭在那条弯弯曲曲的泥泞小巷、穿过一些低矮的平民小屋到达菜市场，开始默默地精心采购。一些肉档、菜档档主纷纷同母亲打招呼，我想，这是长年累月的买卖把雇主之间联系在一起，可想，我的母亲已被这样的岁月斑剥掉她的青春和光洁的容颜。冬天的冷风常把母亲提菜的手冻得又红又肿；而夏天则将母亲的脸晒得又红又黑。母亲的四季就这样走了一趟又一趟。

今年，我回家了。四周又传来熟悉的雨滴声，又听见父母熟悉的声音，又闻到母亲熟悉的味道。父亲总爱嚷着到外面"下馆子"，觉得在家吃表达不了对我的爱。可我却说："妈，我们还是在家吃好，可以吃你做的菜，可以闻到很久没有闻到的味道……"此刻母亲会嫣然一笑，一口白白的牙齿就颤动在我的心里。过去，我常常参加行动采访，十天半月不回家，一回家，母亲就会做很多好吃的，把我的警服洗得干干净净，然后静静地守着我，黑黑的眼里流动着温暖的目光。

记得小时候，母亲给我一块四四方方的小手绢，淡绿色的，织得像丝绸一样，一角还绣有一朵白色的小花，闻起来有洗发水的味道，我一直舍不得用，就锁在抽屉内，有时会拿出来闻一闻，至今已收藏快30年了。看着它，就会想起自己的少女时代，会想起母亲年轻时的美丽和现在苍老的面容。

夜深人静时，我仿佛又拉着母亲的手徜徉在街市，站在雨幕的天空下，听着熟悉的下雨声，闻着空气中传来母亲的味道，一种炒菜的香味；一种母亲身上特有的洗发水的幽香；一种乡土的潮湿气息。

当我彷徨时，站在人生的暗夜，就会看见母亲温暖的目光闪烁其间，我会情不自禁深深地吸着，贪婪地闻着母亲所有的味道，这味道就会一直鼓舞我。

爱之元素

爱情就像我们吃的米饭一样，百吃不厌。

虽说情爱已被写累了、乏了，可人们仍饥渴地等待着爱的营养素来充实人生的血脉。人们一代又一代，固执地守望着触感她的温柔与诱惑。

用哲学的话说：爱情是永恒的。

我曾问先生：你说爱情是什么？他答曰：是一张纸。我有些疑惑。我又问：是白纸还是写满了辛酸甜蜜的纸？他微笑不答。我再度迷惑。想想把爱情喻为一张纸也不无道理，看你如何去理解。我想也非常人所说的一纸婚书。我不想这样去理解。人生犹如一张纸，从婴儿时起，就开始抒写着自己的人生，就看这张纸如何承载你一生的酸甜苦辣。

大凡男人都深恶痛绝女人整天无聊地向他发出苍白的问话，没情没调的男人还会喷你一字：烦！可女人就是一个情感动物，就算活到七八十岁，她也会千古不变地探索这个古老的秘密，锲而不舍地乞求一个圆满温馨的答案。爱情于女人来说像空气和水，像血管内奔腾的血液，女人被一个爱字滋养着。

记得，电视剧《过把瘾》是王志文与江珊饰演的戏。妻子在新婚第一天就穷追不舍地问丈夫：爱不爱我？甚至新婚第二天就将丈夫的手捆绑着，自己手握一把菜刀横在熟睡的丈夫胸前，被惊醒的丈夫抬头见妻子正趴在身上，一把寒光闪闪的菜刀夺目地架在脖子上，只见妻子微笑着、含情脉脉地、温温柔柔地说："你说，你爱不爱我。"

丈夫整个懵了！这样的镜头曾深深地触动我。心想，做女人千万别做成这样，不但男人恐惧，身在其外的女人也会不寒而栗。

爱是需要珍藏的，咄咄逼人、锋芒毕露失却了她的内力与深邃。

所以做女人不必刻意去追求生活中的答案，所有的日子都在不言中，所有的爱都隐含着，包括有了婚姻。就像陈年老酒，封存的味道依然醇香甜美和火热，就算青丝变白发也能相偕到永久。

对于年轻男女来说，恋爱像一场战斗，在性成熟时在懂得异性相吸，在激情澎湃时追寻一个又一个恋爱梦，从低吟浅唱到回肠荡气，从沉醉迷离到痛苦撕裂，跟着岁月的风帆潮起潮落。最后在月黑风高之时，找到了婚姻的港湾，港湾有一盏灯塔，灯塔照亮了被长期放逐的灵魂，灯塔处便是一个家。

躺在洁净的床上，听着"手挚灯塔人"均匀的呼吸，你感受到的不再是婚姻前浮萍样的情感，亦如寒冬饮一杯温热的红茶，任一种沉寂，一种"硝烟"过后的沉寂，一种沉寂过后淡淡的忧郁浸润你的舌尖，滚烫夜的荒凉。

八千里路云和月，云归何处，每个人总要寻一个同路人，将爱情进行到底，使婚姻爱情在一种自然的状态下接轨，呼吸与另一种呼吸相融。

沉静的房间有了与另一个人的呼吸。

没有语言的房间开始有了对话。

房间四壁回旋着陌生而又熟悉的声音，像天籁的音乐，由远而近漂流夜空和着班得瑞那曲《Travelling　Home》。家园之旅长久地揉着空气，穿透血脉，淬炼着两颗心灵，让人有一种时空回转、一种宁静志忑、一种尘俗淡定的迷离。

婚姻为每一个冲进冲出的人续写着别样的感情，如情感的堤坝阻隔着一些沧桑的历史，升华为切肤的生命之魂。

当为婚姻前浮浮沉沉的情感尘封时，一种迷失占据着骨肉灵魂，一场"心雨"开始下个不停，思念总是无法被赦免，在深深浅浅的黑夜触摸往事，为往事干杯。

我为这样的一句话倾倒：灵魂的美丽在于——情有所依。

怀念烤火岁月

　　家乡的屋后有一座山，在城市推窗见山真是美景。冬日山上会积白霜，偶有白雾缭绕；春天，有小孩在山顶上放风筝，像大雁在蓝天翻飞；小孩们时远时近的叫喊像云雀在唱歌。有几棵老树难能可贵地屹立山上，使山有了生命。树下小草小花红黄紫绿迂迂回回见土生长，很好的景致。这良辰美景总穿越在我的记忆中，我更希望这种自然美穿越在城市的每个角落，滋养着人类的生存环境。

　　今年的冬天给长江以南的城市来了一次真正的考验。雪本应是南方人一年中盼望的美好景物，是纯洁的象征，是丰年的吉兆。可今年，雪却在人们心里烙下了一块难以愈合的伤痛，雪字后面一个"灾"。人们遭遇的不是童话世界的浪漫故事，是一场空降人间的灾难，是与天进行的一场抗雪灾的战斗。

　　我是年初四赶回老家探望年迈的父母。家乡贵阳是重灾区之一，遭遇严重的冰灾。据家乡人说，年前的日子满世界是冰，冻雨下个不停，落到实物即成冰，屋檐、树枝、水龙头等全都吊着一串串的冰柱，连市中心的喷泉也被冻成高高的冰雕。道路则被包裹住一层厚厚的"桐油凝"，疑是"溜冰场"，这些曾封存在我的记忆里的景象又浮于眼前。在街上，人们有的脚上套着花花绿绿的袜子、有的缠绕着彩色布条、有的扎草绳，每个人走路好似放慢镜头"扭秧歌"，似有"长空降瑞、寒风剪、渐渐瑶花初下"之壮美景象。然而，美丽背后却藏匿着灾难。因滑倒骨折的人不计其数，医院骨伤门诊排成长龙。

人们心里正经受着冰雪的严峻考验，失去了欣赏冰雪的兴致，年轻女人们也失去了装扮美丽的心情，更没有人去嘲笑脚下千奇百怪的"景观"。在这一刻，人们只一心寻求一份温暖和平安，小心翼翼地守护自己的身体和家园。据说，贵阳人自发成立了"绿丝带"救助小组，一名女出租汽车司机在车上绑一根绿丝带每天在路上专门救助有困难的市民，由此引来了一群自发向社会伸出援手的"绿丝带"小组。

家乡很多年没下雪，特别是南方城市的人们感到冰雪是那么的珍贵。然而，今年——2008年冬，冰雪来得有些猛烈，让习惯了暖冬的人们一时无措。那种"千里冰封、万里雪飘"的壮美风光也因仓促地应付保暖与安全在人们的眼中荡然无存。

家乡的冬天是难熬的，到了上午9点仍是冻云黯淡天气，似梦里，荒寒无数。只见满山满树满地湿漉漉冷冰冰，我把门窗紧闭阻挡着寒冷。封隔的阳台上烧了一只铁炉子，防锈的白铁皮烟囱呈倒写的"L"直伸向窗外，炉火散发着温暖的热，家的四周暖洋洋。我与母亲坐在边上烤火，手上捧了一本《知音》与母亲聊天。我喜欢用火钳夹上一块块乌黑发亮的铁煤加进红红的炉口，任蓝、紫、橙色的火焰吞吐燃烧灿烂地舞动在昏暗的冬日。炉子上煨了一锅鸡汤，旁边还烤着几块雪白的糯米糍粑，锅里发出轻微的"咕嘟"声，一缕缕白蒸汽从锅边旋转着弥漫在屋子四周，玻璃窗被雾气锁住，与外界形成温差对比，积着冰雪的大山有些许的朦胧。母亲在暖暖的空气中发出了鼾声，在冰封大地的冬日母亲的心是温暖的、幸福的，因为有了煤的燃烧，家有了光和热，还有成年的女儿孙子绕膝在旁。我们家不会因为冰冻造成输电中断陷入黑暗中，火炉解决了我们全家人的喝水吃饭取暖等生活问题。我想没有电的日子是可怕的，没有电的城市不仅陷入一片黑暗，更可怕的是已进入电气化时代的人们，电气化火车、冰箱、电视、电脑、照明、手机、供水等等，电如空气如土壤成为人们的赖以生存的重要枢纽。比如，这次造成灾难的主要原因是因为冰霜封冻了电缆造成铁路运输瘫痪，仅广州就有上百万人有家难回。

当我们进入现代工业时代，却不能轻易抛弃和破坏自然资源，以及自然环境给我们带来的保护。比如森林湖泊、山川河流、花草树木。大量的砍伐森林资源、捕杀野生动物、填海移河等等都会造成生态失衡。有人说，这场雪灾就是因为长江三峡大截流"触动"了中国的"龙尾巴"。我不知道这种说法是否过于迷信和牵强，但却明白我们人类一定要尊重自然界，遵守自然规律。原始的积累对人类是一种财富。而未雨绸缪是我们应对各种灾害事故的必要措施。如果我们有良好的应对各种灾害的防御能力，遵循"凡事预则立，不预则废"的原则，或许这场雪不至于成为"灾"，也不至于让我们手忙脚乱。

比如我家一直保留烧煤的铁炉子，按理这种落后于时代的东西早该扔掉，可父亲坚决不同意，所以一直保留下来。可今天在冰雪灾害时刻它拯救了我们。听说很多人家因为停电只能饿着肚子干等。尽管外界寒气逼人，可我们全家守着一只烧旺的火炉，吃着热腾腾的饭菜，看着年迈的父母身体依然健康，听着父母在耳边唠叨，一起回忆童年时光，回忆童年的冬天外婆和母亲每天早晨一边将烤得暖烘烘的棉衣棉裤套在身上时，我和姐姐却一边顽皮地用嘴去"哈"窗上冰冻的雪霜，那种快乐幸福溢满全身。

在这个冬天有一种温暖叫亲情，有一种亲情叫同舟共济。

自然界是我们的生存命脉，当我们经历了一场自然灾害，与灾害进行了一场生死搏斗后，更加坚信人最基本的需求应是保护生命源泉、尊重生存的自然空间。于此，我们才有资格去谈论高科技、谈论现代生活、谈论人的生命。

我怀念烤火岁月。

回　家

新年又要来了。今年不同寻常，我们有幸过上了新世纪的新春佳节。南粤的冬天较北方总是暖融融的。明媚的阳光在诱惑着自然界的一草一木，诱惑我灿然的心。

清早，我推开家中阳台的门，屋外依然绿草青青，阵阵草香夹杂泥土的味道扑鼻而来，丝丝微风飘进安静的屋里。我将朋友专程从海南带回的玉兰花茶冲泡在一只银色的小壶内，赤脚坐在客厅宽大的沙发上，守着茶壶的丝丝白气和茶香。打开音响，萨克斯《回家》以它浓郁深沉的音符穿透四壁回荡在屋内，穿越着思乡情愁，亦像灵魂深处的雷与电。

《回家》一首略带沙哑而伤感的极品萨克斯乐曲，仿佛是饱蘸着泪水谱写的，让我陷入极其忧伤的情调而不能自拔，有恍如隔世的感觉。

第一次听《回家》是我刚调到广东肇庆这块陌生的土地上，孑身一人住在一间设有窗的空屋子里。每天下班唯一的声音便是从便携式收录机中播放音乐歌曲。当时正流行萨克斯，无意中买回了《回家》。没想到《回家》的旋律像一道空中闪电撞击我飘零的灵魂。由于我是公安记者长年随警作战，在外采访，独来独往惯了，就算是十天半月在外地，我很少有思家的情愁，母亲曾说我有些"冷血"。然而，在真正离家到广东工作了，一曲《回家》却让我心动了、心颤了。就算我在外金戈铁马，经过无数劲疾西风，也抵不住这乡愁的诱惑，抵不住这萨克斯的敲击。第一次听我忍不住哭了。无声的泪水串着这可以撕裂人心的音符让我度过一个个孤独的黑夜。当时我多想回家呵。回到亲人身边，回到充满着亲情、充满着父母笑语与关怀的家啊。然而，自己违背父母意愿毅然独闯刚才开始，却又不想空手而归，书剑无成，不可以带着一腔泪水与寂寞回去。

记得，那是在广东过的第一个中秋节。我调到肇庆公安报，这天，正赶上第二天出报，大家都在办公室加班，本地有家的已先回家团圆去了。我和另一位从宁夏调来的老陈自然无法与遥远的家人团聚，两人心里不可而喻的惆怅与思乡情怀。我们一谈到与"家"的话题，便会黯然有感，不敢深谈。我们只专心地坐在办公室勤奋地策划，特别是对副刊中秋稿件异常认真。我们想将思念寄托在这些文章中，让读者共鸣。可夜幕刚降临，本地有家的几个已从家里带来了月饼、田螺、板栗、水果等一大堆节日食品，也带来了一片欢声笑语节日的快乐与家的温情。当时，我的心里流过的是激情的泪水，把对家的思念融化在同事的情谊之中。深夜时分，我又放上《回家》的音乐，音符丝丝入扣，如泣如诉就像朋友、同事、家人在向你祝福。我想，亲情不一定来自血缘的家人，很多时候来自你身边的朋友乃至同事，这种亲情包括友情、关爱与真诚，会让你觉得这种情更有一种力，它能让你忘记乡愁、激发奋进。

如今，我已在这块土地上扎下了根，它们几乎成了我的第二故乡。在这里它给了无私的安慰、宽容的谅解、真诚的接纳，并让我随意挥洒自己的梦，它让我心拥有海阔天空，拥有滴滴乡愁化作的智慧。

《回家》演绎的正是情爱与亲情与牵挂与血浓于水的情谊，是生死相随的渴望，及一种渴求精神家园的向往和记忆。

是啊，美妙的音乐总是在人独处时才会拥有思绪万千的感怀。而人的精神总在寻找最深刻的寄托，音乐的出现为精神构筑了一个灵性十足的灵魂家园。

我想，乐曲是没有配词的，个中韵味全都融进每个音符形成旋律。其实音乐制造出的已不仅仅是乐曲本身，而是旋律之外的无形有影而又有似水年华般感触的东西，是一种记忆、一种追念、一种向往，在悲与喜、痛与爱，甚至灵与肉之间交错跌宕。

如今《回家》我感怀已不是那曲那调，而是生命的质与量、情感的轻与重。

如今，许多酒店、酒家的大厅常常回荡着《回家》乐曲，使客人有宾至如归的感觉，遥想是你的亲人朋友在轻轻呼唤你、祝福你……

回家，是我永远的追思。

人活意念

大凡住过医院、动过手术、经历过伤痛的人，在他以后的记忆里是很难忘却的。当然，也有好了伤疤忘了痛的人，但我不是。我喜欢追忆痛苦、追忆逝水年华的凄伤，追忆凄伤过后的感悟。

3年前我住过医院。在住院的日子里，病情稍好后，就左手打吊针右手写日记。当时，在病床上我曾读过一篇散文——《菩提树》，此文给病中的我带来些许的感悟。菩提是佛的隐喻。我对此有一种神秘印象。记得，我在一座寺庙却亲眼看见几棵树，有人告诉我，这就是菩提树。我说："呵，真是菩提树？不是菩提本无树吗"朋友说，"菩提本无树、明镜亦非台"是佛祖六祖慧能悟出的偈语，是佛的一种意念。我仰头望着，树长得有些纤柔，偷偷摘了一片树叶，树叶像女人的手纤细修长，染尽生命的绿。病中的我举手相看，一双手因打吊针布满了红红的针眼，且青筋突现，脉络里流淌的是救命的药液，一双手成了治疗病痛的通道，美丽不在。

我想，释迦牟尼在菩提树下悟道，因为看中了菩提树叶的秀丽与通灵，看中了染尽生命之绿的树叶可疗救人的灵与魂。清晰的脉络通往佛心，成为一种空灵的境界。而我如菩提一样的手不仅仅在疗救我的生命，也在疗救我雨夜迷茫的心境。如今翻开日记，蓦然发觉，为什么人在病痛时，总是对许多事物看空看透，心纯净如水，反而觉得眼前的一事一物都那么的美丽；一分一秒都那么的珍贵；同事、朋友的一言一行都那么令人动情；仿佛用一生也报答不尽生活给予我们太多的恩赐太多的优惠太多的善良。

如今，却又回到一种浮尘混沌的世界中，为一番琐碎小事烦恼。锱铢相争，睚眦必报，得失浮悬于心。原以为自己看空一切，原以为自己早超脱浮尘，可却常常迷失自己坠入红尘世事。又自以为空灵剔透，其实早惹了一身尘埃。为什么？如今想来，人也应该让灵魂住住医院。

朋友口气坚定地说：有空带你去寺庙烧香洗心洗脑。

我点头。心想：凡人真需要来一次心灵的洗涤。我不信教，可却欣赏信教徒们的"洗礼"，她是一种心灵的净化。

5月的一天，阳光普照。我来到梅州的一座寺庙。一进大殿，"世事皆空、荣辱淡忘"的感觉便袭上心以来。似乎有一种朝圣请愿的冲动。大殿左右两边高高的门柱上各有一副对联："大肚能容容天下难容之事，笑口常开笑天下可笑之人"，一种气势，一种佛的气魄。由此让我联想到另一副对联里的话"有容乃大，海纳百川"。人的情志是需要协调的，心境才能安详，才能超脱尘世，才能真正领悟到宽容是生活的一种境界。

"当……当……当……"寺院的钟声从空中传来，缓慢而昂扬地震荡我的耳膜。这空中之声，意欲敲进每个朝圣者的心灵之中；这空中之声，仿佛将我带出一片杂草丛林，飞越在苍穹之间，将人超度到无限的青空中，洗去一切恩怨烦恼。冥冥中，我独享着浮尘世界中无法体味的一份乐事与安适。独享其间，一个声音由远而近飘然而至"五体投地、五心向天。"我睁开眼，看见一和尚，前额光彩照人，双眸蓄着一道闪亮的纯净之光，清澈得让人难以置信是成人的眼睛。他将圆润的双手上下翻飞，教我如何五体投地、五心向天。

我问：我看到的菩萨好像都是面带微笑，为什么？他说，就佛家来讲，《菩萨藏经》里就以"四无量"道出了佛普度众生应有的四种精神："慈无量心、悲无量心、喜无量心、舍无量心。"也就是说，我们心胸的宽大是任何东西都无法丈量的、都是无形的。我想，每个人都应有点佛的精神，这样快乐就会伴你一生。此人又曰，我送你一名言："人生最重要的礼物是宽恕，人生最大的幸福是健康"。

我虽不信佛教，此人的字字句句却敲击沉重的思想。他是"身体有金光、项有日光、经举能飞的神"吗？我想不是，也不是强求你信教，只是一个佛教之人看出我烦事锁心，以善意之心宽慰朝圣的香客们而已。这就如点了我的某个穴位，打通了郁结的心绪。

　　前一段，总爱与同事发生纷争，而人的本能总是错在对方，甚至得理不饶人。静心想想，人与人相处，过于纠缠那些是与非，只能是自我设限，自己让自己困顿。做人何必过于认真，何必设置诸多障碍误区，何必苛刻地对待他人。我们处事也用用换位思考法，把"非"归咎于自己，人与人的关系就会太平好多。"宽容"二字，说起来容易做起来难。我们要学会宽容，学会使用宽容、操纵宽容、驾驭宽容，人才会进入一种"悠然见南山"的意境，才会处事不惊，才能有"笑口常开笑尽古今愁"的气度。

　　其实，生命的快乐是无限的，因我们在不停地追寻人生的完善与完美，其过程也就包含着快乐。因为快乐，我们便会发现每个人都是美丽的；因为快乐，我们便会体味到人生处处充满爱；因为快乐，我们便会感到处事的泰然，便会笑口常开，活出快乐的境界，活出快乐的意念，活在快乐的天堂里。

　　所以我想，世间没有解不开的结，也没有疗救不了的灵魂，一切都在心灵的净化。把浮名当作夜空轻吟的小曲；把荣辱捧为日月轮回的轨迹；把欲念深修到浓缩的一杯醇酒，醉时犹如入世，醒时犹如出世。世事修来，顺其自然，菩萨悟出的是"菩提本无树"，我们悟出的即是"退一步，海阔天空"。人生应如小小的菩提树叶，无俗欲困扰，从容不迫地摇曳着苍绿的生命。

袅袅花香报春来

"无意苦争春，一任群芳妒。零落成泥碾作尘，只有香如故。"陆游词的意境勾起我对花对春的感悟，于花我是十分钟爱的。年二十九那天，我在街边小贩买了两盆水仙花，足有 20 多个头，似乎花苞很少，很怕她春节开不好，一直有些心思思的。可没想到，水仙花却应节开得十分茂盛，让我疑心水仙花是有仙气的花。后查阅有许多传说，其中传说水仙是尧帝两个女儿的魂魄化身。此刻水仙在我面前神气地开放着，娇小的花朵由 6 片花瓣组成，雪白的花瓣像植了一层丝绒很像天使的翅膀展翅欲飞，橘黄色的花冠，形如盏状，极像婴儿嘟起的小嘴怒放着冲你撒欢。微风徐徐吹过，花茎轻摇，花香直冲你的鼻息而来，就像碰翻了潘多那魔盒，无数香分子纷纷扬扬侵入你的肌肤，而那种黏在舌尖的香味让你欲罢不能，水仙绝对是花之精灵。

今年春节正逢晴暖天气，广州是踩着立春的脚步一路阳光灿烂，一扫立冬以来的严寒。今天是正月初五，清晨被窗外的阳光唤醒，晨光从白色的窗帘钻进来，窗棂涂了一层细薄的金粉。拉开卧室的门一阵清风吹过，幽幽的花香扑面而来，我深深地吸了一口，尚未睡醒的我仿佛迷离在仙境。忽然想起一首写时装的诗：燃起丰年的第一炉香/流连乌木屏风与花梨案儿/以嫣红翠绿柠黄/写春之序曲。其意境如我家的素描，客厅正有嫣红翠绿柠黄的鲜花在盛开，阳光很暖，花香一袭袭拥你而来，一幅春意闹枝头的景致呈现眼前：

客厅里，红木餐桌上，青瓷花瓶里水插的葵百合开着白里透红的花朵，它素有"云裳仙子"之称，散发甜腻的香味，黏黏地溶在空气里；高高耸于青瓷花瓶中的剑兰有拔地而立的感觉，每一节都有粉红色花朵舒展娇媚的身姿；还有黄菊花散发着冷香；而玄关处的花梨木案几上那盆栽的蝴蝶兰，嫣红的花朵排列得像一群春天的舞者，仿佛在舞动着"梁祝"的音符；最让我痴迷的是刚买回的那盆"金边瑞香"，她不似百合娇艳张扬，不似蝴蝶兰的清高冷艳，她的叶油光碧绿，叶沿泛一圈淡淡的金黄，花簇生于枝头，花朵像米粒状五六粒为一簇，成团拢在一起一丛一丛静静地开着，花是淡淡的紫色不艳丽，花香清馨高雅。瑞香又名睡香、千里香等，据说其浓郁的香有"夺花香"之称，其根还主治急喉炎。她的香带有一种神韵，浓郁的沉香融在空气里有点化不开的感觉，当你走近她，仿佛有一件华丽的丝绸衣裳随风飘过香软地包裹住你，极想用手去抓取留住她，至此体会到什么是百花争艳百花夺香。

有人说，花是一种蛊惑，我深有感触。

百合的艳香——撩人；水仙的幽香——惑人；瑞香的沉香——醉人；菊花的冷香——魅人……花香揭开了春之序曲。人们经过一个寒冬，从盛开的花看到了春天来了，而花香到底是让人舒服的，她饱含着生命的气息，恍惚间飘飘漾漾将香气聚拢成一个旗袍女子，脸上醺着一抹沉香闪烁着一丝一丝的笑，盈盈向你走来如诉如歌，一幅"人面不知何处去，桃花依旧笑春风"的画面跃然眼前，令你生起流连百花间的愉悦和爱恋来。

人们不停追求美丽的生活，追求春天阳光灿烂的日子，是为了愉悦自己的精神世界。春天不只是季节，更多时候是在心里；鲜花不仅开在田野、花市供人观赏，而应开在人心最荒凉的角落，芬芳你荒芜的灵魂。

花香是在花之外。

画家梵高在生命最后时刻追寻夕阳下最后一抹金黄，画出"向日葵"，画家内心闪烁着熊熊的火焰，运用运动感旋转的笔触将金色"向日葵"画得如此充满激情与活力，充满了画家的智慧和灵气。梵高笔下的"向日葵"不仅仅是植物，更是焦渴灵魂对生命律动地追寻。花以它的娇丽、芬芳、清净，丰富了大自然也丰富了人类的精神生命，佛说"心中有花，满目皆花"。

花在佛家来说是有"六度"精神，其忍辱与精进的精神最令人可敬，也是做人做事可借鉴的。一朵花，无论花期长短、久暂，总是努力散布花的芬芳香味，展现它最美的一刻；即使谢了，仍旧"化作春泥更护花"，甚至留下种子深埋土里，忍受黑暗、潮湿、寂寞，而后抽芽；乃至开花后，还要耐得住风霜雨雪，以及蜂蝶采蜜时的伤害，为继起的生命而努力不懈，生生不息。一个人若能懂得欣赏花的美，能够从赏花、看花中获得启示，是一种修行。古代有许多祖师大德就是在观看花开花谢的无常变化中，明心见性，所谓"郁郁黄花无非般若，青青翠竹皆是妙谛"，正是这个道理。

只要我们热爱生命，就会珍惜人生中一米阳光，一米阳光足以使一个焦渴的灵魂盛开一朵美丽的花来芬芳整个心田。无论是谁，每个人心中都应有一亩百花园，有一种任她春夏与秋冬"零落成泥碾作尘，只有香如故"的禅定精神，只要心中有花，谁又能夺走我们的芬芳与春天？

流 星

即将与您告别，曾让我浑身焕发着青春与飒爽英姿的橄榄绿警服，面对新世纪的到来，我们将匆匆告别，告别警察史上一段绿色的历史。每当我在人流中发现您，便像发现一道生命的流星，心里骤然涌出一股亲切的热流。

绿色一直是人类生命的象征，而橄榄绿则成为现代中国人民警察的代名词。从橄榄林到橄榄魂，无比赋予她一种神圣的历史使命和政治责任，无比赋予她阳光、雨露还有蓬勃的生命，这就是20世纪中国警察的橄榄魂。

一种相思、一种情缘。自从我当上警察，便与警服结下了不解之缘。从83式警服到89式橄榄绿制服至今，每一次换装都让我有些怀旧的惆怅。尽管我辗转了3个城市，但这警服情结依然未致，魂牵梦绕我每个岁月的仍是这警察之魂。当年我刚换上橄榄绿制服时，才20出头，我像一株在橄榄林里成长的小树，沐浴在这片林海里，锤炼着我的意志、灵魂乃至我的生命。

我是属于警察队伍中的"文职人员"，我曾用笔讴歌过队伍中无数英雄豪杰，也鞭挞过无数邪恶与犯罪，可是面对弄刀弄枪的同行自感略欠一筹，但我藏在橄榄色制服里的心却异常佩服和敬仰哪些成天生活在刀光剑影之中的同行们。每当我采访他们，每当我看见他们，不管是全副武装整装待命、还是勇猛出击时，他们像是一排排苍劲的松树，又像是一道道绿色的屏障，更像一把闪光的利剑，我心里又会涌出一种骄傲：

小孩捡到钱要嚷着交给警察叔叔；

老人迷路要找警察问路；

有人在大街上生病受伤要找警察送医院；

交通堵塞了也要等警察疏通；

而杀人、抢劫、绑架等案件发生后，更不用说，只有警察才能解决……

这些不是老百姓凭空去想象的，而是在他们心中、脑海里，只要困难出现在身边，伴随而来的便是全副武装，头戴国徽，灿烂如茵的橄榄绿。

警服是警察的表象特征，当她与警察合二为一时，不但英武豪气，而且赋予的是一种生与死的神圣职责。警察是普通的，可他们的生命却是不平凡的，既然选择了这身警服，每一位人民警察就应与之荣辱与共、无私无畏。

记得，那年我还在另一座省城当警察。

那是一个很冷的冬季，大雪纷飞，我接到北部一城采访一次火车颠覆事件的任务，大清早便穿上那件警用棉大衣登上了火车北上。

阴沉的苍荡的天，裹挟着绵绵的雪。

深夜我守着一笼火炉在该市公安局一间办公室赶写采访的一幕幕……

雪在地上变成了冰凉。十余名刑警及两名法医赶到火车颠覆的外围现场。他们是去为不幸遇难的旅客缝合、清洗。这是该市一家医院，一间仓库和搭的帐篷内外人影幢幢、人声嘈杂，而里面竟躺着88具男女男少的尸体，他们均在火车颠覆时不幸遇难。此时，已是傍晚，天灰暗，冷冻中夹杂着小雨，透骨的冷。只见四周站着隐约可辨的身穿橄榄绿制服的警察，警徽在微光中闪亮。帐篷内外吊着两三只上百瓦的白炽灯泡，风吹着灯，景物一片混乱。上千名滞留的旅客、死者家属、调集救援的车辆全会集在这里，哭声喊声凄凉的叫声仿佛把这座城市撕裂。法医在对一具具不成形的尸体进行缝合、清洗、换衣服。冰冷的水将他们的十指冻得红肿，88具尸体，全都得经过他们和医生的手。

当时，一名法医冷得双手都有些不听使唤了，可还在为一具女尸缝合。忽然，一名十多岁的小女孩和一位老奶奶扑通跪在法医面前，失声痛哭："警察叔叔，救救我妈妈……"小女孩指着法医手上的那具女尸。

"好人哪，求你了……"老奶奶老泪纵横，声音嘶哑。

法医的警服上沾满着血水和泥浆，小女孩不顾一切扑过去："叔叔……我没了妈妈，也没了爸爸，你是警察，肯定能救活他们。"

这名法医用红肿的手紧紧搂住小女孩，他哽咽了，歪过脑袋，说不出半句话，只见他喉头滚动，牙关紧咬，一行清泪流了下来。而此刻，我采访的笔战栗了。我感到思维在这悲凉的一刻涌出太多太多的意念。而对这血乳交融的情感，我想，这就是老百姓对我们警察的信任和依恋。他们不是神能起死回生，可他们在那身绿色警服的相伴中，带给老百姓的却是一种希望、一尾在暗夜里颤动的火苗。

世纪贼王张子强、澳门冷血黑枭叶成坚，在他们倨傲的表情下，却隐藏着虚弱阴冷的灵魂。当他们一看到广东警察那炫目的橄榄绿在眼前闪过时，灵魂便开始了忏悔，不得不认罪伏法。这是法律的威严，也是正义的威严。警服代表的不仅仅是警察，还代表着正义。

今天，我们将应时代的需要，依依惜别相伴十余年的橄榄绿制服，换上与国际上警察通用的藏蓝色为主色调的"99式"式系列警服，又将拥着我们一起走过一个个不眠之夜，走过一段段泥泞坎坷，走过岁岁风雨。

不管什么颜色，是"49"式还是"99式"警服的本质内容和深刻的意志便是生死如一，永远是安宁与和平的象征，只要能迎接新世纪的挑战与考验，警服的历史与现在与未来，依然辉煌。

这个冬天不太冷

入冬以来，广州总是悬挂着红色寒冷预警信号。近日，又是春雨连绵，虽说已近早春二月，可风依然寒冷彻骨。可这个冬天不冷。有一种笛声像春鸟的鸣叫让人感到一种微温的春意；笛声像一只只翻飞的蝴蝶穿行在雨中，把雨线当成乐谱潇洒地弹奏着。笛声来自对面楼里，每每听到笛声我就会情不自禁地爬在窗前凝视笛声的源头，揉搓着冰冷的双手，等待春天的到来。

这笛声我听到已近半年了，常常在傍晚时分，刚吃完晚饭，那悠扬的声音便借着时空的阶梯一层一层敲进心里。有时心情十分郁闷，一听到笛声清脆地发出别样的旋律时，我心便会释然。仿佛从那一尺多长、黄黄的竹管里跳出的是无数小精灵携你游向漫漫的天空中，弥漫在空气里，让灵魂飞扬。一种快乐便会扩展在你的精神乐园，扩展在生命的空隙中。

有了笛声，我会时常猜测吹笛人。当初并未认真去分辨吹的什么曲子，因我并不懂音乐，我只醉心于它的一个个音符，我想这就够了。但我却总是幻想能从窗口或阳台看到吹笛人的身影。我想应该是一个充满艺术家气质的英俊男子，一双深邃的眼睛洋溢着神秘的笑意，事业如日中天。他的曲子总是欢快的。于此，我更痴迷于笛声。

夜晚的广州带着几分休闲的美丽，月亮高照时，清冷的月光照在小区丛丛的青草和相挽着散步情人的私语。此刻，我等待着笛声来伴；假日，美丽的广州像开屏的孔雀，阳光洒在阳台的花上，越发的艳丽。此刻，我等待着笛声；冬天，寒风细雨飘洒着大地，看着灰暗的天空，湿淋淋的地，我更企盼笛声在白茫茫的清晨，在苍凉的季风里传来温暖的一声问候。

我依然看不到对面窗口潇洒的身影。而笛声依然会在我企盼的时候、等待的时候飘然而至。

这是一个假日的雨天，我发现吹笛人是在院子边走边吹，离我很近很近。我打开窗循声探望，发现穿一身素白衣裤的身影正在对面单元走道上对着潇潇冬雨吹着流淌的歌，歌声带着岁月的痕迹。

笛声让我神清气爽。这是那首已很少人唱的《美丽的草原我的家》："美丽的草原我的家，风吹绿草遍地花，彩蝶纷飞百鸟儿唱，一湾碧水映晚霞……"如此熟悉的旋律、多么令人神往的季节和景色呵，乐韵跌宕起伏，仿佛跨越历史的风尘和时代的潮汐，穿透雨的哀怨和寒冬的凛冽，走进人们的心灵。我相信，凡听到他笛声的左邻右舍们都会与我有同感。音乐本身就是心灵的碰撞和体验。

但我最终发现，吹笛人是一位满头银发的老人。当我看到他的银发时，心为之一震，美丽的幻想破灭了。然而，我却有了另一番感动。老人是一位退休警察，他是一位对生活充满着快乐充满着激情的老人呵。回想他吹过的歌，有《红湖水浪打浪》、有《五彩云霞》、有广东音乐《汉宫秋月》《流水行云》，吹出了"盈盈一水间、脉脉不得语"的古老情伤。还有现代流行的《涛声依旧》《春天的故事》等，抒发了老人对生活热爱的情怀。我想，老人吹得不是歌，而是他对生命中一段段历史的风尘，是他情感的潮汐，是他岁月旅程中难忘的故事。

有段时间，他几乎天天在吹，我同时也发现了笛声来自对面二楼窗口，发现了带有音乐的灯光。有时老人是关着灯在吹，乐曲从黑漆漆的屋里飞出来，感染着夜空。如果有一二日没了笛声，我却有些担心，老人病了？出远门了？常常会不自觉来到他家窗下徘徊。

不因吹笛人的昭然使我索然于笛声，却因吹笛人沧桑的白发让我感慨万千。我们每个人的生命里都有一首岁月的歌。

当许多人感叹生活的不尽人意时，音乐让我们俯拾到生活的每个精湛细节；当有些人践踏生命、哀叹命运时，音乐让我们丈量着生命的质地；当我们迷失了生活的方向，发出绝望的悲鸣时，音乐让我们找到灵魂的载体。我想，音乐就是我们每个人灵魂的天堂。它将美、将善、将爱浇灌到每一颗心中，哪怕残忍、丑恶、恐怖也会得到感召。记得，在"9·11"事件后，让许多美国人乃至人类更加珍爱生命，珍爱身边的亲人。美国就此发行了许多优秀的歌曲来鼓舞人们战胜灾难。一首《God Bless America（天佑美国）》，还有一首《Hero（英雄）》，这两首歌都是为祈求和平，赞美生命而作，是音乐让我们感叹生命的可贵、珍惜我们身边所拥有的一切。

很多时候，生命需要一种缓冲，我们需要给自己的生命留一点空隙，留一点勇气。这空隙我想就留给音乐，然后品味生活中拥有的一点一滴，让生命之火余韵袅袅。

因为有了老人的笛声，一种感动滑过我的心弦，我发现这个冬天不太冷。

很有夏天的感觉

　　夏日的周末，我到天河南一路附近的时装店闲逛。傍晚的天河南掩映在一片绿树丛中，偶有淡淡的花香。连接各商铺的则是一条条用鹅卵石、麻石或青砖铺就的小径，小径像一条条思春的小蛇蜿蜒在丛丛冬青树间，只觉花径里、庭院静，一番风雨。雨后的小径格外的清新干净，小径上花纹透出了她的妖娆，很有点扬眉吐气的感觉。这里给人的是淡云闲雨愁荷，仿佛感受一场灿若烟花的梦。

　　这里的商铺都是居民房经过装修改造的，隐匿在广州这个大都市的角落，隐落在树荫花草间。仿佛一位穿休闲衣裙的女子，独自撑着油纸伞，远离现代喧嚣，又承接时尚气息兀自浸润在古老的屋檐梁柱下，偷得一世之闲啜饮着寂寞。

　　每个时装店都装修得玲珑精致，有欧式古典装修，有东南亚风格的木雕、中式回廊，有的一半卖时装一半则开成"coffee"馆，透过雕花的窗棂橘黄的灯永远是迷迷蒙蒙，给人些许的醉意和向往，仿佛里面藏匿着城南旧事花样年华。当你漫步其间，时间似乎已停止进入另一个时空，忘记曾经沧海曾经的伤痛曾经的失落。暑辱当下，树梢时不时会滴下一两滴冰冷的雨珠在你脸上，如柔软的手指将你繁杂的神经梳理得丝绸般柔软顺滑。在这里，你即便不买衣饰，也尽可慢慢卸下往日里的纷扰与劳累，将尘嚣关闭在心外，静静地享受这里的古老静谧与时尚的诱惑。一个专卖印度及东南亚衣饰的"梵天"时装店，透过橱窗的轻纱幔帐、透过小小的雕花回廊、透过印度五彩纱灯，循着"尤加利"阵阵的熏香，仿佛进入神秘的伊甸园。站在树下深呼吸，身心的倦怠在这里得以调养。

在另一时装店，发现了一件洋红色棉质小 T 恤，胸前斜印着由大至小的草书英文字母，字体颜色是群青里掺进一点湖蓝，在阳光下反射出幽幽的蓝光。试穿上身，皮肤显得白皙起来，顿时有了青春的光彩。遗憾的是太短，一伸手肚脐就闪现出来，腰两边多余的脂肪若隐若现，在镜前左看右看"脂肪"，依然顽固地爬在 T 恤内。我十分遗憾地说："可惜了，衣服贴身，不太适合我。"可站在一边为我试衣的店员小姐却十分开心地说："你看，我这么胖都这样穿，很有夏天的感觉哦！"这女孩不过二十二三岁，胖乎乎的蛮可爱。我听她这样一说，没有一点虚假的商业味道，反而让人很舒服。是啊，很有夏天的感觉。清凉的粉玫瑰色圆形领开得恰到好处，刚好衬出颀长的脖子，短短的两袖带一点喇叭状，玉臂粉藕般穿插其间很有"盈盈一水间，脉脉一夏荷"之感。但是我还是没有勇气穿这样的衣服，恋恋不舍地脱了下来。

之后，"很有夏天的感觉"总萦绕在身旁。进入 8 月，酷暑难当，每当我的目光在自己的衣橱里穿梭寻找衣服时，总会想法搭配出"很有夏天的感觉"，面对一橱的衣服，突然觉得穿衣也要穿出一点感悟、一点情志。原本觉得杂乱无章的衣服立刻风生水起般呈现出春夏秋冬各自季节的感觉，正是春有翠叶藏莺；夏有绿妒轻裙；秋有影月含羞；冬有藏花护玉。

"很有夏天的感觉"这句话，我想这不仅限于对穿衣的表达，而更深的是一种潜在于人意识中的一个概念，潜在人眼中的一个映像，是婉转于内心活动的展现，各季有各季的感觉。

一个人穿什么衣服，不管是时尚还是保守，总的一条规律是按季节的变化来穿，如果因追求时尚前卫在夏天穿出冬天的感觉，"反季节穿衣"就会被人说你有"病"。所以穿衣服也要归属本位，遵循自然，忠于职守。正如我们从事每项工作也应按"季节"归位，正所谓"不在其位不谋其政"和"在其位则谋其政"。就比如是科员就做好科员的工作，别把自己当领导；是副职就别成天把自己搞得比正职架子还大，自以为是，只能让旁人对你嗤之以鼻。如果做人做事都像穿衣一样"依季节的自然规律"尽职尽责，不要"穿错衣""坐错位"，就会少去许多患得患失的烦恼，少去那些怀才不遇的委屈，少去对人对事成天耿耿于怀的不良心态。人就会活得"很有夏开的感觉"，会活得很轻松很舒畅。

譬如，我们做了警察，穿上警服就要有警察的感觉。当然，不是那种需特权、门难进、脸难看那种感觉，而是履行警察职责，做便民利民的好警察，这种警察的感觉才能深得老百姓的爱戴，穿出的警服才有一种不同于其他时装的骄傲感。在裙裾飞扬的一群美女中，有一名威武的女警站在其间，美目盼兮，明月清风，定能让那些审美疲劳的视觉找到真正美的感觉，绝对起到烘云托月的作用。

每天清晨，踩着晨露，嗅着青草刚刚苏醒的芬芳，身边的人们轻衣薄衫平底凉鞋，轻盈地走在晨光下，"很有夏天的感觉"便弥漫开来，这种感觉看不见、摸不着，但你却会找到一天的清凉，一世的清闲。

不信，你也可在雨后的傍晚撑一把油纸伞到天河南一路的小径上走一走，抖掉一身的烦恼，闻一闻风中泥土的腥香。

死魂灵的复苏

2月的风里含着春的温暖，也裹挟着残冬的寒意。

站在看守所第二审讯室的门口，太阳从身后照过，斜斜地照在死囚陈国强一步一步走回监仓的背影，那声声沉重的脚镣打在水泥地上的"叮当"声，却在我心里划过一阵疼痛。

我已说不清是第几次采访死刑犯，可这一次却给我一种震撼。或许这是我遇到的第一个面对死刑如此坦然而又毫无掩饰地侃侃而谈自己的犯罪及情感经历的人，每次的对话，他会时不时向你仰起一张灿烂的笑容，他说：他等待着这一天。日后几天里，我的脑海总会重叠他的脚镣和他深深浅浅的笑容。

他曾是一个银行的职员，也曾编织过美丽的梦。然而自诩为聪明，自诩为有胆有识，自诩为可以大干一番事业的他，却把这一切用在了犯罪二字上。他的梦是与犯罪结缘的梦。一念之差，毁掉自己年轻的生命。等待他的只有死神。

他叫陈国强，因为与他人盗窃金库，潜逃到泰国3年，被我警方在泰国缉捕归案。31岁的他，东莞人，中专文化，原中国建设银行东莞分行出纳科金库管库员。

我不想过多地阐述他的犯罪事实。对于一个死囚来说，他临终前的醒悟与忏悔不仅对他的灵魂是一次洗礼，也是对社会的一个警示。

在他出逃到泰国时，一名叫阿花的女人对他一见钟情。阿花是曼谷一歌舞厅的"挂花女"（三陪女），他一方面利用阿花"掩护"自己，另一方面的确需要女人的温暖和生活依靠。而巧的是阿花同他的亡妻花名相同，且同年同月生。异乡遇知音，心里涌出一股暖流，而"阿花"对他是全情投入，百般爱慕，一年后生育一子。可他却对她一直隐瞒其真实身份。没想到，阿花却对他这个跨境通缉逃犯一往情深。他的内心开始内疚和心灵的苏醒。他渴望过上平常人的生活，渴望在阳光地带凭自己的能力赚取报酬。然而他只能把自己藏在阴影里。他后悔当初为何走上这条道路。可一切都太晚。

他说，每当阿花充满爱意的眼光看着他时，他的脑里回旋的是车祸妻死的一幕和他盗窃金库的一幕。这些都在交替着撕咬他的心。他无法面对亡妻的魂灵，面对仅仅两岁的女儿，面对如今深爱的女人。

他抬起忧伤而盈着泪光的眼说：

"能给支烟抽吗？唉，我如今想明白了，就等着这一天。原以为自己逃到国外，可以赚到钱，回来后再'报效'国家。"说到此，抽口烟后，边摇头边自嘲地笑了笑。

我们说："你还以为自己是'外商'吧？"

他又一次苦笑："我知道我的罪行，如今我想什么都是无用的。出逃到国外，别说找不到工作，因无合法身份每天躲藏，惶惶不可终日，连吃饭睡觉都又做噩梦。而我唯一的选择就是接受法律的审判。我想，杀了我可以起到杀一儆百的作用。早点解脱吧，等我的生命轮回，再重新做人，报答国家、报答爱我的人……"

或许，陈国强的犯罪源于一篇《走进中国第一大富》的文章，当这篇文章闯进他的眼帘时，曾让他怦然心动。心想：做不了官，就做老板。有些当官的可以利用权力腐败捞好处，我何不利用管金库的权利赚它一笔？金库的钞票曾对他来说是一堆堆"废纸"，如今，他想，得把"废纸"变为自己的宝贝。他把这个想法告诉了同守金库的阿财，两人一拍即合，说干就干。两人先后盗窃现金960万元，潜逃他国。

死刑犯，并不像人们想象的都是凶相毕露。他长得温文尔雅，在与他的交谈中，发现在他的生命内核里仍包含着年轻人的美好向往，然而，一念之差把自己推向了生命的绝路，推向了犯罪的深渊，也因此背离了自己的期望，有悖社会、法律。生命的质地从此变了。

　　他的笑里似乎还残留着一丝甜蜜。他不时强调一个爱字，可他却不知道他的这份爱早已像一只内里腐烂的苹果，已经质变。最后，他那双时时微笑的眼里透出一抹让人难以察觉的绝望。他用戴着手铐的手猛抽了两口烟说："人皆有死，可有的人死了，重于泰山，有的人死了，却轻于鸿毛。可惜啊，我死在了和平年代，比鸿毛还轻，而且是可耻的死因。"曾当过兵的陈国强在死刑来临的一刻，终于面对了死的双重意义，发出一声重重的叹息。

　　太阳赋予我们一双黑色的眸子，是让我们寻找光明；上苍赋予我们一双坚实的手，是让我们自己去创造阳光般的生活。

一生有一个信仰

40 集电视连续剧《特殊使命》就像红梅花儿静悄悄开放，收视率一路攀升，在许多电视台反反复复热播。据悉，江西卫视台竟以560 万买断重播权，收视率占全国冠军宝座。

《特殊使命》这部以上个世纪三四十年代为背景的大型谍战片，讲述了我党地下情报人员巩向光被叛徒出卖后，假装叛变加入国民党中统机关，多次传递出有价值的情报，并在敌内部长期潜伏，最后胜利完成任务，回归解放军队伍的故事。整个故事持续时间很长，从巩向光在北平被出卖，到最后渭城解放，前后长达 12 年，之间经历了很多曲折和危险。但是巩向光没有改变过心中的信仰，甚至在敌我双方都对他产生怀疑的情况下，仍然默默为党坚持工作。

我身边的同事每晚看电视台播的几集不过瘾，干脆买碟然后大家轮着传看，有的一口气看 20 集。而很少看电视的我，《特殊使命》就像一块磁铁牢牢地抓住我的眼球。这虽然是一部政治色彩很浓的谍战片，却没有苍白而枯燥的说教，而是充满了人性。整部剧情像轻轻流淌的山泉汨汨浇灌在我们浮躁的内心世界，滋养着我们日渐枯萎的精神家园，拯救我们的信仰危机。《特殊使命》以充满人性的手法给我们来一次思想的洗礼。

《特殊使命》将个人命运与民族解放斗争结合在一起，将悲欢离合、忍辱负重的个人情感与矢志不渝、顽强执着的信仰追求交织在一起，呈现给人们一个情节紧张、悬念丛生、波澜壮阔、引人入胜的动人故事，为人们讲述了一个中共地下党人的特殊人生，展示了一颗伟大灵魂的心路历程。剧中巩向光的眼神是忧郁的，其间蕴藏着信念；他的眼光是痛苦的，内里凝聚着坚定。《特殊使命》在事件发展过程中几次把巩向光的个人命运推向一种极致，让他在几乎绝望的孤独痛苦中，向命运做着不屈不挠的斗争，他所经历的考验远超个人生死。剧中没有更多的悬疑气氛，但却用谍战故事让人重新况味共产党在解放战争中艰难曲折的履痕。

剧中最为经典的是巩向光与余沁斋有一段精彩对白。让人充分体会到巩向光——我党的谍报人员，在举步维艰、鞠躬尽瘁的生命里程里，那种信仰使之然的超凡境界。

巩向光在打入敌人内部的 12 年中，他始终没有忘记自己对共产党的信仰。在该剧即将结束后，敌人中统特务头头余沁斋问巩向光，在面对共产党对他一次次不信任和考验以及中统、军统的暗杀时，为什么还要死心塌地地跟着共产党，为什么还要一次次冒着生命危险为共产党搜集各种情报时，巩向光说："是信仰，是一个人至死不渝的信仰，这是共产党赋予我的，在这 12 年里，他赋予我勇气和智慧，让我选择了自己的前途，赋予我的勇气和智慧让我战胜你战胜自己。"

是的，在物欲横流的今天，我们已出现信仰危机，甚至丧失了信仰。我们应该以什么来做信仰？应该推崇什么？人们也想寻找到自己心中永恒信仰的东西，但现今的社会只能让人感到谈信仰只是一句空话，是十分抽象的词汇。信仰危机是一种精神现象，是社会变革在观念层面茫然状况的反映，也是个人生命价值追寻中的迷失。

据传说，神在造人后，发现泥做的人总是软软的，一经风雨就会倒下，于是神在人的背上插了根脊梁，这根脊梁在人遇到无论多大的风雨、多深的坎坷时，终可以让人类屹立不倒。这根脊梁就是信仰。信仰是人对人生观、价值观和世界观等的选择和持有。信仰与人的一生是不可分割的。有信仰的人，会为自己的信仰调动自身的一切力量，集中到既定的目标上，其知识、能力、内心世界都会得到充实和提高，从而推动个人及社会的发展。

信仰，又作仰信。信心瞻仰之意。信，信奉。仰，仰慕。梵语译作信心、信解、信仰。信仰，是指对人们对某种理论、学说、主义的信服和尊崇，并把它奉为自己的行为准则和活动指南，它是一个人做什么和不做什么的根本准则和态度。

如今在现实生活中，我们必须自己建立一个积极的信仰目标，不用太高远、也不用信誓旦旦。当别人迷茫时你清醒，当别人疑惑时你坚信。信仰虽然看不见，摸不着，但却像无形的力量，可以凝聚成人生的动力，可以历练磨难、过滤痛苦，把柔弱变得坚强。让人在天地间堂堂正正的生活，不是单纯地追逐名利，而是在浮光掠影的现代生活中沉淀灵魂的净土。

坚定信仰或许正是《特殊使命》这部剧带给人们的真正启迪。巩向光忍辱负重 12 年，这都是因为共产党的信仰贯穿在他的灵魂深处。

你看，月亮的脸

当我听到你受伤的消息时，我的心陡然像夜空中一块厚重的幕布，慢慢地下滑，十分忧郁地直往下沉、往下沉。听说你是为解救一名被拐卖的未成年少女，美丽的脸破了相。

那天见到你英姿飒爽地飞一般跑出大院坐车时，我问："有任务？"你点了点头。你一阵小跑，有些蓬松的齐耳短发在4月的风里像一朵莲蓬摇曳着。我一直倾倒于你的美。这天，缀着肩章、领花的深灰色衬衣，束在藏蓝色的长裤里，威严中透出些许的温柔。

我难以想象，那天你还像一条鱼，在春天的空气里鲜活得让人妒忌，今天你却躺在一张苍白的病床上。

那是粤西一个偏僻的小山村。

田野里散发着夜间潮湿的气息，空气中蛰伏着天明时的山花烂漫。队长说，你的任务是负责掩护被拐女孩。后半夜的风有些猛烈，夜幕把白天所有的色彩都染成朦胧的黑，耸立的山峰，曲腰驼背的大树，狰狞的怪石，一种黑暗的寂静延伸在你的眼里。可此刻，你仿佛听到一种哭声，哭声拨动着你有些心悸的灵魂。你机灵一闪在黑夜的掩护下溜进屋里，将被折磨得瑟瑟发抖哭泣的女孩拉出逃向屋外。

我说，打拐是十分危险艰难的事，有的同志为解救妇女儿童当场被买主打伤打残甚至致死。你说，死不可怕，但残了，对一个爱美的女孩是残酷的。

此刻，你像是躺在平静水面的一枝睡莲，被风吹残了一树花瓣。

你红润的双唇有些惨白，可依然裂开笑出了小白牙，你轻轻地说："我的事不值一提"，声音柔润绵长。你橄榄色的皮肤有些暗淡，但眉眼间还透着美丽的情调。

我握住你柔软的手有些冰凉。

你情不自禁地描述了解救一名少女的故事。我陷入你的情节里，完全忘记你是我平时看到的那个粉白黛绿的女孩。我想干警察的不一定要长得显山露水，关键是内心的伟岸。

当时有3名大汉正挥舞着刀棍向你们冲来，苍黑的夜飘飞着细雨。你拽上女孩风一般向后山奔跑，女孩求救的眼光看你时，就像月光撒落在黑夜，光明与黑暗，正义与邪恶瞬间胶合在你心里。一种生命的悸动和责任牵动着你。女孩一只鞋跑掉了，你咬紧牙关背上她逃向阴森森的一片甘蔗林里。女孩的泪流湿了你的肩膀，而你的汗水却湿透了警服。

黎明，女孩得救了，你却倒下了，你脸上的血像山野盛开的杜鹃红得耀眼，红得夺目。那道伤疤被砍在你的左眉上，缝了20多针，可以想象十多厘米的伤口在你的脸上会是怎样的恶果。

当你醒时，听说叫素的女孩已解救，你露出灿烂的笑容。笑扯痛了你眼角的伤，微笑的眼睛开始荒凉起来。

3天后，我在病房探望你时，"恩人呐！"一位老人轻轻推开病房的门，"扑通"跪在你的病床前，颤巍巍地从一个皱巴巴的塑料袋里摸出一块蜡染："姑娘，这是素她娘染织的，你做过纪念吧。"苍老的泪水流满了苦难岁月的脸。

老人身旁的素是这么的漂亮，一条粗黑的辫子扎在脑后，光洁的小脸上扑闪着一双泪眼，她娇小的身子跪在父亲旁边："大姐姐，谢谢你。"素就是在那天刚满15岁。她家住贵州省剑河县，一年前被同乡骗到广东以3000元卖与他人为妻，当时她还不满14岁。面对父女二人真情而信任的目光，面对周围人群投来敬佩的眼光，你掂量着10厘米的伤口和一个女孩子一生的幸福，心释然。忧伤的眼睛里闪现出火石般的蓝光，你的心神圣起来。

你打开蜡染布，图案是一位长发女孩跪在河边梳头，背景是高山流水……你的鼻子有些酸涩：老百姓所向往的仅仅是一份安宁的生活，可是这小小的愿望也被破坏。

窗边的太阳光里衬着你和几支百合花，一片一片丝白的花瓣开得娇艳欲滴。一刹那，带伤的你是如此动人。

一个月后，我在班车上看见康复的你，一身素白。那白色的衣裙衬着你，就像一朵风雨中不败的野山菊，丝丝扣扣中隐露着柔韧，散发出醉人的冷香。那头深棕色的头发有些长了，初夏的风吹过你的脸颊，头发带着风在光里飞舞，左边的头发的间隙时时透出一条粉嫩的伤疤。车窗外掠过一道一道风景，掠过一茬一茬打扮鲜艳的女孩，一种安宁祥和的美掠过我的心里。

我想最美丽的春天已在我的记忆里。

舒适自在地活在冥想的春天

做瑜伽是一件赏心的乐事，从身体来说，它能轻松你的筋骨肌肉内腑五脏，浑身上下爽洁与健康；从情志来说，可以洗涤长期压抑、偏狭的内心世界。无论阴天晴日，你会觉得阳光滋养着生命的气血；无论你身在何处，冥想时分，会将你见过最美的景致放映在遐想中；不论你坐立止息，身心都那么悠然自得、那么无所不宜，让我们的一生都处在"愉快思想"的每时每刻。

点上一炉香薰，放上一支优雅的轻音乐，静静的闭上我们的双眼开始冥想……

《林荫漫步》的背景音乐从身后轻轻地轻轻传来，浸润四周。晨雾在山涧弥漫开来，清凉的风徐徐撩过我们的身躯、面颊。薰衣草的芬芳渗透着每寸肌肤。深秋，我们在明媚的阳光下进行春的冥想。长笛之声悠悠引领我们来到春暖花开的郊外。到处是绿树丛荫，毛茸茸的小草舒展着青嫩的叶片，红红白白的杜鹃花在轻风中摇摆，小鸟吱吱地叫着飞过头顶，像在万种风情的情感花园里划过一道美丽的彩虹。山涧瀑布如击碎的汉白玉飞泻而下，碎末水珠飞溅到小草小花上闪烁着钻石一样的光芒。瀑布之声像一群嬉戏的孩童奔跑呼号响彻希望的声音。阳光轻轻地轻轻地站在我们身后，仿如一双柔软的手按摩我们的神经系统，抚慰繁杂已久的灵魂。

瑜伽带我们进入集中心智、舒爽飘然的练习境界之中，那神秘的瑜伽功音乐融合古今中西音乐的神韵，消遣和纾解心神，缓缓地音乐像层层薄雾既能平静人的内心，又能深深震撼人的灵魂。这古老的瑜伽使人享受和体验到人精神升华的光彩与魅力。瑜伽词源于梵文，几千年来一直在印度文化中扮演重要角色。相当于中国的"天人合一"或者"和谐"之意，通过瑜伽的6项基本元素姿势、呼吸、放松、冥想、健康的饮食习惯和正确的思维练习，对"心"进行控制，以达到大脑活动和身体机能和谐统一的状态。它代表着个体与某种高于一切的东西的结合，它是一种系统，以帮助人们发挥最大的潜力，并达到最高精神状态为目的。

人无远虑，必有近忧，忧虑现代生活中的瘟疫。在现代社会，我们四周充满着压力与竞争，空气污浊与混沌，而我们不可避免地要加入竞争的行列，不可避免地会遭遇失败，不可避免地感受失落、嫉妒、痛苦，各种忧虑使我们的身体和心灵的灵活性、纯洁性减弱，伤害着我们的身心。

通过练习瑜伽功来关注我们的心和身体，提升年轻和健康程度，让心肺和精神在冥想的空气中吐故纳新。这是疗救自我的最好良方。

瑜伽是一种长期保持健康的系统，并能培养人乐观和满足的精神，从生理上、智力上、心理上、精神上产生一种力量源泉，充盈着我们凝固呆滞的神经和血脉，使我们由内至外散发出健康和快乐的瑜伽气质。我们是身体的主人，我们的身体包容着整个世界，我们以健康的身心左右着这个世界。

人的心智如经典名牌应经得起岁月的考验。虽经风雨跌宕，却经久不衰。我们老去的是年龄、肌肤，我们烦忧的是身外之物，健康的心灵在更替的季节里吐故纳新，她的优雅与矜持、阴柔与阳刚、活跃与宁静总会恰到好处地让绿色莲花绽放在内心深处。

点上一炉香薰，泡上一杯清茶，在阳光下晒干我们心灵的伤口，蒸发侵蚀我们身体的忧虑。以积极向上、乐观的心境做好每件事，善待身边的每个人。舒适自在地活着、快乐地活着、优雅地活着、健康地活着。

生命已逝精神永远年轻

寒风呼啸，日月含悲。

2010年的冬天冷到人心深处。电视新闻里白岩松低沉的声音把我们带进这个哀伤的日子。1月19日，北京长安街洗去了往日欢颜的色彩，空气中弥漫着悼念中国维和英雄的哀伤。十里长安街静了，所有的车辆停了下来；繁华喧嚣的王府井、西单静了，所有游客停下了脚步。轻点、再轻点，人们用含悲的双眸默契地屏住呼吸生怕惊扰了英雄回家的梦。此刻，运送8位维和英烈归来的灵车缓缓驶过，十里长安发出的是自发群众难掩的哭泣和对英雄祈祷的心灵对话，中华民族的好儿女，我们在十里长安接你们回家。

"壮士一去兮不复还"。

是的，这是一个催人泪下、荡气回肠的时刻，这是一个令国人和世界铭记的时刻，这是中国公安史上悲壮的时刻。

"中国维和警察"——6个响亮的名字传递在世界的每个角落。连日来，世界用同一个声音呼唤着这个英雄的群体，这个群体不仅与中华民族的精神融在一起，更与世界和平精神相融。

长空呜咽，历史作证。我们的战友——8位为世界和平捐躯的中国维和警察的名字闪烁着维和的精神，是中华民族精神在全球的升华，你们为了祖国、人民、世界、和平坚守中国维和警察的责任与信念，你们用生命的劫数，把光亮照着人间；用生命化作一缕为世界和平献身、坚忍不拔、不辱使命的中国民族魂永远激励后人。

在这 8 名英烈中，云南边防女警官和志红是我们全体女民警的骄傲。她赴维和的心声是那样的执着，离别 1 岁多的儿子出征海地，作为一名女同志，除了怀着对亲人的思念，还要面对异国他乡无处不在的饥饿与危机、贫穷与疾病、动荡与不安。但是，为了世界和平，和志红与其他男民警一样在血与火、战与乱、生与死的考验面前，把"忠诚、拼搏、团结、奉献"的"中国维和精神"诠释得淋漓尽致，向祖国和世界人民交了一份最优秀的答卷。赴海地是和志红对自己生命形象的修炼，她要像世界展开春天生命的绿色，要以羽毛的方式承载和平的心愿。她最终把心愿留在了海地、留给了和平。

是的，在和志红生命的春天，展示的是巾帼英雄的豪气：古有花木兰，今有和志红。

是的，生命对每个人只有一次，可你们却用仅有的一次献给了祖国，献给了和平，献给了海地这块贫瘠的土地。

是的，地震可以撕裂大地、吞噬生命，但无法撼动中国维和警察的忠诚。这种忠诚在继续，话别战友后，仍沉浸在悲恸中的中国维和警察再次踏上新征程，续写英烈们未竟的事业。

是的，一切为了和平的勇敢行动，都将被镌刻；一切给予陌生人、穷人和不幸者的帮助，都将被铭记；一切为崇高的事业而献出的宝贵生命，都将被缅怀。

生命已逝，精神永远年轻。

珍惜民力

　　最近一段时间，广东积极探索社会治安综合治理的一套长效机制，大力倡导"警力有限，民力无穷"，把群众的力量转化为治安工作力量，充分调动了群众的积极性，成为推动社会治安综合治理的动力，这一做法已在珠三角地区实施，并取得成效。

　　警力有限是制约当前社会治安工作发展的一个重要难题。这在广东经济发达、外来人口众多的珠三角地区，尤其突出。地处穗深港"黄金走廊"的东莞后街镇，在严打整治斗争中，发动工厂企业保安参与社会治安群防群治，工厂保安从"看家护院"到走出厂门，全力推行工厂企业治安联防工作，把保安的力量有效纳入了公安机关管理、指挥下，从而形成"各自为战"到公安、治安、保安的"三安联动"机制，拉开了联防三张网，为警民联防探索了一条新路子。

　　什么是国家无穷的财富？那就是人民群众。民心是金，民力也是金。人民群众是我们党的力量源泉和胜利之本，失去了人民群众的拥护和支持，党的事业和一切工作就无从谈起。我们要善用人民群众在社会中的力量。中共中央在《关于加强和改进党的作风和建设的决定》中，提出"四民"："各级干部要体察民情，了解民意，集中民智，珍惜民力，把群众冷暖时刻放在心上，诚心诚意为群众谋利益。"

　　社会的安定与否、老百姓的安危直接联系，也可以说维护社会治安是老百姓自己的事。自己的事自己管。东莞运用企业老板出钱，把厂内保安，甚至是自己的"私人保镖"转化成维护社会治安的强大联动力量，使"笼中猫"成了"下山虎"。

东莞后街镇现有常住人口10万人，工厂企业1000多家，随着经济的高速发展，外来人口剧增至50万人，警力只有168名，而在经济发达的今天，这些数字的增长让人欢喜让人忧。喜的是说明东莞的经济环境具有强大的吸引力和强大的经济发展潜力；忧的是外来人口增多，自然带来不稳定的治安因素，致使治安形势严峻。但按东莞市委书记佟星的话说：我们别无选择。要发展经济，就要创造一个良好的投资环境，要建立一套综合治理的长效机制，动员社会各方面的力量参加治安工作，建立群防群治机制。治安联防是严打整治新的需要，必须积极发挥打防结合的整体效应。

由此，我们认识治安联防，只有紧紧依靠群众、发动群众，而保安业的发展，正是加强治安联防的主要力量。只要有统一的领导、正确使用和管理好这支队伍，就能成为协助执法部门维护社会稳定的一支主力军。真正体现"警力无穷，民力无穷"。广东不仅仅在东莞后街镇探索了一新的路子，同时，在广州、深圳、惠州等主要城市的保安员和治安巡防员也以不同形式发挥着震慑犯罪，维护社会治安稳定的积极作用，构筑了一道打击和防范违法犯罪的铜墙铁壁。

走进贫困村的春天

我一直贪念于乡村的那种村味。刚参加公安工作时，就常常到农村去采访，三四月间，正是春暖花开时节，油菜花、桃花、梨花各种花卉次第开放，粉黄的、桃红的、白的、紫的，像节日的烟花绽放在满山遍野，馨香四溢；在空旷的田间有农夫、有牲畜默默地劳作，层层梯田与山谷放纵在蓝天白云下，山峦下的屋子、树木、沟壑点缀其间，处处充满生的意志与美的活力。在这里，久已浮躁的城市之心也豁然开朗，那种被岁月浸染得锈迹斑驳的心境，到了纯粹的农村才知山村的风是对心灵的一种洗礼。

带着对乡村的一种情感，带着对春天的感恩，早春二月，我跟随我省公安文联组织的公安书画摄影家从广州驱车300多公里赴肇庆市怀集县的金坪村和上南坑村两个贫困村开展"送欢乐下基层"文化活动。

进入广宁路段，春雨春雾朦朦胧胧地罩着天空、罩着青山绿水，山村的春天与城市的不同，说是有雾却也掩盖不了她的那种清新。视野开阔处正是一幅天然的江景画卷，蜿蜒在山峦下的江水，在春光下氤氲着银白色的水气，喘息奔涌着让我感受到一种希望与未来。透着薄雾细雨，可见沿途满目绿茵，翠竹绿树摇曳在春天里，风姿绰约，激起我对乡村那种厚重情感的涌动，归乡之情油然而生。车颠簸在泥泞的路上，心中洞开一片境界：我想每个人的心都应有山谷的空灵与田野的豁达。乡村是我们人类生长的根基，是滋养人类的发源地，那些裸露的土地养育陶冶人类的生命与心灵。在这里，我们的呼吸才有了生命的律动，她是人类对历史、对文化、对净化灵魂的憧憬，充满诱惑。

我们的汽车在弯弯曲曲的山路上爬行，突然隐隐约约传来敲锣打鼓的声音，声音越来越近，前面带路的车开始缓缓停了下来。

天空下着小雨，虽说刚立春，依然带着冬天的寒气。

只见车外村里的舞狮队一红一白两头狮子正在摇头摆尾踏着节奏迎接我们，上百村民、小孩满脸笑容地等待我们，每双眼睛都溢着一种热切的渴望：公安民警又来送新春对联啦！

这里是怀集县金坪村，是肇庆市公安局的驻点帮扶贫困村。眼前的空地是村委会的所在地，四周有层层叠叠的青山、浓绿的大树。村委会右侧则是驻村工作组帮助修建的"文化舞台"。一同前来的公安书画家20多人铺开一卷卷鲜红的春联纸、宣纸、饱？笔墨开始为村民写春联、画年画。"文化舞台"前的小小广场挤满了村民，每个写春联的民警都被村民围得水泄不通，村民黝黑的脸上洋溢着春的笑容，眼里蓄着对新年的祈福和对公安民警的感激之情。驻村扶贫的沈警官告诉我们：每年春节肇庆市公安局都要组织民警来写春联，村民们已不买春联了，临近春节村民就会打电话问，"你们公安什么时候来写春联呵？我们等着呢……"

东边是民警满怀深情写春联；西边是民警与村民一同敲锣打鼓；南边是女民警为村童讲故事……当村民在村委会门前贴出功照千秋——"彤彤红日民族正气，巍巍青山历史丰碑"时，舞狮队再度敲响锣鼓、一派警民互动、歌舞升平的热闹气氛弥漫在小小的山村，浓浓的年味释放得淋漓尽致。

一幅幅红艳艳的对联充满着新春佳节的味道：

"百世岁月当代好，千古江山今朝新"

"福照家门万事兴，喜居宝地千年旺"

……

一副春联一缕阳光。

生死漫步

一副春联一缕寄望。

一副春联一缕祝福。

　　这一刻，我真正体会到红红火火过新年的感觉。春联有火焰般的颜色，可以燃尽沉沉的黑夜，驱散岁月的苍凉。在贫困的农村，没有奢华的宴会，没有时尚的衣物，但村民们捧着春联的笑容心里装满的是整个春天。

　　农村不仅仅需要物质的支援，他们一样需要文化的浸润、文化的滋养。现代农村人也有对文化、对灵魂的焦渴与追寻。在这里，我更能感受到文化下乡的深刻含义，她不是虚浮的东西，个中闪烁着时代精神的火花，是人类生命价值、心灵评估、意绪、观念进行的一次轮回，是与老百姓心贴心的情感交流，是引领农村走向发家致富的思想桥梁，更是民族文化的蕴积。

　　当村民们空洞、怅然的眼光；孩童赤足走在泥巴路依然欢快的神情；一间间昏暗无光、长着杂草、青苔斑驳的茅舍、木屋、旧砖房和荒芜的田野闪过眼前，湿漉漉的酸涩久久留在我的心里。

　　虽说历史无情、岁月苍凉。但我们应怀一种社会责任，一次、两次的文化下乡工作不能改变人们固守的思想，也不能给予贫困山村丰富的物质支援，至少我们可以用现代创新的文化感染贫困山村农民落后禁锢的思想，点燃他们对阳光、对春天、对生活、对未来、对建设自己家园的欲望火焰，去拯救一些麻木或即将麻木的人的灵魂。

　　"送欢乐下基层"是一项活动，更是一项工程。活动第一天，我们邀请了省内著名摄影家们为 1000 多名消防新兵进行"为你拍靓照"和文艺演出活动。新兵们激动万分，纷纷表示一定好好服役，报效祖国。现场不时发出的掌声如暴风雨般气势磅礴。"文化"竟有如此大的魅力，警营文化的力量一样蕴含着无比强大的"杀伤力"，这种力会植入到人的灵魂深处，或许，这正是文化之魂。

走进贫困村的春天

学会找寻幸福的玄机

——读《于丹趣品人生》有感

"泡一壶茶，享受午后的阳光"，打开邮箱，一句温馨的问候跃然眼前。

此刻，我因出差偷半日之闲坐在珠海警官文化活动中心，午后的阳光从宽大的玻璃窗照进房内，淡蓝的天空中浮着薄薄的白云，空气中有几分慵懒，院落里的各种树木花草懒洋洋地享受午休的寂静，偶有几声鸟叫远远飘过，我手捧《于丹趣品人生》一书，心静如莲细细品味。

曾在阅读另一本书时看过一句话：我们改变不了世界，就改变世界观。我读了《于丹趣品人生》感悟，我们未知人生前景，就享受人生之旅。生活不必太清醒，也不能太糊涂，要学会把握生活的艺术快乐的机遇。

天地有长风，生命自浩荡。人生就是一个过程，我们活的是这个过程中的感受，享受的也是这个过程中的感受。

《于丹趣品人生》从一张琴、一壶酒、一杯茶着手，传递古代名士的生活态度，让困顿于现代社会的人们、充满亚健康状态的人们从茶、从酒、从琴中找寻一把养性怡情的金钥匙；找寻一处心灵中的世外桃源；找寻曲径通幽的灵魂家园，真切触摸幸福的质地，真实感受丝质般的内心世界，剥茧抽丝找到生命本真。

书中强调一山一水一世界。作者于丹认为："在当今社会里，相比成功而言，幸福已经变成了更为奢侈的一件事。人们追逐成功，而成功却无法带给个人生命价值的全部满足。或许我们缺少的只是一点意趣、一点闲情，缺少了与家人共处的那些闪光的零碎的时间。"人的一生可说很长，也可说很短暂。就生命而言，我们都是凡身肉体，不管是功成名就之人还是艰苦创业清贫之士，只要体味出古代名士般悠闲的生活方式，懂得在忙碌的客观世界中找寻内心的需求，为内心建造一座悠闲的长廊，或许会发现我们的生活还有许多可走的幸福空间，或许给自己心灵找到一个"我要去哪儿"的明确答案，放慢一些匆忙而盲目的脚步等等失落的灵魂。

《于丹趣品人生》从琴、从酒、从茶洋洋洒洒畅谈三者与人生的关系。今天，我仅拿茶来说，年轻时也只知道喝白开水，到了一定年龄开始喝茶，喝着喝着开始学品茶，然后读一些与茶有关的文章书籍，对茶有了真正的兴趣，偶尔也收藏几把茶壶。《于丹趣品人生》"茶之味"分上下章节，上章主要列举历代文人墨客因茶而著书，以书解读茶之味；同时，列举了中国古代以《茶录》为书名的茶学专著，引用其文精华；以世界上第一部茶道专著、唐代陆羽所著的《茶经》解读一盏茶的前世今生。书中大量引用了《茶经》，由此说明古人对中国文化的深远影响。于丹说："无论如何忙碌，手边总可以有一盏茶，除了解渴，还可以养心——在某一瞬间，如坐草木之间，如归远古山林，感受到清风浩荡。"读来这些词句更是如饮一壶三月清明。书中插图淡淡的黄页上几笔淡彩人物画如临其境，茶山中隐士坐地烧水煮茶，吟诗品茶，意境仿佛在眼前：三月白蒙蒙的细雨飘洒在茶山，仿佛能看到含露的叶片"凝一点早春的魂魄"在阳光下摇曳。"茶"从象形文字上解就是"人在草木之间"，"其旨归于色香味，其道归于精燥。"于丹总结《茶录》中的这句话正是指人内心的一种典雅、清静和高洁。

而现在很多人大谈其茶，收藏了多少万的茶，喝过陈年的普洱，尝过千万元的西湖龙井，这只是一种虚荣的炫耀，不一定品得出茶的真谛。品茶不仅是舌头，而是大脑。品茶是为了抛开浮躁的思绪，喝茶自要喝出茶的精粹，喝的是明月清风，喝的是山泉滋养，喝的是四季的流动之气。"得半日之闲，可抵十年尘梦"，喝出一盏茶的前世今生。

《于丹趣品人生》茶之味下之章节以清醒之茶、欢愉之茶、忧伤之茶、格调之茶、力量之茶、柔韧之茶等六论茶，以及茶的分类如何、煮茶泡茶解茶等细谈人生与茶的关系。于丹强调，"茶禅一味，对于红尘中的你我，倒也不失为一种启发。有心之人不妨将喝茶当成生活中一个小小的仪式，静心与清茗相随……"书中不仅有对人生的感悟，还有许多精美词句："这样一杯茶，入夜可邀明月，醒来可面对朝霞。昼夜皆有清茶相伴，岂不是人生一幸事？那一抹香气，醉了人心，醉了静好的岁月。"

书中借古论今，品茶要有一颗古朴之心。"喝茶亦如清风生两腋，从教吹去月轮旁"，喝出生命的澎湃激扬，喝出人生的梦想追求，是中国古人喝茶的最高境界。

有一年，我与先生赴杭州西湖亲戚家，亲戚是正宗龙井茶的传人，在著名狮子峰山拥有几亩茶园，住在西湖龙井新八景，正是茶山脚下，此地景色之好，茶香之悠远。后在网上看到中央电视台专门到亲戚家拍摄的一段纪录片更是感慨。在亲戚家门口有一亭子叫"过溪亭"，是龙井八景中最值得玩味的景观。相传苏东坡任杭州太守时与友人在此送别而建此亭。而相传乾隆皇帝巡游江南时，多次亲临龙井并到过此亭并为其题字。乾隆在品饮龙井狮子峰胡公庙的龙井后，对其香醇滋味赞不绝口，因此封庙前 18 颗茶树为"御茶"，从此，龙井茶名声远扬。

至今，我还记得在"过溪亭"旁有一颗硕大的桂花树，正值 10 月，满地桂花如碎金，亭里亭外茶树桂树香气四溢。我们吃完晚饭坐在桂树下，亲戚用玻璃杯为我们泡上一杯龙井，月光下只见一条条寸长的嫩绿色茶尖在 80 度开水中轻盈翻飞，茶尖如娇羞的女孩儿水灵灵般在水中站立，一会儿汤色碧绿，清澈明亮、香馥如兰随月光飘然而出，正是"簇簇新英摘露光，小江园里火煎尝。入座半瓯轻泛绿，开缄数片浅含黄"。此刻，能触摸柔软的山风，听见浅唱的山泉，与家人就着月光，饮着清茶，细谈生活中点滴之乐趣，往日的摩擦、郁结、浮躁仿佛已消散，内心生出丝丝感动。

真正的品茶是抛开满脑子浮躁的思绪，保持心思的澄澈，让自己的内心油然升起一种草木滋润的怡然自得。周作人先生写过一篇《喝茶》的散文："我所谓喝茶，却是在喝清茶……喝茶当于瓦屋纸窗下，清泉绿茶，用素雅的陶瓷具，同二三人共饮，得半日之闲，可抵十年的尘梦。"

《于丹趣品人生》中："一个人的心里有太多欲望，或是过分在意他人的赞誉和诽谤之语，这颗心就会像喧嚣的小溪碎末和澎湃的大海浪花，鼓荡着，躁动着，以这样的心看世相和自我，能没有偏差吗？如果不能拥有一份宁静，不能拥有一种闲适，我们能看见生命的本真吗？"

白岩松为此书还题写《做一些无用的事》的序，此时此刻的中国人，我们怎么啦？平静，正前所未有地成为奢侈品，而幸福，我们又似乎什么都有；人人匆匆忙忙向前进，又时常困惑：我要去哪儿？

困惑时间长了，就要找一些答案。

我们从《于丹趣品人生》找一找答案，以茶酒琴成为承载心灵触摸灵魂的载体。再把书放下，放慢脚步，停下来，回头看看自己走过的一草一木，一山一水，静静冥想内心的感受，从容地艰苦创业、从容地做好眼前的每一件事，从容地理清生活中的碎片。

我们改变不了世界，就改变世界观；未知人生前景，就享受人生之旅，学会寻找幸福的玄机。

用文字来慰藉哀伤的灵魂

我追问青天，逼迫八面来风，

我问，（拳头擂着大地的赤胸）

总问不出消息；

我哭着叫你，呕出一颗心来，

——在我心里！

当我读着闻一多先生的《发现》时，正值四川汶川发生大地震的第3天，整个身心仿佛在颤抖。

今大是广州天气预报挂上了黄色暴雨信号，自汶川大地震以来，我的心一直沉沉的，说不出的"堵"，暴雨像是为灾区而落的泪，是天堂的孩子们思念爸爸妈妈的泪水。一直以来，我总想为灾区做点什么，"5·12"以来，每天我都在电视机前泪流满面，说不清是痛还是伤，说不清是恐惧还是绝望。有时难过得流不出泪来，痛苦悲伤无助恐惧交织在一起，像一块磁铁牢牢地吸附在心里。关掉电视总想写点什么，却发现文字在此刻如此软弱，笔头艰涩无助，根本无法表达那种感受。

同事被派去一线灾区——德阳，发回了大量特警抗震救灾的新闻报道，之后又写了灾区日志，我羡慕。因为他和我们的特警们直接把爱把温暖献给了灾区，他的心是踏实的。如今，他又再次奔赴灾区汶川。而我们似在梦里遥感哀思，心像浮萍。有限的捐款亦如一粒微尘，表达爱心浮于面上，难以表达伤痛和慰藉。于是，那种蠢蠢欲动、那种想抒发点什么的感受又袭上心头。

今天距"5·12"来刚好一个月整，30天。我窝在心底的情感也只能靠文字来表达，尽管文字依然苍白无力。唯其如此，我的心伤才得以疗救，才有些微的心安理得。

此刻我感到震中不仅是映秀镇，而且是震在我们的心里。正如闻一多先生的诗，我"追问青天，拳头擂着大地的赤胸！恨不得呕出一颗心来"。母亲节刚刚过去，8级地震无情地夺去了上万母亲的生命；儿童节来临，可上万孩子却只能在天堂过一个没有父母亲人的节日；端午节又一个举家欢聚的中国传统节日，在北川、在都江堰、在绵竹、在漩口的父老乡亲再也无法体味"团聚"二字的滋味，节日对他们来说无异于往心灵上撒把盐——撕心的疼。

灾情发生后，在后方的我们只能从电视、报纸获悉救援前线发回的报道，一幕幕撕心裂肺的镜头催人泪下，那种心痛穿越一个人灵魂；那种心痛像唐古拉山融化的冰川流过黄河流过长江；那种心痛浸润着痛失一代儿童无边无际的泪海中，成为永远的心伤，真正伤到我们中华民族的根。

灾情发生后，太多太多的伟大而感人的镜头撼动我们的心灵：

"亲爱的宝贝，如果你能活着，一定记住我爱你。"5月13日下午，救援人员发现她时，她已经死了。此刻她呈现在人们面前的是一个爱的姿势：她双膝跪地，上身匍匐，双手支撑着身体，可身下却有一个包裹里面是一个三四个月大的婴儿，还活着。被子里有一部手机，屏幕上面是一条母亲留给襁褓中婴儿的短信。这19个字已成为珍贵的记录，字字烙着闪耀人类光辉的母爱，何其伟大。

《摘下我的翅膀送你飞翔》，这是29岁的映秀镇映秀小学张米亚老师大地震前曾送给孩子们一首的歌。没想到，愿望实现时，他却永远离开了亲爱的学生。地震发生时，他是跪在废墟中，双臂却紧紧搂住两个学生，两个孩子还活着，而张老师已气绝。由于紧抱孩子的手臂已僵硬，救援人员只能含泪将之锯掉才救出孩子。生命的翅膀断裂在废墟瓦砾，可灵魂的翅膀却铸成爱的海洋托起生命的希望。

《孩子快抓紧妈妈的手》是人们传诵的一首诗，她让灾区升入天堂的孩子们拥有母爱的慰藉。此刻妈妈的手穿越时空，穿越苍穹，犹如连接血脉的脐带永远血肉相连："孩子，记住我们的约定，来生一起。"

　　他突然跪在地上哭求："求求你们让我再去救一个孩子，再救一个。"这是救援队正在救援时，突然发生余地震，现场指挥命令所有人撤出废墟时一个士兵的请求。

　　这是两名女警察的故事：在地震中痛失十多个亲人的蒋敏一直战斗在抗震救灾现场，在与两岁的女儿通完电话不久，却传来了女儿与母亲遇难的噩耗。可她却仍坚守在灾区自己的岗位直到昏倒……

　　把自己6个月大的孩子扔给家人的蒋小娟，自己却在灾区用奶水无私喂养了灾区的8个婴儿，在中国这片热土上传为佳话，《平凡的人给我们太多太多的感动》。

　　灾情发生后，我们却看到灾区不是一座孤岛，悲情不会永远笼罩我们的天空，因为地动天不塌，大灾有大爱，这一刻，我们身后有一个强大的祖国。全国党政、军民牵起手铸就了支援灾区强大的力量，这力量犹如不倒的中国长城，与灾区人民同舟共济，众志成城，谱写了一曲曲"生命之歌"。

　　是的，文字已经承载太多太多的悲哀。于是，我们一遍一遍地用歌曲来给灾区送去关爱、支持和鼓舞。大灾有大爱，我们只想《凝聚每份爱》，因为这是我们美丽的家园，山河锦绣，再大的困难我们走过。我们手拉手进行《爱的奉献》，我们奔赴灾区《紧紧地握住你的手》，我们发誓《不管你到哪里我都陪伴你》，因为我们《生死不离》，我数秒等你的消息，相信生命不息，血脉创造奇迹，你一丝希望是我全部的动力……是呵，我们面对灾难，却并不孤单；我们面对灾难，总有一种力量让我们心生敬畏；面对灾难，我们拥有无数《真心英雄》把风雨变彩虹。哪里有灾难，哪里就有解放军、武警官兵和人民警察的身影。他们用生理极限挑战生命极限；他们在绝望中凿开生命的希望；他们给枯竭的生命注入新生。

　　真爱在人间，明天会更好。我只想编织无数双翅膀飞向天堂，送给孩子们变成美丽的天使飞越回人间与父母团聚；我只想轻轻地唱：亲爱的小孩快快擦干你的泪珠，我愿意陪伴你走上回家的路；我只想把爱献给天堂的孩子：让妈妈为你盖上棉被，在天堂的路上不会冷；我们只想祈祷天堂的孩子们拥有美丽的阳光花园，拥有亲爱的老师、同学，还有同学的爸爸妈妈，在天堂也是所有天使的爸爸妈妈，都说一样的家乡话很亲很亲；我只想孩子们每天迎着朝阳升国旗，太阳很热很亮，国旗很艳很红。天堂再也不会有地震灾难和黑暗。

云开雾散，我清晨被一阵朗朗的读书声唤醒，细听读书声仿佛来自天堂，是孩子们在蓝天白云间向我们传递爱的信息。我仿佛听到：妈妈，你听你听/我们在天堂的读书声/我们有老师赐予的翅膀/像天使/洁白温暖柔软/嵌满人间真爱/我们飞过千山万水/我们飞回汶川/我们飞回堰塞湖/我们飞回都江堰/我们会像一颗春的种子/在家乡的废墟里长出花朵/我们会变成美丽的蝴蝶/翩翩起舞在爸爸妈妈/新的家园。

此刻我们《敲响希望的钟》，恨不能时光倒转，恨不能拥有"一键还原精灵"，让四川灾区恢复美丽的容颜，让汶川山肥水美，人杰地灵；让汶川永远山花烂漫，雪域宁静。

一棵树

9月，是进入秋天的时辰。而我却躺在了医院的床上。

以往我对每天看惯了的天空、树木、房屋、街道，甚至眼界的一草一木远远近近的声音都呈现在一种近乎麻木的状态。而住进医院，每天醒来，我渴望的便是能看见射进病房那缕金色阳光和病房外那几株苍绿的椰子树。没曾想，牙龈上一个囊肿竟把我折磨得面黄肌瘦、心境颓丧，然而，我又因此获得人生的一次感悟。

我是孤身一人来到广州工作。人在健康时什么都好办，可在病时，特别是要进手术室大动干戈的病，就再也不可以单枪匹马了。从联系医院医生到手术前的家属签字，手术后的看护照料也都是自己在两年的工作中朝夕相处的同事们来来回回关照帮忙。我的心里涌出的不仅仅是感激和泪水，更多的是他们让我真切理解人的生命中最闪亮最美丽的东西；理解了人与人在最平淡最平凡的相处中所迸发的一种朴素情感。

我深深地记得，这是去年9月22日，一个星期五的早晨。

中山医院的主刀医生冉玮教授说定在今天做手术。手术前的3个小时，正是清早七八点钟。一早我便俯在病房阳台上，一边等待手术时间，一边看病房外的景物。外面阳光依然灿烂，那几株蓬勃盎然的椰子树、紫罗兰花、兰草和院中一溜彩色的三角旗及一排豪华闪亮的轿车⋯⋯清晰地展示在我面前。这些景物都散发出一层阳光的味道，生命的气息。

人活着是件多美的事呵；

人活着，可以欣赏阳光、雨水、空气；

人活着，可以静看树木、花草、蓝天；

人活着，可以倾听雷电霹雳、音乐笑语、汽车喇叭……

能感受到生命赋予大自然的一切，便是人生存于世界的象征。我想，我的病不至于残酷到剥夺我去享受上述的一切。可此刻的我却在生命抉择的门前，我将如何面对？如何面对肉体之病与生命之力的挑战？

11 点，手术的时钟敲响。

单位的领导来了、好友来了。他们将我送进手术室。处领导专程到医院来给我做"临战动员"，政治协理员在家属一栏郑重地签上了她的大名。曾经被这病吓得大哭一场的我，此刻，却有一种临危不惧的感觉，我坦然地推开了手术室冰冷的门。

回头时，我看见同事们那双双慰藉的目光。

手术室真是第一次见。中间一张很高很窄的床，好像后面有一个氧气瓶，手术室内有七八个穿着绿色衣服戴绿色帽子的医生、护士、麻醉师。我脱掉拖鞋爬上那张很高很窄的床上躺下，也许是 1 小时前打过一支镇静剂，心里十分平静。刚躺下，便见医生、护士等围了上来，眼前是一片绿色在流动，我想起了生命的绿色，心有些释然。

手术室，可以说是生与死的交汇点。其实医生才是掌握生命的真正使者，而自己只是掌握生命灵魂的主人。

具有 20 多年临床经验、研究生出身的冉教授进来看着我说："小夏，怕不怕？"

我说："看见你我就安心了。"

紧接着我的四肢、五官被医生们横七竖八地打针、贴东西、灌麻药，一会我便失去知觉，我被全身麻醉……

不知过了多久，仿佛在沉睡中，突然听见有人喊："夏……醒一醒……"大脑从一阵迷雾中醒来，可眼睛睁不开，浑身软绵无力。"我这是在哪里？"

突然又听人说："夏，手术做完了，醒一醒……"又有人在拍我肩喊我，原来是医生。我想起我在做手术，此刻我呼吸异常困难，可此刻又清楚地知道，我回到了有声的世界中。

当手术车将欲昏欲睡的我推出手术室，当医生对着手术室门外喊："夏的家属……"时，我在朦胧的一片嘈杂声中，辨认出我所熟悉的几个声音：

"在这里、在这里……"他们是一直守候在手术室外的处长、科长、协理员等人争相回答的声音。

此刻，我的心底有一股暖暖的东西在流动。

在我出来之前，手术室推出了一个病人，他们一下冲过去趴在玻璃门外急急辨认："不像，这人太大个……"原来是个胖子；一会，手术室又推出一个病人，他们又一下冲过去辨认："不像，这人太小个……"原来是个3个月的婴儿。这些都是事后才知道的。

不一会，我被推出来。他们又一次隔着玻璃门辨认："是她吗？脸怎么这么肿，好像嘴缺了一块？……"

待医生喊："夏晓露"家属时，他们才凑近看，"是她，怎么成这样了……"刘徐欢鼻子发酸，差点哭了。朦胧中感觉他们一边推手术车一边喊"小心，小心别撞了……"我躺在手术车上纹丝不能动，可眼角流下了泪水。手术前，我的病尚未诊断准确，只可能是"造釉细胞瘤"，它介于良性与恶性之间。一切都处在疑惑间。而我的手术则在这疑惑间进行了。

可手术中，同事们却一直守候在手术室外，看着时钟一分一秒。正值中午时分，他们只能轮着去吃饭。协理员刘徐欢则端着盒饭守着，像亲姐妹一样寸步不离。

当我被推回病房时，我被抱上病床，并听见又有许多领导同事已守在病房内，我只听肖科长向我一一介绍，我因无法睁开眼和说话，只得用手在纸上写下心中的万般感慨："谢谢"。

第二天，过了麻醉期，我才真正睁开眼，我又看见了阳台外明媚的阳光，那几株苍绿的椰子树正在阳光下蓬勃地开屏。此刻，病房门开了。同事阿萍那红扑扑的脸和满头大汗的潘姐笑盈盈地手捧一束盛开的金色百合和一罐热热的鸡汤来了。我的生命又注入了新的绿色，变得如此的灿烂。

紧接着处里的同事、公安报社的那帮哥们、新闻单位的记者朋友纷纷来到医院，使我丝毫没有孤独寂寞的难受。他们谈单位新近发生的事，带来了外界的信息。因患口腔病，头部扎满绷带，我无法与他们对话，只能用眼睛表示感谢，用笔和纸对话。肖科长几乎每天下班都要到医院看望我，默默地陪上我一两个钟头。

护工小吴问我："他是你朋友，还是……"

旁边有人说："她有这样的科长很幸福。"我在纸上写道："可是科长摊上我却有些倒霉。"大家笑了。

由于来的人络绎不绝，同病房的病友问："刚才那个是你姐姐吧，你姐真好，一趟趟给你煲汤。"我笑了笑在纸上写道："不，她是我的同事。"

"那，前几天来的那些呢？"他们有些疑惑。

"也是同事"。我举起白纸黑字。

"呵，你的同事真好，每次来都为你忙这忙那，跟亲姐妹们的，你真幸运……"

是呵，不是亲人胜似亲人，这是一份情浓于水，血浓于情的人间真爱。

我割掉了肉体的毒瘤，我更庆幸，在医院寻回了与我灵魂共鸣的生命内核。

人在健康时，会有许多牢骚，会抱怨生活中的羁绊，有时我甚至有一种让生命堕落的欲念。可当我从手术室出来，再度享受阳光时，才猛然明白，人活着、健康着，不管日子里有多少苦涩、多少艰难、多少委屈、多少泪水，我们都要把握好上苍留给我们一分一秒宝贵的时间，把握住手中所从事的每件事，把握住人间那份朴实的情谊。

当我们健康地活着，就要不停去享受上苍予以每个人的人间真爱。我想，为什么我在一人度过的每日每夜里却不感觉孤独和艰难？因为在我生命的履历中，还潜藏着一份踌躇而真诚的关注与祝福，它一直支撑着我的精神和灵魂。

我珍惜能有缘一起共事，一起交往的同事和朋友。

是呵，秋天是收获的季节、是成熟的季节、是完美的季节，亦是灿烂的季节。

我喜欢金色的秋天，特别是南粤秋日的阳光。

点亮一盏灯

暮色苍茫，当夕阳退去了娇媚的影子。人们开始寻找光明，灯成为人们驱逐黑夜的寄托。

当一个人在孤寂的旅程、在无星无月的时刻、在危机四伏的凄惶里，不经意间发现远处有一盏灯，光亮辟开了黑暗，慢慢照亮你前行的路，那种欣喜若狂、那种踏实安定，那种穿越命运的阴霾，让你体味到灯光有一种夺人心魄的魅力——温暖、平安、祥和。

我想，当每个人处在茫茫黑暗中，最想拥有的便是点亮一盏灯。

小时候，我最怕黑夜，特别是家里突然停电，眼前漆黑一片，仿佛有无数的魔爪伸向你，吓得躲在一角。当外婆执手点燃一枚蜡烛时，黑漆漆的房间顿时升起一团橙色的光芒，像海上日出，灿烂着每个角落。烛光带来了我们的欢呼、我们的慰藉、充实了我们的内心世界。我们无法捕捉灯光，但我们的心却可以封存她的灿烂，甚至用以疗救受伤的灵魂。

如果一座城市的夜空没有了灯光，会是怎样一种感受；如果老百姓没有人民警察来守护一方平安，社会将陷入怎样的一种情景。如果说，灯是夜的魂魄，那么平安则是社会的灵魂，而警察便是守卫平安的忠诚使者。为此，无论风雨雷电，无论沧海桑田，无论夜有多黑，警察必须修炼一种警察精神，一种生命厚重的质感，修炼成一盏老百姓信得过的心中明灯。在大街小巷、在风口浪尖、在老百姓危难时刻，这盏灯便会亮出平安、亮出希望、亮出生命的内核。

"社区静静夜茫茫，独有儿男警四方。为民巡更驱邪恶，保君梦境入幽香……"这是一名社区群众为民警自创自谱的《民警深夜值勤赞》，表达了老百姓对警察忠于职守的心灵感动和回响。

古语道："十年磨一剑。"修炼与磨同出一辙。不知你有没有感觉到，一场苦练基本功的训练在全国公安机关上下轰轰烈烈的开展，这是公安机关的修炼之功，旨在修炼警察自身的生命形象，磨出"内强素质、外树形象"的精良队伍。如今，民警的精神面貌让人如沐春风。

8月，南粤大地万木葱茏，早就听说广州市金桂园小区的社区民警谢欢。那天，着一身天蓝色警察制服的她微笑地站在小区的绿荫下等待首长检阅。她个子不高，给人温暖如春、温文尔雅的美，她的眼里透出淡定从容，亦如一支空谷幽兰散发着淡淡的清香。这个小区有来自23个国家和地区的外籍暂住人口，被称为"地球村"。而谢欢则自学外语，掌握了英语、朝鲜语、阿拉伯语等多国语言。她的内才，让社区群众尝到了"强警惠民"的甜头，她是社区群众的一盏心灯，使远隔重洋、远离家乡的老外们找到"家"的感觉。

在海珠区的战训合一训练场，给我心灵带来深深地撼动。这是一处30年代的旧址，斑驳的砖墙虽经粉刷，却也掩不住历史与风雨沧桑。楼房因陋就简被改建成一个个模拟街区，成为实战训练的基地。此刻，小小的院落里几十名战训合一训练班学员正顶着烈日进行擒敌拳训练，吼声震天，警威凛凛。我静静地待在一旁，感受着他们修炼生命旋律的力量。学员们强健的身躯像一尊尊铜雕散发着阳光的美，让人感觉这是一支铁打的队伍，定令犯罪分子胆寒。据了解，目前已有1845人次的民警在这狭小的空间里百炼成钢，并分布到各自的岗位，干出了各自己的精彩。我想，这里是培育火种的熔炉，我们的每位民警像颤动而明亮的火苗已燃烧在老百姓中间，释放平安、祥和、温暖的光芒。

在广州流花火车站、在三元里大街、在华乐街、在深圳沙尾村……警察们正以一种新的姿态捍卫一方百姓的安全感。我想，我们警察的一生早已赋予另一个光荣的名字：平安使者。

我们不用做太多遥不可及的事，只要成为老百姓心中一尾小小的火苗，驱逐黑暗，引来光明与和平。

如果每个人都能给别人点燃一盏灯，世界将不再黑暗；如果一盏灯能够照亮灵魂的黑暗，这个世界将充满光明。

思考生命

　　春天又一次以新绿的生命姿态感动着我们，她是孕育生命的使者。然而，每年的春季却有一个与逝去亲人相逢的日子——清明节。今年，我因工作需要，在清明这个清丽而忧伤的日子翻阅了广东省公安战线 2001 年至今年以来所有牺牲民警的事迹材料，共有 129 名民警为了社会安宁与和平而倒在了工作岗位上。

　　人们常用"天天有牺牲，时时有流血"来形容公安工作。当我们翻阅浸淫着鲜血的一页页事迹材料以及媒体的报道，仿佛看到日落时那一丛丛炫目的色彩光辉，看到英烈们绚烂美丽的人生，看到燃烧在我们心头的一首首壮丽的公安史诗；仿佛他们逝去的生命在这里得到延续，他们的精神永存。

　　除了英烈们无私无畏的献身精神感动我而外，我总结出一个让人难以置信的结论：那就是我们的警察没有时间去思考死亡。不管是积劳成疾倒在工作岗位上，还是与歹徒展开英勇搏斗而流尽最后一滴血。他们的心里装着的只有"责任"与"平安"。时间和瞬间对警察来说是宝贵而关键的：病了没时间治疗；累了没时间睡上一个囫囵觉；面对凶残的歹徒，没有时间思考自己的生命安全乃至死亡。死亡对于警察犹如秋风中飘零的两片树叶，只有"留取丹心照汗青"的意念。他们虽拥有与常人一样的血肉之躯，可却要付出与常人不同的代价，面对奸淫抢掠血腥杀戮；面对老百姓眼里缕缕信任的目光，警察可以毫无保留地贡献自己的鲜血和生命。所以警察面对死亡无所畏惧，镌刻于心的是——老百姓平安永生。

有人说"生命是一束纯净的火焰，我们依靠自己内心看不见的太阳而生存。"每个警察在入警队宣誓时就有自己内心的太阳，一直照耀着直到完成警察职业生涯的历史使命。

其实，做警察的人是很平凡的，平凡得如一粒微尘。他们要为下岗的妻子、缴不起高学费的子女、拥挤的住房、上涨的物价等生活而烦恼而发牢骚。然而，警察这个职业却为他注入了不平凡的定义。他们在为民平安的日日夜夜而如云飞扬地身处刀光剑影之中，面对犯罪要承受浴血的严酷。

记得，有一次坐地铁认识了一位20多岁的女孩，当她知道我是警察时，眼里顿时流露出羡慕和崇敬的光芒。她说，她从小就崇拜警察喜欢警察。她说，警察很威武给人一种安全感。之后，每逢节日她就会发来短信向我问候。我有些惭愧，虽是警察却只与笔墨打交道，没什么威武和安全感可言。但让我欣慰的是，警察在老百姓心中还是有分量的。我想，更多老百姓会支持我们公安工作，理解警察的。回首牺牲战友们的桩桩事迹，我们之所以能取得老百姓爱戴与支持，与英烈们无私无畏的精神是分不开的。

逝去的战友将成为警察生涯里一座座不朽的丰碑。面对流逝的生命，活着的我们更应肩负着"责任"这副重担，同时，更应珍惜生命，给自己一点时间去思考生命，善待生命。

窗外是鸟语花香的春天，绿色的生命正站在枝头感受阳光雨露，历经风雨，承接着新的使命。

柔软时光

　　香港这座流光溢彩的现代化国际大都市也能让我感受她独有的魅力与宁静，感受她柔软的文化底蕴，终悟香港也有柔软时光。

　　1996 年 7 月，那时我还在肇庆工作，为了解回归前的香港，经批准，我与同事从肇庆乘渡轮过香港，那是我第一次到香港，当我踏上她土地的那一刻内心的激动无以言表。心中有一种忐忑、有一种兴奋、有一种骄傲。如今，香港回归祖国已 15 周年，这一次我心情舒畅、神经松弛、心态悠闲。在人们眼里，香港是快节奏的象征，似乎每个人的前面都有十成火急的事在等着，后有千军万马在追赶。或许只是内地人看到香港人的一个扉页。香港人更多的是从容、淡定、不迫、睿智、宽容。

　　在香港回归的第 15 个年头，7 月，我在人们认为快节奏的香港发了一次"呆"。我们 3 个女人坐上双层大巴士直奔香港赤柱，想看看香港有名的赤柱监狱。可监狱是不给参观的，我们拍摄了几张远景，一转身看到"香港惩教博物馆"由此进的路标便径直走进去。接待我们的是一位姓李的解说员。听说我们是从广东来的十分热情，他说他是广东江门人，现退休做义工。在博物馆内看到他曾经叱咤风云的展览照片，他竟然是在惩教署工作的首批警员。香港惩教工作源远流长，早于 170 年前，香港的监狱及警队属于同一架构管理，直至 1920 年 12 月新成立的监狱署，即现今的香港惩教署，现今已成立 90 周年。据了解，香港还拥有海防博物馆、文化博物馆、警队博物馆等各类博物馆 36 间，可见香港特别行政区对历史文化的重视。

当天下午，我们打的到香港有名的汀九大桥不远的海滩，好像是叫"香港游泳协会俱乐部"的地方。沿着青绿的树木从阶梯走下去，草丛边有烧烤炉、喝茶的石桌椅，四周十分干净。海就在前面，远处是青马大桥与汀九大桥呈 L 形交错凌驾于大海之上，气度非凡，磅礴苍穹，气势恢宏。自 1997 年 5 月开放通车；黄色缆线的汀九大桥是全球最长的三塔式斜拉索桥，1998 年 5 月 6 日建成通车。青马大桥与汀九大桥像两道彩虹，成为香港新的观光景点。香港人叫"回归桥"。

海边有一白色的小平房，平房外是白色栏杆砌成的望海阳台，沙滩椅、小圆桌、竹椅，小屋主人林先生是一位水手，我们戏称他为林舵手。他正手提一紫砂壶为我们冲泡功夫茶，他没有被"洋化"掉？还会中国功夫茶？林舵手身穿一件黑灰难辩的圆领 T 恤，一条短裤，拖着一双拖鞋悠闲自在。古铜色的皮肤在夕阳照射下涂抹一层金黄，眼睛深陷双眸海水般的晶莹透亮，他浑身凝聚了海边人的健康。

突然，天下起了大雨，海风阵阵吹拂，给闷热的天带来丝丝清凉。朋友们欢聚在阳台，喝茶、吃点心、聊天、看海上雨幕如烟如梦。白色小屋传来邓丽君绵绵的歌曲："小城故事多，充满喜和乐……"同行的大姐慵懒地躺在沙滩椅上面朝大海，真是"梦里不知身是客，一晌贪欢……"

在香港，一样可以慢慢地看山、看水、叹日落、晒月光……

这里的时光是柔软的。

有朋友有真情人生难求；有美景有心情有快乐人生难求，我心生几分感动。

雨过天晴，林舵手说："上船出海啦。"我们 6 人登上由林舵手驾驶的快艇，快艇"嗖"一下便冲向茫茫大海迎风斩浪，吹拂着我们一身的炽热，让人感到一种乘胜追击的快感，大姐在船头疯狂拍照，黄昏的海有醉人的美。我们的快艇在青马大桥与汀九大桥下破浪穿行，艳阳无限婀娜多姿，绝没想到我能在香港坐快艇，与海与两座具有历史意义的桥亲密接触。

我们的快艇在海上破浪穿行，我的思绪在历史上空穿越，香港历史我了解甚微，无以评说。可读过张爱玲的作品，从中可细品香港历史的厚重；读出旧时香港的百态人生，生命之荒凉。那袅袅婷婷涂满粉黛飘过暗香的旗袍女子；那大胡子大眼睛，头戴高高白帽子的印度门童；那穿着苏格兰裙在中环、在旺角耀武扬威的英国士兵；那教堂上空清冽的钟声……还有那《沉香屑——第一炉香》里的主角乔琪乔融合了西方物质享受的浮浪与晚清的淫靡之风的形象，代表了香港旧时人物，是对殖民地文化环境的逼真描绘，是旧时香港人物在殖民地环境下的逼真写照。

　　历史是沉重的，但历史却无法封尘，在荒凉的土地上，"在炮火的震荡中，荒凉的土地也会滋长出生命来呀，如果踏入了开拓者的脚步"。

　　历史是一只沾满希望的号角，心里像揣着一团火，沉重有力蓄势待发。

　　在船上，我眺望岸边香港特别行政区的紫荆花区旗与五星红旗在阳光下迎风招展；漫天的夕阳染红了天边，将两岸的摩天高楼镶嵌得金碧辉煌、巍峨峻峭、生机勃勃。香港回归祖国是彪炳中华民族史册的伟大业绩，也是上个世纪末具有重大国际影响的历史事件。从回归祖国那一刻起，香港就进入了新的时代、开启了新的航程。

　　快艇静静地停在海湾，我们开始钓鱼。海风轻轻吹过，海腥味缭绕着舌尖，逆光的海面荡漾一层紫红一层蔚蓝，一排排波浪赶着向岸上涌动，海岸被夕阳的金色浸润，飞卷的浪花像女人金色头发装饰着波光粼粼的大海，大海又像一位穿晚礼服的美女华丽非凡。晚上 7 点整，青马大桥与汀九大桥上的灯光全部点亮，一眼望去宛如"突如一夜春风来，千树万树梨花开"，这是"东方之珠"华丽的倾泻。两岸的高楼在暮色中若隐若现，恍若如海市蜃楼，又恍如泼墨山水征服我们的视觉。

　　香港曾经的落寞、曾经的沧桑，承载着 150 多年国耻的陈年旧梦已经成为远去的皇历。

　　我们在静静地等待鱼儿上钩，一边欣赏维多利亚港湾的美景，一边感受鱼儿咬线的脉动。"哇，我的鱼线动了、动了。"我小心翼翼一寸一寸将鱼线拉近船身，猛一提，果然钓上一条鲜活的小鱼，约 5 寸长，红白相间皮肤如煮熟的螃蟹，只见小鱼口含一块鱼饵，鱼鳍玲珑剔透很美的一条鱼，我问这是什么鱼，简直就是美人鱼。林舵手说："嗬，这可是香港市场上很贵的石九公鱼，就这条也要 10 元港币。"我心想，哪舍得吃啊，但却有一种成就感。其间，林舵手告诉我们，他是汕头人，10 岁不到就来香港，如今已 50 多年了，他当过装修工、卖过电器、打过鱼、开过船……如今依然做这些行业，他在香港拥有多艘快艇，他是大海勇敢的船夫，在帆影下和暴雨中度过一生。当 1997 年香港回归时，看见国旗升起在香港上空，他激动得哭了。他十分感慨地告诉我："漂泊了 50 年的我终于有了回家的感觉，特别温暖特别自在……"他看尽了香港的变迁，一句简单的话语导出香港同胞的心声，"回家"是香港人的梦想。

我们钓完鱼回到海滩下海游泳。天空被晚霞染过，由金色渐变为紫红。我徜徉在海面，看夜空星月闪烁，听海浪热吻海岸的声音，海水中只有我们几人在游泳，整个维多利亚海湾是我们的。墨蓝色的海水很静很静，远处的青马大桥与汀九大桥上串串灯光如一颗颗明珠散发夜的魅力，如两道绝美的彩虹，这是回归桥向祖国母亲发出平安祥和温暖的信号……

如今，香港拥有千帆过尽的成熟；拥有有容乃大的气魄；拥有盛世繁华的潇洒。她可以催你奋进脚步不停，亦可柔软你烦躁不安的灵魂。

雨过天晴的今天，我会细细品味旺角小街的风光，细尝兰桂芳的酒香；我会忘掉缪斯的歌，疏懒沉郁的思想。一年或几个月后，我又会约友人：我们去香港看看吧？

这一次，我用心灵沐浴了香港的柔软时光。

远古的你穿越我的梦

深秋的西藏不仅苍穹碧蓝，一山一水，雄姿英发，一草一木在清冽的空气中千娇百媚。

早已经回到广州我内心深处时时诞出一种莫名的牵挂，我是魂牵梦萦余脉尚在西藏，仿佛心中有一条路直通拉萨，直达唐古拉山雪峰。灵魂之魂亦如盛满雪山之水汩汩流淌，浇灌心中的牧场。走过一回西藏，踏过一次雪山，品尝过酥油茶的甜香，那些零星的碎片就像一粒粒种子深扎记忆，亦如一朵朵雪莲开在心灵深处，让你感受的是一种圣洁、善良与高贵，仿佛生命密码在悄无声息中解开——魂兮归来。

七八天的采风时间只能跑马观花，白天用眼睛去记录掠过眼前一茬一茬的风光，晚上灵魂会像风一样游弋寻觅内心的旖旎风光，用禅的心境去触摸高原之魂，用灵魂写一篇沾满圣地阳光的文章，再用清静的文字进行遥远的朝拜。

（一）

每次去采风或到异地旅游，总会在较长一段时间里对那座城市或那里的山水寄寓一种情怀，就像热恋时常听的一首乐曲，失恋后这支曲子仍隐隐绕怀或疼或爱，亦会心潮澎湃难以抒怀。

西藏这座盛名于世的雪域高原，她的圣洁与高傲，她的神秘与深邃，她的恢宏与磅礴，就像一条五彩经幡牵动你，灵魂一点一点被融化，暗藏在灵魂皱褶中的尘世污垢被洗涤，你会得到一次盛典般的洗礼。

我们采风路线是布达拉宫——大昭寺——八角街；然后从拉萨到林芝，沿线游览巴松措——鲁朗林海——巨柏林；途中参观了卡定沟——纳木错。虽说时间紧，每个点连拍照都匆匆忙忙，有的景点导游只给5分钟，在这极速的时间内，拼命地用相机记录每一个角落的风光，好坏全收进那张方寸记忆卡内，而此时此刻我真想把走过的景点都描绘一遍，犹如重走一回西藏。

飞机在蓝天上飞翔，我们一行8人，其中5人都是战斗在基层的民警，除了我，全是男同志。他们利用业余时间靠文字来缓解工作压力，自娱自乐抒写情怀，也成就了广东公安文学队伍。从广州经重庆直达拉萨机场，从飞机下到拉萨机场地面，大家深吸一口气都说没什么高原反应，兴奋得开始拍照。一小时后坐车到达"江苏生态园"酒店，当我下车后，感觉到四肢大脑在空中飘荡。

我想是我的灵魂开始飞扬。

女作家马利华说，在西藏是用灵魂在行走，我深有感触。灵魂是什么？我想，是脱离肉体的精神幻影，在这里常常由不得你主宰身体，你得把身体交给蓝天、交给大地，与她们融为一体，那你就不会有太大的高原反应。在西藏的7天里，我基本没出现什么高反，而是挎个2.3公斤重的单反相机左颠右跑，就在"那拉根"雪山上，车一停我就跑下车直奔山上拍照，拍了风景拍自己，只有少许急喘气，待从山上往下走时，在纪念碑照相留念时，才看到上面刻着"那拉根海拔5195米"，我倒吸了一口气。但是山上的雪景太美，从山上看到的纳木错湖更美，难怪有人间天堂之称。《为你等待》的歌词隐隐绕怀：

　　天边走来走来一片片云彩
　　是你把眷恋落在我心怀

远古的你穿越我的梦

阳光知道知道我的情怀
那一片花海在为你盛开

我爱你就像天上的云彩
心随你远走走向那天之外
我爱你就像绵绵的山脉
一生一世为你等待
……

　　这次采风让人无法释怀的是布达拉宫。这是宗教信徒朝圣的最高殿堂。而我对她的外观从电视、图片似乎早已熟悉，那白色与红色交相辉映的城墙，那流金溢彩的宫殿在阳光下熠熠生辉，有无限神秘感。如今，气势雄伟的布达拉宫就呈现在面前触手可摸，犹如触摸拉萨的心脏感受到她的脉动。在此，不仅被她的外观震撼，更多的是因她收藏无数宗教的奇珍异宝，深藏着宗教信仰。在这里，信仰之于生命更重要。

　　在布达拉宫广场右侧的公园湖畔，许多信教徒虔诚地进行匍匐朝拜。这里能看到世界上最蔚为壮观场景，男女都被艳丽的藏族服饰包裹，在蓝天背景下恍若天边云锦，他们此起彼落向着布达拉宫匍匐前进。我相信他们心中的神灵像熊熊燃烧的火苗鼓舞着他们的行为，他们眼里闪动着祈望的火花，用最真诚的足音丈量教徒人生的每一步，他们的灵魂是充实的。最遥远的路，从这里开始；最圣洁的路，从这里起程——拉萨；天路迢迢，天籁指引一条幽邃的秘径；那藏在内心的卓玛；高居于世界屋脊；传递人类光明神奇之音。

<h1 style="text-align:center">（二）</h1>

　　我不得不重笔写一写浏览布达拉宫的感受，她那历史悠久的恢宏建筑特色、坚固华丽的结构造型、充满着汉藏的艺术成就令人难忘，

在你的大脑留下深深的刻痕。

举世闻名的布达拉宫是雪域高原的标志性建筑，同时也是宝贵的世界文化遗产之一。无论从哪一个角度去看布达拉宫，这座雄伟的宫殿都不失壮丽巍峨的气势。藏式传统建筑有着独特而优美的建筑外形与建筑风格，古朴而粗犷，与雪域的自然景观浑然一体，建筑和自然景观构成了地理环境，自然和人交错，形成令人感动和震撼的古典精神。而穿着艳丽藏服的朝圣者或双手合十；或手摇金灿灿的转金筒；或匍地而行云集在宫殿前，让宫殿有了生命，让生命有了灵魂。

天离我很近蓝得一尘不染，云白得令人感动。我疑惑，这不仅是人间天堂。

布达拉宫俗称"第二普陀山"，屹立在西藏首府拉萨市区西北的红山上，是一座规模宏大的宫堡式建筑群。

布达拉宫依山垒砌，群楼重叠，殿宇嵯峨，气势雄伟，有横空出世，气贯苍穹之势，坚实敦厚的花岗石墙体，松茸平展的白玛草墙领，金碧辉煌的金顶，具有强烈装饰效果的巨大鎏金宝瓶、幢和经幡，交相辉映，红、白、黄三种色彩的鲜明对比，分部合筑、层层套接的建筑型体，都体现了藏族古建筑迷人的特色。布达拉宫是藏式建筑的杰出代表，也是中华民族古建筑的精华之作。

据导游介绍，布达拉宫主体建筑分白宫和红宫，主楼13层，高115.7米，由寝宫、佛殿、灵塔殿、僧舍等组成。我最喜欢的是宫殿结构，它的造型整体为石木结构，墙身全部用花岗岩，屋顶和窗檐用木质结构，飞檐外挑，屋角翘起，铜瓦鎏金，用鎏金经幢、宝瓶、摩羯鱼和金翅乌做脊饰。闪亮的屋顶采用歇山式和攒尖式，具有汉代建筑风格。屋檐下的墙面装饰有鎏金铜饰，形象都是佛教法器式八宝，有浓重的藏传佛教色彩。柱身和梁枋上布满了鲜艳的彩画和华丽的雕饰。内部廊道交错，殿堂杂陈，空间曲折莫测，置身其中，如步入神秘世界。

据了解，宫内还收藏了西藏特有的、在棉布绸缎上彩绘的唐卡，以及历代文物。现有玉器、瓷器、银器、铜器、绸缎、服饰、唐卡共7万余件，经书6万余函卷。

布达拉宫的主要殿堂都是雕梁画栋，金碧辉煌。图案内容有云纹、卷草、缠枝卷叶、宝相花、西番莲、石榴花、法轮宝珠、梵文六字真言，八宝图及佛像、狮、象等各种植物花纹。色彩以朱红、深红、金黄、橘黄等暖色为底色，衬以青、绿为主的冷色。色彩艳丽，对比强烈。特别是宫内墙壁上的彩色壁画面积有 2500 多平方米，形成一座巨大的艺术长廊。现在布达拉宫的大小殿堂、门厅、回廊等墙面无不绘有壁画，仅西大殿二楼就有壁画 698 幅，取材涉及历史人物、宗教神话、佛经故事等，还有民俗、体育、建筑等方面。

流连在壁画长廊，那种艺术感强烈的震撼你的感观，遗憾的是不能拍照，只能让你无穷回味。

（三）

在拉萨感受到初冬的太阳离你很近。

在第 3 天，我们前往高原江南——林芝市，在距林芝八一镇的 80 公里左右川藏公路旁，有一村镇叫鲁朗镇，海拔仅 3700 米，我们先穿越鲁朗林海，坐落在深山老林中，是一片典型高原山地草甸狭长地带，两侧青山由低往高分别由灌木丛和茂密的云杉、松树组成鲁朗林海。

鲁朗，藏语意为"龙王谷"，译为"叫人不想家的地方"。当地年仅 18 岁的藏族小伙阿次当我们的地陪导游，浓眉下他那双黑眼睛透着纯朴与天真，他有一头微卷的黑发，皮肤黑棕色。歌声源源不断地从他嘴里唱出，荡漾在整个鲁朗的天空。一路上，他主动把我身上的相机包、背包全挂他的脖子上，一边走一边唱，像极了一只快乐的小鸟跳跃在山谷，那种欢乐感染着我们每个人。拍照时，他主动地要拿相机为我拍照："姐姐，我来给你照，我照相技术很好的……"一会儿又把身上的藏袍脱下，硬要我穿上照，左一声姐姐右一声姐姐，喊得你心里暖洋洋的。

在他的介绍下，我们选择这天中午到西藏村民家吃地道的饭，并深入了解当地风土人情。如果说你走进的是村民家，倒不如说你梦游一回"镜花水月"。这里的宁静与美丽是你在喧嚣的城市无法想象的。当天因下小雨，我们沿着泥泞的小路，听着四周屋檐嘀嗒的雨水声，小心敲响一户村民的门，这门不是我们内地普通的门哟，梁、柱、门楣等全是彩绘的壁画和木雕，色彩斑斓，内中都寓意宗教神话或佛经故事，单是门就让你赞叹。据了解，藏民传统建筑的古典精神，还体现在建筑色彩和装饰上。居民的藏式建筑的装饰体现在门框、门楣、窗框、屋顶梁等建筑构件上，色彩细腻艳丽，采用平衡、对比、韵律、和谐、统一等手法，达到了很高的工艺技术水平。每种色彩有不同的寓意，相应使用在不同的建筑和建筑部位。

导游说，白色为吉祥，黑色为驱邪，黄色为脱俗，红色为护法。所以白色用在民居外墙，寺院则以黄色和红色为主，建筑的窗口使用黑色窗套以防外邪入侵。难怪我看到许多窗口都用了黑色，而窗台却种满了鲜花。

随着"平措大叔、平措大叔"的喊声，几分钟后，两扇彩门"吱"的一声打开了，我急急地探头进去张望，我顿时惊叹："哇，好漂亮，好多花哟。"

原来，整座院落四周种有各种各样的花卉，开得绚丽多姿，是进入花的世界还是走进美丽的天堂亦像是在梦游，让人有些魂不守舍。小院中间主人利用盛开的鲜花和花枝搭起了一条拱门，两边主花是西藏有名的格桑花，那一丛丛长得齐人高的格桑花带着雨珠在微风中煽动着薄如蝉翼的花瓣，粉红粉蓝粉黄整一个姹紫嫣红开遍，一片迷蒙的艳，仿佛一曲静心如水的梵音伴随一抹暗香飘过。大自然的美丽让我感动。此刻直忘记身在凡间，只将世间纷扰纠缠与尘嚣关在这个门外，前世清风吹醉今世之梦，仿如隔世从此轻盈一生。

这是我的梦想家园。"梦里寻她千百度，蓦然回首，那人却在灯火阑珊处"。

如果这是梦，我希望重做一个；如果这是现在，我要用微笑唱出梦与感动……

一切都无法再用语言来表述，只能是"沉醉听箫鼓，夜夜除非好梦留人醉……"

因平措大叔家人不在，不便接待午餐。遗憾中我们来到隔壁藏民家午餐，院落一样开满了各种鲜花，雨停了迎来了一缕阳光。阳光下，有一位穿着深棕色藏族服装的老太太蹲在院墙边自来水管旁洗菜，黑红的皮肤透着健康，一双长满皱褶的手在水里冻得通红，耳坠有一对大大的银耳环在太阳光中闪动。她一直用微笑的目光看着我们，我看见十分新鲜的小青菜被洗得水淋淋的，一会儿我们就可以吃她洗得绿油油的菜了。我们在这里吃了一顿地道的藏餐，依然是好梦留人醉。

穿藏服的女主人先上来一大盆白水煮土鸡蛋，然后上了两碗油亮亮的腊藏猪肉，两盘猪肉炒土豆和炒木耳，还烙了一沓大饼，一盘生切白萝卜，几碗红红的辣椒酱，所有食物小导游阿次都教我们蘸点辣椒吃，特别是吃藏香猪，只有白色的大肥肉和烟熏得黑黑的肉皮，再蘸点红红艳艳的辣椒酱，只敢咬一点表示一下，其实只能观看不敢吃进嘴里。热闹的说笑间，总算吃了一餐地道的农家藏菜。九月高原掠秋风，鲁朗藏菜味无穷，雪山林海清泉飞，香猪切得与雪同。

（四）

当晚，我们见到了省公安厅派驻西藏林芝的同志张利。张利同志于1年前到林芝援藏，与带队领导曾同在治安部门工作，一见如故，他听说我们到了林芝一定要见我们，虽说是同事但平时无工作联系很少见。那天，他穿一身整齐的警服，中等身材略显魁梧，小平头格外的神清气爽，皮肤已染了高原的黑红超健康。40岁的他风华正茂。虽说组织已安排了他的生活，可以想象长年在外的孤寂。他说：很高兴有同事来。

因时间不允聊太久，我们就在晚餐时一聚，也不便过多采访。我就问了一句："在这里你感到最困难的是什么？"他不假思索地回答两字："寂寞"。我当时一下子没回过神来，以为他会说工作中遇到的困难等等。我沉默。他见我有些疑惑，又说："在这里，工作上的、生活上的困难我不在乎，在这里缺少的是亲人的爱与关怀。"此刻，我忽然明白，这是人性中最真诚的情感流露，是人生风雨洗礼后的体悟。他没有必要去掩饰。由于时间紧，我无法再追问有关援藏工作的点滴。或许，那些不过是采访惯例中的银样镴枪头，在林芝张利不需要张扬表白。或许，高原的雪山之水洗涤了他尘世的虚浮，而工作的困难于他已易如反掌。席间，他与林芝的警察兄弟"康巴汉子"为我们献唱了一首《康巴汉子》的歌，浑厚的歌声把我带到雪山草地：他与林芝的战友在雪地艰难跋涉出勘现场；在风雨中奔走处置各类突发事件；在阳光明灿烂的日子与藏民促膝谈心……一幕一幕跃进脑海。其实，他的寂寞早已融化在雪域高原的山水之间，就像风中的雪莲，虽孤寂却高傲美丽，让人感受到一种宁静与祥和，这份宁静与祥和又与雪域高原的山山水水，林芝的老百姓融为一体。

我们走过了人间天堂——西藏，却像是踩痛了自己的灵魂。在西藏穿越的日子有些瞬间的场景、风光直沽着心的深处让你想哭想大声呐喊，这种生命律动难以言说。

布达拉宫与藏传佛教在我心中，茫茫雪山与草原在我心中，圣洁的雪莲开在我心中，而我的灵魂却在心之外。

梦在清明上河图

——潮州古牌坊街

以艺术的形式展现市井的和顺、歌舞升平和繁华盛世，在历史上堪称举世瞩目的《清明上河图》。从记事起就喜欢这幅画。《清明上河图》画卷，北宋画家张择端的风俗画作品。作品以精致的工笔记录了北宋末叶徽宗时代，首都汴京郊区和城内汴河两岸的建筑和民生，描绘了清明时节北宋汴梁以及汴河两岸的繁华景象和自然风光。画里古代老百姓的生活悠闲自在，在快乐中劳动，在劳动中享受生活带给他们的乐趣。每看到这幅画总会情不自禁地在画前停留，幻想自己走进画中与古人同乐一起击节起舞，吟唱诗经"呦呦鹿鸣，食野之苹。我有嘉宾，鼓瑟吹笙"。而这只是个梦，一个期盼和谐安宁生活的梦。

借广东省女警官协会召开理事会的机会，第一次来到潮州。女警官协会的主要议题是关注女警的成长，培养良好素质的女警队伍，保一方平安。女警察以铁血柔情的处事态度去滋润万物；以和蔼可亲清泉般的心灵去感动生活的灵魂；以忠诚执着奉献的精神绽放生命的芳华。女警察亦如浩瀚沙漠中的绿洲甘露，柔软着警队的硬度，让警队拥有张弛有度的空间使警民鱼水情更深。

看到《清明上河图》式的潮州，联想到画中时代气息中无不透射着当朝时期维稳和顺的管理成果。如今潮州之和谐平安来自古代传承民风的朴实；来自当地公安机关的春秋使命，惩恶扬善，铁肩担道义；来自女警察的一寸丹心，除害安良，铁血与柔情。

潮州的今日：粉蝶戏舞东风暖，数尽群芳艳无双。花红柳绿，莺歌燕舞，太平盛世。

走过了著名的湘子桥，便来到了潮州的古牌坊街。它与湘子桥相连，中间是一条不宽的路，桥的另一面是很高的古城墙，当地人称东门楼，是我国中南六省区现存最大的城楼。

如果说湘子桥是一幅水上浮雕画，那相连的牌坊街则是一幅现实版的《清明上河图》。

耀眼的烈日下，我一路举起相机拍摄，阳光刺眼看不清城楼字样，回来细看照片，门楣从右到左写有繁体"广济门"，依次往上，黑匾内写繁体"领东首邑""东为万春""广济楼"，昔日称韩江楼。楼高三层出檐，中间环窗，飞阁流丹，巍峨壮观。登楼四望，群峦青黛，韩水如练。

穿过东门楼的拱形门，便是岭南著名的古牌坊街，此街为当地政府重新修建，但古典韵味依然保留。古牌坊亭多为三开间三楼四柱全石结构，古朴大方，气势磅礴、雄浑壮观。古牌坊亭正面均有额刻及对联，亭柱的横额上则雕刻飞鸟走兽、人物花草，姿态各异，栩栩如生。据悉，每座古牌坊都承载着大量的历史文化信息以及令人难忘的故事。石牌坊为乳黄色，横梁重檐出阁，憚意黄琉璃飞瓦，我见过的牌坊不外乎是一条街或一个村庄的大门，而像潮州的牌坊街，远远看上去一个古牌坊，套一个古牌坊，鳞次栉比如多米骨牌，层层叠叠向深处延伸至悠远百年。

古牌坊亭从百花台一直至南门古，全长 1948 米，其中太平路就有 1742 米，东门街 206 米了。潮人俗称牌坊为"亭"。历史上的潮州一直是州府治理，人才辈出。据文献记载，明、清两代，潮州城中累建石牌坊 150 多座，有科举坊，如状元坊、榜眼坊、七俊坊等；有名臣坊，如大总制坊、圣朝使相坊等；还有大量的贞洁坊。而很多牌匾题名古香古色，比如：恩光存锡、戊辰八贤、侍御等，让人有一种时光流转的感觉。

因古牌坊街与广济桥相连，桥为商贾桥市，俗称"一里长桥一里市"。无论数量还是质量都是全国之最，因此潮州府城被誉为"牌坊城"。我们走过的太平街规模最为精致，共有明、清石牌坊39座，其中建于明代的有34座，建于清代的5座，最早的建于明正德十二年（1517年），是为御史许洪宥建的"柱史"坊，最迟的建于乾隆五十年（1785年），是为直隶总督郑大进建的"圣朝使相"坊。

靠着韩江水运和勤劳的潮州人，古牌坊街风华绝代，商铺林立，两侧为灰白色的骑楼。清末民初，具有南洋建筑风格的骑楼建筑引入广东，在此期间，太平路、东门街也渐次改造成骑楼式商业街，并与明、清石牌坊共存，形成了国内独特具有浓郁地方特色的历史文化街区。如今修缮后外形上虽保留古街风貌，却少了觥筹交错、纸醉金迷的旧时感觉。但两边商铺经营有潮州茶、风味小吃、南北水果、瓷器、潮绣、饼家和一些食坊酒肆。而映入眼帘最多的是潮州特产"佛香缘"，商铺门前摆放一个个如工艺品般的黑色佛手瓜，外形似大南瓜一样。如只看"佛香缘"这三个字以为是寺庙烧的佛香，其实是用叫佛手瓜的果实经过加工的食品，经过多道工序酿造，时间越久越好，据说是清热消炎润喉；还有许多的百年老字号，因不是假期，街上行人很少，老街的安宁和谐之气氛弥漫在古牌坊街上。

行走在古牌仿街，忽然一种难隐的情绪浮动。轻轻地踩在悬浮的《清明上河图》上，只见绫罗飘动遮住落日，街上的叫卖小曲穿越而近，树叶随风吹落，不知谁的笔墨浸染，淡淡的胭脂遮住思绪，悄无声息雕刻着不朽的记忆。面对广东的东大门潮州，守护一方平安的责任就落在潮州警方的肩上，南岭巍然，木棉花红。近年来，潮州的治安满意度和公共安全感均大幅提升。

当然在历史的画卷中是找不到治安视频监控摄像的。据了解，在创建平安工作中，潮州近年来斥资1.6亿科技强警，依托视频载体再建3000多个视频监控点，在省际、市际通道设置卡口自动缉查可疑车辆，潮州公安借助科技力量，警方在粤闽边界编织起平安大网守护广东东大门，目标很明确，就是要让案犯逃出不去，钻不进来。而潮州的《清明上河图》与时俱进，无不渗透着人与自然、人与时代的融合的进步理念与成果，借助科技手段和区域协作，化解治安防控中两个弱项，他们在创建平安中收获一片晴天。潮州警方把现代版《清明上河图》打造成一幅更富于当今和谐城市的画面。

拥有 3360 平方千米，300 万人口的千年古城潮州，其治安状况正在发生前所未有的变化。我们一路走来，阳光下，一种柔软的花香，一种清修的气息，一种千种风情更与何人说的景致如一幅长卷之画徐徐铺开。

潮州不仅是由远古到现在保留一山一水的历史风貌，更让我感叹的是一种惮意般的和顺，一种风调雨顺的气场，一种人文与艺术交融淡浮水墨的淡泊之气。

走完古牌坊街，回过头来才发现曾经迷恋的《清明上河图》已穿梦而过。

古城——我的精神家园

　　她是一幅立体的《清明上河图》，她的古朴繁华、她的市井气息、她不事张扬的时尚与幽雅慢慢地浸润着来过这里的人们。这就是丽江古城，我在丽江怀里，丽江在我心里。

　　写丽江的书与文章有无数，可我只想在此表达自己难忘的相思。我到过许多地方出差旅游，除了依稀记得一些人和事，所有的风景都在记忆里淡化，唯有丽江古城和古城的神韵一直绵延在我心深处。或许我是属于古城这个"气场"，她独特的艺术理念雕琢着我的心灵空间。从古城带回的一幅幅照片常常令我在黄昏的余晖中沉入"流水落花春去也，天上人间"的梦里。有一种不堪回首的感觉，有一种思念深处的触痛……

　　深秋十月，导游"胖吉妹"（在丽江对女孩子的称呼）把我们带进离古城不远的客栈住地，一块黄色的不规则的长形木牌上写有黑色的"三多客栈"，店主热情洋溢地在门口迎接。我急急地冲进院子，发现客栈有承载风雨的天井，透过吊脚楼的木柱子可看见天井内种了好些兰草花木，清亮的石板地上还沾着雾蒙蒙的水气，一种贯穿心灵的回落与整个人格的新境界在此油然而生，使我想起电视剧《橘子红了》的人物与大宅门的风景，有时空回转之感。这里每间房都有仿古式的木格窗棂。走上窄窄的木梯，尽管铺了红地毯，还是发出"吱哑、吱哑"的叫声。客栈二楼为客房，设计为回廊形，每个客房门口有一张铺着蓝印土布的小巧木桌和两把藤椅倚木质阳台而设，充满乡村气息。坐在回廊上，可见天井白色的墙壁上画有许多纳西族流行的东巴文字和东巴图像——花鸟鱼虫弓箭猎人，古朴的壁画像在诉说着纳西人的勤劳勇敢与对生活的热爱。仿佛间一古时装扮的女子正倚在"美人靠"，手挥七弦将古筝的韵律洒向空中，意与游子预约一方眺望与想象的空间，产生"欲将心事付瑶筝，知音少，弦断有谁听"之情。

　　清晨，晨鸟已扑腾在屋檐，明媚的阳光弥漫着从容和恬静。我们出了客栈，踩在上千年的青石板上，置身湿漉漉的雨巷。两边是仿古建筑，木质雕花门窗有上了朱漆的、有原木的，一串串浸润着薄雾悬挂在门檐的红灯笼衬着白墙瓦黛古风十足，疑似走在元明清的街头，徜徉在一等天籁般的清响之间。镶嵌其间的各种客栈商铺游览广告酒吧的中英文招牌令你心动。红蓝黄白不同色调写的"百岁坊客栈""老磨坊客栈""骆驼酒吧""磨梭吧""背包者户外俱乐部 Back-packer Club""本画廊 Ben Callery"……这些招牌或木雕样或随意据一块木材或羊皮纸，均用不同字体形状洋溢着绘画书法的艺术，而背景是褐色的腰门或琳琅满目的民族服饰木雕或青砖灰瓦土墙朱门。沿街的阁楼雕花窗台上总会有一白瓷或青花瓷花瓶插有一束淡紫淡粉或淡黄的野花，旁边一只懒懒的白毛猫咪睡在阳光里，屋前则是小桥流水杨柳堆烟……那种艺术的厚重的质感、那种传统的意韵、那种现代与时尚的灵动从脚底传来，滋养着你久居城市干涸的神经，仿佛有"夜来幽梦忽还乡，小轩窗，正梳妆"之景。

　　那天我们准备到古镇去看一场婚礼，据说纳西族姑娘嫁了一个外国人。我们走进一四合院里，院内树下、石阶上坐满了等候婚礼的当地人和游客。只见竹箩筐里装满了一层一层的崭新床上用品和纳西族衣饰，那是嫁妆。婚礼还没开始，我们就到门口拍照等候。忽然，一阵急促的马蹄声从小巷一头传来，来不及回头，被同行的小伙一把揪住推向路边："反应这么迟钝，没听见有马吗？"我一惊，只见一匹高大的棕色马"哒哒哒"地从身边飞奔而过，马上还骑有一纳西壮汉，吓了我一身冷汗。旁边的导游却责怪拉我的小伙："谁会知道有马跑出来呢？"是呵，久居城市的我们总按城市习惯思维。可在丽江古城不同，我们总会见到鱼贯而过的马帮在青石板路上、在小巷深处踏响声声马蹄的古韵，甚至留下一团团的马粪，这正是茶马古道。

我们没有等到婚礼举行，没有见到新郎新娘，我陷入一种遗憾中。试想，一个金发碧眼的外国青年牵着身穿"披星戴月"盛装的纳西族姑娘每天出入深沉厚重的大宅门，听着纳西古乐，享受着东巴文字、东巴舞蹈，走过烟雨小巷、走过红灯笼高高挂的商铺门前……会是怎样的一种韵致、一种怎样的浪漫。

倚着被风雨斑驳的穷守不惊的大宅门，凝望一地的清凉月色、聆听小河与风的呢喃，我暗想，在这样的地方，你可随心所欲，抛弃空调大楼患得患失的浮躁，抛弃凝重的情感负担，只有释放灵魂与内心的呼吸，轻盈狂放顿悟诱人的暗香浮动，真正成为心灵的栖息地，我惊叹我找到了我的精神家园。

长相思，长相思，若问相思甚了期？除非想见时，再去丽江，再去丽江成了我的相思。到时只会剩下一种感受：尘埃落定。

今昔黄鹤不寂寞

　　"故人西辞黄鹤楼，烟花三月下扬州。"诗句美得人心驰神往，这正是李白于公元732年的春天与孟浩然在长江岸边黄鹤楼告别之感慨。读着这样的诗句，遥想在细雨纷纷的春天，拂着青青的杨柳，沐浴和煦的春风，文人与文人的情谊弥漫在春天令人迷离沉醉。

　　我们广东公安作家采风团队是在7月来到的黄鹤楼，热辣辣的太阳晒得人发毛。走在江城武汉的街上，导游举着一面小黄旗在我们采风团队的前面一步一回头催促大家。从街对面举目远望，有一古建筑隐于现代高楼之中，楚天极目，特让人感叹，导游说那就是黄鹤楼了。

　　穿过名为"黄鹤古肆"的一条仿明清街，踩着青青的石板路，街两边白墙青瓦、画栋雕梁，两边的仿古建筑屋檐撑起一把把五颜六色的小伞和串串红灯笼，还有一蓬蓬爬行在屋顶的绿色植物垂吊而下，烈烈的太阳被挡在外面，明清街很清凉给人一种流光回转的感觉。

　　沿着层层石阶进入黄鹤楼景区。一块巨大的石碑刻有崔颢的《黄鹤楼》：昔人已乘黄鹤去/此地空余黄鹤楼/黄鹤一去不复返/白云千载空悠悠/晴川历历汉阳树/芳草萋萋鹦鹉洲/日暮乡关何处是/烟波江上使人愁。此诗与坐落于长江汉江之岸的黄鹤楼名垂青史，也使这座古建筑成为中国文人抒发情感的载体。黄鹤楼经过千年流光的洗礼，它已不是一座简简单单的楼，而是立在中国人心中的一座建筑坐标，盛载着文人墨客浓浓的情结，而一座建筑配上名人诗句，珠联璧合，无异于锦上添花。

感悟黄鹤楼是在学生时代，直到今日才与黄鹤楼相见。近年来对古建筑、古典家具等颇感兴趣，这些老旧的东西浸润着历史的苍黄，总罩着一层神秘，也仿佛浸润许多浪漫伤感的故事。

在一楼厅堂有一幅磁壁浮雕彩画，一只白色仙鹤在黄鹤楼顶凌空展翅，四周祥云缭绕，云蒸霞蔚，日月同辉。众多古代装束的游客举着食品、美酒在黄鹤楼载歌载舞，为其祈祷送行。不知此画有何故事但从画面可看到古时的人们对黄鹤楼的敬重，传说仙鹤寓意唐代诗人李白的化身。"仙鹤"或许是古代人们心中的图腾吧。沿着层层木梯上了到顶楼，展厅展示了黄鹤楼从唐代到宋、元、明、清至现代仿建的微型建筑模型。唐代建造的黄鹤楼，楼与城相连，耸构巍峨，重檐翼舒，四周霞敞。朱栏粉蝶、四周绕以围墙，既可登楼览胜，也可作为哨所，整体建筑古朴雄奇，是当时荆吴形胜之最。宋代的黄鹤楼是由楼、台、轩、廊组成的建筑群体，每层翘角重檐。楼内彩绘澡中，周围小亭回廊，整体错落跌宕又浑然一体，充分展现了宋楼雄浑峻逸的风貌。

黄鹤楼在每个朝代都被改建，但风格大致相同，到了元代突出了一种淳厚咸宜，华贵、富丽与俊秀。它们命途多舛，屡毁屡建，经过流光的洗礼，时代的磨难，使生命之顽强之厚重。中国的很多古建筑，沉淀风雨，蕴藏着前世今生的脉络，承载着历史的定力，如一座座建筑博物馆。它们不事崭新的东西张扬浮浅，默默地封存记忆中的静与美，仿佛一抹沉香袅袅升起，让人迷失在一片遐想中。

黄鹤楼因坐拥长江与汉江两江而显其独特，爬上黄鹤楼顶，万里长江与龟蛇二山遥相呼应。站在顶楼之上，只感觉楼高千尺，长江汉水浩如烟海，"落霞与孤鹜齐飞，秋水共长天一色"的绝句涌现眼前。黄鹤楼历经千年如一座耸立在中国人心中的文化丰碑，如今不再孤单地坐拥在两江之岸，而是带来了一批又一批的游客，将它沉淀的历史一波一波扬起传承后人。

黄鹤楼是不寂寞的。

水乡滋味

　　江南的水、江南的桥、江南的古树老屋，一直云烟细雨般地浸润在我的梦里。阳春三月，久居广州的我踏上了江南水乡——周庄古镇。古镇如一杯陈酿，舔在舌尖滚烫着记忆。

　　任何事情、任何景色只有身临其境，才能品出它的味道。周庄已有 900 多年的历史，位于国际大都市上海和历史名城苏州之间，是"中国第一水乡"。一进周庄，让人不得不看的便是一座座古石桥。最著名的便是"双桥"。双桥俗称：钥匙桥。它是由一座拱桥——世德桥和一座石梁桥——永安桥衔接，两桥驾临河面联袂而筑，一方一圆，像极古代的钥匙。周庄的桥几乎是桥桥相连，相隔也就 50 米到100 米之间，碧绿的河水如一条丝带串起座座石桥，极像一串闪亮的玉色珠链。看了桥，自然想看桥下的水、桥下的船。

　　春天，总是有太多的诱惑、太多的骚动。春风中抽了芽的杨柳吊挂在河面，细长嫩绿的叶片透过阳光似有玉般的通透和灵性，把个小镇的河面、古屋、石桥，乃至江南水乡的神韵衬托得美轮美奂。身着蓝布花衣的船娘站在深褐色的木船上，摇着厚重的长橹，边拉游客边羞涩地唱着江南民谣，船悠悠地拂过岸边万千杨柳，河面绿漪荡开悠悠的浅痕，丝绸般地向前滑动着。我想，周庄的美丽与魅力就在一个"水"字，而桥与水与岸上的老屋和穿越老屋的故事，构成水乡的魂与魄。

　　岸上的古宅老屋粉墙黛瓦临水而倚，那些斑驳的红木窗棂古墙、雕花的门楼回廊梁檩，都笼罩着岁月的烟尘。而挂在屋檐的杏黄色广告旗和红灯笼增添了古宅的几分生气。但要寻到周庄真实的感受，还得进到老宅细细品味。在导游的带领下，我们跨过一尺高的门槛，呈现在眼前的是古宅大厅，门厅有一块四五平方米见方的石屏作玄关，左侧是一八抬大轿，十分的气派，这是周庄有名的玉燕堂，俗称：张厅。张厅是周庄仅存的明代建筑之一。张厅的特色是"轿从门前进，船自家中过"。

当我徜徉在一条光线幽暗的陪弄，不知深浅地向前走着，潮湿的空气从高高的四壁渗出，两壁是岁月的斑驳和被烟火熏得黝黑的壁龛，此刻才感到一种古朴的冷意。恍惚间听导游说这是条丫鬟走的路，我想丫鬟们在这长长窄窄的陪弄，在这沉寂中不知逝去了多少青春和多少时光。出了陪弄，眼前一片开阔，弄底闪现着一条碧绿的小河，雅名为"箸泾"。小河贴着墙根细细地流，又轻轻地穿越水阁而去。在河的中断有驳岸护卫，驳岸上有临水后窗，设有一排敞窗，窗前是一排棂式栏杆的"美人靠"。在窗下如意形的缆船石上，拴着一条树叶般的小船，正应了"船自家中过"的情景。一种宁静温馨油然而生。想象张姓一家数十代人曾在此繁华过，真正勾起了人的怀旧意识。又因曾看过轰动国人的电视连续剧《橘子红了》，更增添我对这古宅老屋的怀想。仿佛秀禾甜软柔绵的声音回荡在雕梁画栋，着宽大的绣衣迈细碎的脚步徜徉在湿漉漉的石板上。这就是恍若隔世的梦，是水乡古镇深宅老屋的内韵所在，也是中华古建筑为世人所仰的魅力。

小镇的有名还在于她有藏龙卧虎的本事。再一古建筑便是叫作"沈厅"的宅第，是明代初年江南首富沈万三的居所。"沈厅"七进五门楼，大小共100多间房屋。厅内值得一看的是梁柱粗大，镌刻有蟠龙、麒麟、飞鹤、舞凤等花饰。除了给人富丽堂皇的感觉外，更感受到雕刻的精湛、构思的奇巧。而沈厅里的一副楹联："万卷古今消永日，一窗昏晓送流年"，道出江南才子的读书和生活心态。而另一副楹联："甲万户起南浔迁周庄江南聚宝，称三秀居东坨客金陵浜藏银"，概括了沈万三传奇的一生。然而，沈万三的大富大贵却没给他带来好运，只因"财大气粗"而得罪了当朝的朱元璋。他由贫而富，又"既盈而覆"，成为元明之际江南地主富豪的缩影。由此江南小镇的人们不与世人纷争，不再张扬富贵，守着自己的小桥流水饮浓浓淡淡的茶；摇长长的木橹，唱江南的小曲、江南小调过着寻常人家的日子。

忆的是江南、游的是周庄，还想周庄。水乡周庄于我像一条扯不断的情丝，丝丝缕缕绕在我的梦里。只因她的水有一种灵性，一种魂魄。特别是对久居钢筋混凝土的城市人来说，"水"可以荡涤浊污，而人的心智和灵魂就应有一块水乡一样的静地，可以守着通灵的河水，静静地品味浓浓淡淡的人生，唱一曲"野渡无人舟自横"的小曲小调。

海市蜃楼——湘子桥

不知为什么，到了潮州果然觉得潮州有一种吸引你想放慢脚步慢慢去品味的东西。

我一直喜欢古城的感觉。那斑驳陆离的青红砖上长着绿茸茸的青苔；那街头的老榕树吊挂着百岁老人般浓密的"胡须"和张牙舞爪得凸现生命力度的老根；那泛着流光的骑楼、雕花的满洲窗；还有千百年留存下来的古刹，青砖绿瓦、百兽石雕，仿佛都带有远古的韵律和云烟一般的灵气。其实，每一座城市的灵魂就隐藏于大大小小的古今建筑中，这些建筑早已附上历史沉淀下来的生命气息，浸润着当地人对一方水土的深厚情感。

春天的繁花还开得意犹未尽，盛夏的骄阳已迫不及待堪比繁花肆意而热烈。潮州的湘子桥在阳光中傲然屹立，桥全长 518 米，宽 11 米，远看像似浮在水面的海市蜃楼。因一路拍摄，匆忙间随人流就走上了这座古香古色的大桥，重修后的湘子桥依然保留着历史的风貌。走上去只感觉走进的是一座座水上亭楼，完全没有在桥上的感觉. 其实每个桥墩就是一座精美的古亭楼，每座亭楼都刻有一个个古典优雅的名字刻在匾额上，比如：凤麟洲、挹翠宫、仰韩台、凌波、寻麟、冰壶等，两旁的亭柱题写有对联"春秋史笔收金鉴，冰雪诗心在玉壶"等等，亭角还挂有点点红灯笼，恍惚间疑心自己穿越到了哪个朝代，又仿佛到了天上人间。明代李龄的《广济桥赋》对"廿四楼台"更有华丽的描述："五丈一楼，十丈一阁；雕榜金桷，曲栏斜槛；鳞瓦参差，檐牙高啄。"

一座交通要津，不仅成了美轮美奂的文化长廊、赏心悦目的游览胜地，也成为潮州古名城珍贵的历史符号。

桥就横卧在滚滚韩江之上。无风的江面看上去平缓而宁静，好似一条轻柔的淡绿色薄纱，轻托126间不同形状的灰色亭楼，桥中间那18艘梭形木船为浮桥相连，木船两边挂满了杏黄锯齿边的红色仿古旗，浩瀚的蓝天下亦如浮光掠影的浮雕画沿天边舒展开来，千里莺啼绿映红，多少楼台烟雨中，精妙古朴，韵味十足。美国著名建筑设计大师贝聿铭曾说："建筑要体现它的灵魂。"苏联美学家鲍列夫曾说过："当歌曲和传说都已沉寂，已无任何东西能使人们回想一去不复返的古代民族时，只有建筑还在说话。"而湘子桥将潮州古民族的灵魂隐匿其间，向世人传说着美丽的故事。

湘子桥又叫广济桥，在古旗上印有古民谣："到广不到潮，枉费走一遭；到潮不到桥，白白走一场。"从历史资料上我们知道，广济桥最初叫康济桥，是一座由江心单个石墩和两侧共86艘木船组成的浮桥。南宋时，浮桥落成仅用了90天。此后57年间，经过十任州官和广大潮汕民众的努力续建，桥墩增至21个，以巨木和巨石架于其上，东侧名济川桥，西侧名丁公桥，中间以浮桥相连接。至明宣德十年（1435）潮州知府重修后，用18艘梭形木船架浮桥相连，木船用大缆绳索系住，又在桥面增至桥墩两个，又在其上建造了不同形状的亭楼126间，定名为广济桥，当地人仍喜称湘子桥。18艘梭形木船像盛开在水中的18瓣莲花栩栩如生。湘子桥，与赵州桥、洛阳桥和卢沟桥并称中国四大古桥，只要是潮汕人，没有不知道湘子桥的。桥名湘子，来源于神话传说。

据说，韩愈被贬来潮州后，看到恶溪汹涌澎湃，百姓渡江艰难，便请已经得道成仙的侄孙韩湘子及法力无边的广济和尚共同造桥。经过商量，决定由八仙负责东段工程，广济和尚负责西段工程。两边各施法力，各显神通。

广济和尚来到桑浦山下，将山上的石头点化成乌羊，将羊群往回赶。一个贪婪地主看到偌大的羊群，硬说羊群是他家的，广济和尚被纠缠得不耐烦，便把给了地主。怎知羊群却化成山丘，将这个贪婪的人压死了。这就是今天的乌羊山。

韩湘子负责造东面的桥，他请八仙帮忙来到凤凰山下取石，将石头点化成乌猪群，每人各赶一群猪往回走。八仙中，不巧的是，迎面走来一个丧妇，悲悲切切。李铁拐大叫："不好"！但已太迟了。丧气将灵气冲了，石头再也走不动了。两边都缺少建筑材料。桥建到江心，石头便没有了。何仙姑一看，将手中莲花瓣抛下，化作18梭浮船，将两边大桥联结起来。于是，人们便将这桥称为"湘子桥"，又叫"广济桥"。

传说毕竟只是传说。实际上，湘子桥的兴建凝聚着潮汕人民的汗水和智慧。也许是为了神手其说吧，把此桥赋予仙佛之灵性。

踏足走在桥上，桥体十分洁净，有一种净心的惮意格外的灵动、沉寂。

站在桥上任江风轻舞，恍如徜徉于清雅的水墨画中，体味着润物细无声的感觉。

如在扬花三月下潮州，那时感觉应该更不同，正如清乾隆进士郑兰枝的诗中所写："湘江春晓水迢迢，十八梭船锁画桥。激石雪飞梁上鹭，惊涛声彻海门潮。鸦洲涨起翻桃浪，鳄渚烟深濯柳条。一带长虹三月好，浮槎几拟到层霄。"

令人回味无穷的更是这座有着厚重古韵建筑的灵魂，浓缩了潮州人的历史、文化与古朴风韵。

生死漫步

用心走滇西

天依然很蓝，云依然很白，空气中弥漫着水一样的清风，深秋的滇西别有风情。踩着柔软的黄土地，穿越中缅边境的丛丛林木，穿越神奇的高黎贡山，我们行走在滇西高原。

11月下旬，北方已是隆冬大雪，而云南滇西却是阳光普照气候宜人。我们一行14人先到达芒市、瑞丽，再往腾冲、大理，车上作家们早已在吟诗浅唱，意气风发，每个人像一只涨满风的风帆，精心装载旅程中的点滴再一一释放回忆。每年我们都组织公安作家走出去采风，用眼睛观察世界，让世界与心灵对话，在大自然中因采风而得雷电风雨彩虹。

片马风云话腾冲

腾冲这座风起云涌的古城，我们还没看到绿树香花、莺歌燕舞的自然景观，而是到达的第二天就来到了世界著名的"国殇墓园"。

"气壮山河成仁取义，光照明月生荣死哀"，这是墓园忠烈祠内的两楹联，门额上为蒋中正题写的"河岳英灵"的匾额。"国殇墓园"坐落在腾冲市城以南的来凤山，而震撼我的是抗日远征军的一块块排列整齐的小墓碑，3346方小墓碑深插在青绿的"小团坡"山坡上，它是安葬中国远征军第20集军团阵亡将士骨骸的墓冢。坡麓呈半圆形台，石阶可登。月台迎面嵌有于右任"天地正气"四个草书。台阶挡土墙上嵌有蒋介石题写的"碧血千秋"刻石，是墓园的主题词。刻石风雨雕蚀着历史的沉重，而"小团坡"上的"民族英雄"纪念碑则像是血与火的祭坛。

大多数墓碑都有游客祭奠的黄或白色菊花。每方墓碑下都埋葬着烈士的骨灰，以远征军第53军、第54军的战斗序列，分为8个放射状方阵，以军衔大小依次从小到大向山顶排列簇拥。仿佛这里的战斗还在继续，我似闻到一股股浓郁的硝烟……

大风起兮云扬，壮士一去兮不复还。

"国殇墓园"是每个爱国人士进入腾冲不可不去的地方，它是云南唯一的，也是全国罕见的大型抗日战争纪念陵园。

我们的采风团每人手持一支黄色菊花徐徐走进墓园。纪念塔的造型像一把出鞘利剑，耸直犀利，直指蓝天，它挑落日本帝国主义的"太阳"。同时，又是记载远征军抗日阵亡将士丰功伟绩的丰碑。

清凉的山风吹拂着我们，任发丝在风中飞舞。四周是静穆的，大家静静地听导游讲述着，静静的拍照。这一刻，我感到不是所有的事物都能用文字来表达，不是所有的情感都能用语言来述说。听着那一段段荡气回肠的历史，我情感的血液在体内清晰地穿越；这一刻，我的情感浪潮漫过眼眶，在这里才深深体会到什么叫誓死捍卫、什么叫浴血奋战、什么叫爱我疆土；这一刻，我们无法言语，我们手持鲜花于胸前，站在山顶"民族英雄"纪念碑前，我们集体向抗日远征军将士的英魂深深鞠躬，以表达我们的崇敬之情，以此进行灵与灵的对话。心情有些沉重，我们缓缓将一朵一朵鲜花簇拥在纪念碑脚下，以告慰抗日同胞的英魂。

山河破碎、悲壮远征、剑扫峰烟，腾冲人拥有一副不屈不挠的脊梁，这脊梁来源于一座著名的山脉——高黎贡山。

生命的坐标——高黎贡山

我们一路走在高黎贡山脚下，高黎贡山是世界名山，是横断山脉的明珠。站在高黎贡山之巅，一双脚踩两个大陆，向东迈一步是亚洲，向西迈一步是印度大陆。

高黎贡山养育的腾冲儿女是勇敢无畏的："我的祖先没有遗传给我软骨头，高黎贡山孕育的儿子，绝没有软骨病。"1943 年，腾冲抗日政府和腾冲各族人民抗日斗争如火如荼，日本侵略者心惊胆战。1943 年初，日本驻腾冲行政班本部长田岛到腾冲后，想以欺骗手段诱使县长张问德投降，面对日本侵略军的实行的"怀柔"攻心政策，遭到张问德的严词拒绝。

高黎贡山是腾冲人民的生命坐标，是他们生生不息、生死相伴的精神图腾。据介绍，古代南方丝绸之路和史迪威公路都穿越高黎贡山。

1942 年日军占领缅甸，截断了盟国援华抗战的运输大动脉——滇缅公路，之后入侵中国。怒江以西的大片国土落入敌手，腾冲成为滇西沦陷区抗日的桥头堡。1944 年 5 月，中国远征军发起滇西大反攻，这是世界军事史上罕见的一场最为惨烈的殊死血战。收复腾冲之战，中国远征军毙敌少将以下官兵 6000 多名，我军将士 8000 多人阵亡，腾冲民众死难 6000 多人，美军官兵阵亡 14 人。腾冲人为纪念远征军，修建了"国殇墓园"。

一路上，我们听导游介绍高黎贡山脉脚下发生的一幕幕历史，我们觉得这山名总有故事来源，追问导游，方知是景颇语"母亲"的意思，她是腾冲人民的母亲山。顿时，我对此山诞生出几分崇敬来。

汽车拉着我们穿越高黎贡山脉脚下，我贪婪地用眼睛向两旁的山脉张望，我用心去倾听高黎贡山的呼吸声，用灵魂去抚摸母亲山峥嵘岁月的风骨和历史的皱纹。我发现自己竟对此山产生出一种莫名的眷念，或许因我的家乡也在西南高原，或许因她拥有 60 多万风骨刚烈的腾冲儿女。如今手中的高黎贡山普洱茶一直舍不得喝，一看到高黎贡山这几个字，心就会隐隐的痛。我喜欢高黎贡山——母亲山的名字，不仅有母亲的味道、有温暖感、有历史感、还有一种沧桑的艺术感。

腾冲是我们了解边地文化的一部汉书，也是散落边地的汉文化明珠，是一座人文与自然结合的古城，也是高黎贡山孕育了腾冲这座拥有着沧桑与勇敢，和顺与翡翠的古城。

腾冲还素有"地热之乡"的美称。据导游介绍，腾冲的火山爆发迄今已有2亿年，现遗留高温沸泉、喷泉、喷气孔及一般温泉等80多处，还有众多的火山群遗址。腾冲人说，腾冲就是马帮从西南"丝绸之路"上参趺来的一块璀璨耀眼的翡翠。腾冲虽然成为云南旅游的一大"名片"，获得一连串的桂冠金牌，但触动我的还是腾冲沉甸甸的历史，它如一坛陈年的神曲老酒，沉淀着古老的故事，经过千锤百炼才散发着沁人心脾的芳香。

采风中我们可以闻松林原野的清香，游览当地的风土人情，购一块当地盛产的翡翠，尝一碗美味的饵丝……这些是旅游城市给予你的一份薄礼。而能让你带走又使你亘古不变，刻在你思想感情深处的当属那荡气回肠的人文历史；是能让你的心听到花开的声音；听到历史在你血液中奔腾的声音；听到风雨雷电穿越思想的声音，这才是一份采风得到的厚重赠礼。

不论经过多少岁月蹉跎，这座城市的名字依然会撩起你云淡风轻的思绪，撩起你浓墨重彩的回忆，撩起你刻骨铭心的感悟。

生死漫步

版纳诱惑

正当我们用新奇的目光浏览这里的风景时，猛然间从头上飞来一盆凉丝丝的水，正迟疑间，又一盆水从身后直捣背上，等有人喊：泼水节泼水啦，我们才回过神来，也不顾一切抬起脸盆便向对方泼。一盆盆清水从头浇到脚，欢快的笑声一浪高过一浪，回荡在这个有些传说的民俗村。

景洪，是西双版纳傣族自治州的首府，意为"黎明之城"。初到景洪，热带风光一下子就把我们吸引住了。被誉为"南国美女"的椰子树、"世界油王"的油棕树和果实累累的柚子树，装点着街道，十分迷人。沿街两边店铺相连，中间是两排临时摊位，有高档时装、鞋帽，也有琳琅满目的小商品。成堆成堆的菠萝，大如西瓜。摊主将菠萝削得粉黄亮艳，水淋淋的，招徕顾客。

抵达时正值傍晚时分，沿街的傣式建筑小巧玲珑，房屋的尖顶上加有佛塔、傣族凉亭，屋角及边缘缀满星星闪烁的小灯。

4月13日下午，我们来到傣族的曼鸾典民俗村。

豪华大巴缓缓穿过夹道的椰树林、芒果树林，阵阵幽香扑鼻，让人如梦似幻。大约1小时后，有人喊了一声："到啰！"

车内顿时一阵骚乱，猛然间，锣鼓声大作，打扮得花枝招展的傣族姑娘和小伙正有节奏地敲着木鼓、打起锣，端着放有香水的水盆在院坝竹子围隔的门前夹道欢迎。每过一人，姑娘们会用树叶将香水洒在你的身上，伴着阵阵香气，犹如走进一座圣殿，灵魂便开始升华。

下车来，大家抢着拍这一幅幅难忘的镜头。那些身材修长的傣家姑娘穿着窄袖短衣和筒裙，眉清目秀，小伙们身着无领对襟衫、长管裤，腰佩长刀，头扎彩帕，腰间还挎有长长的木鼓，显得刚劲有力、英姿潇洒。

河南记者刘灿端着水一盆盆地傣族姑娘泼去，嘴里还不停念叨：傣族姑娘真美！

傣族人民泼水节的来历，传说是从前7位傣族姑娘大义灭亲，杀死作恶多端的父亲，为了洗除身上的污秽，姐妹们轮换用清水泼洗。后来，人们为纪念7位姑娘，便举行隆重的泼水活动，祈求新的一年里风调雨顺。

是呵，泼水节冲洗了我们久居城市的尘埃，将我们凡俗的心进行一次重大的洗礼。

泼水仪式完后，两位傣族姑娘一左一右在竹楼梯口迎接我们登上二楼的大厅。为了尊重习俗，凡进屋的，都得脱鞋。光脚走在竹席上，一种凉凉的、软软的感受。

傍晚，忽然大雨滂沱，刚才还是炎热难熬，此时有了丝丝寒意，心情爽朗多了。就餐时，我们围坐在一个硕大的竹条编制的圆桌旁，热情折主人为我们准备了傣族风味的"油炸牛皮""熏烤鱼"和"蒸肉"。席间，同行的小伙们按捺不住感情的波澜，频频要求来"敬酒"，我傣族姑娘一起合影，一起喝"交杯酒"。姑娘们也大大方方，含笑一一应邀……

夜色降临，狂欢的时刻就要结束，我们仍恋恋不舍。

车缓缓开动，朦胧的夜色中，人们的眼里都注满了依恋的泪水。主人们再次为我们敲响了锣鼓。我们拥挤在车后窗，挥手告别，大胆的傣族姑娘向车上的小伙频频飞吻……

走在异乡的日子

人生有许多第一次，然而令其回味而难忘的恐怕并不多。我走过异乡，可从来是在异乡的土地上来去匆匆完成一份该完成的工作。

此刻，我是第一次真正地走在异乡广东肇庆的土地上。呼吸着陌生的空气，仰望着陌生的天空，听陌生的人交谈，任一张张陌生的脸在自己眼前摩肩接踵。

终于，我领悟了"异乡"该是一个多么沉重而让人困惑的字眼和地域；终于，我领悟了第一次奉献于异乡的那份清愁和痛楚；终于，我明明白白清楚故乡再也不会温暖我，留下的是遥望的距离和无奈。

有些恐惧、惶惑、焦虑、迟疑，甚至沉郁。于是，常常把自己同罗丹的《思想者》放在一起。

最后，强迫自己挺起胸，瞪大蓄着泪光的眼，勇敢地走着异乡的日子。

走了一段才发现，原来的异乡也会有温暖如春的日子。

从那陌生的粤语夹杂着国语对白里，我知道了这里的人情冷暖。其实，我害怕的是我遇异乡天气的寒冷，便会孤独、落寞，可我的周围却不时涌出呵护的热浪和柔柔的问候与关切。蓦然间，有些满足的陶醉。说实在的，来到异乡，人了却了些许纸薄，有了"心比天高，命比纸薄"的感受。尔后，便在人情世故上多了些许淡泊。

时间有些从容不迫地将我赶来赶去。

我从贵阳一个西南省会把自己随便就交给了南粤另一座城市，从没有考虑在这里将走完自己最后的人生。

两年后的今天，我读懂了那句"没根的生活是需要勇气的"话语。当然，作为女人，泪水与任性与撒娇与脆弱都不许放任自流，更需要足够的勇气和胆识和坚强与毅力，在异乡的土地中搏击来塑造完整的自我，需要殚思极虑、手足胼胝，在芸芸众生的怪异眼光中挣扎着站稳脚跟，直着腰板证明自己是一个有价值的人。既要清高地执着追求，又要带有几分世故与圆滑；既要有风情与浪漫的情愫，又要有稳重、练达的举止；还要在每日每夜的时刻学会保护自我。

有时我常问自己：我这是在哪里？

面对这座城市，在我眼里充满陌生的氛围里，我在抽出一种从心灵中升华的情丝，接受另一种裂变性的生命体验。虽然目光有些茫然空洞，可再往前走着，掠过我眼前的除了这座城市里青山绿水和风吹路旁田野的清香，便是看着自己脚步在踩踏这块土地，亦步亦趋地向这无法预测与捉摸的世界里走着。在这里程中回忆过去的日子，寻找我的将来，路越走越长，心越走越宽，沿着路的延伸，看着太阳从地平线缓缓升起时，那种激昂的感情便会喷薄而出，都应适应生长的土壤，依然开放自己的花蕾。人来到尘世不单单是享受，而更多的是接受痛苦的炼狱的过程……当人在炼狱中洗礼后，便会得到一种永生。

走了一段，再回头想一想，是有些悲壮与苍凉。然而，"悲壮是一种完成，而苍凉是一种启示"。在这启示里学会坚强，独步人生。

在我走过异乡的日子里，感受到的不管是在哪块土地上，都要拥有一种奉献的精神，才能慰藉自己。

"虽然一个人的生命之河不能流经所有的地方，却能在所有流经之处，流过伟岸的歌，留下缠绵的绿。"

我将义无反顾地在人生旅途中，锤炼生命。

驴象之争

"山姆大叔"蓝眼睛，头戴星条帽，白皮肤、白眉毛、白胡子，走过他有淡淡的古龙水的香味缭乱心绪。8点整，手持"美国华大使馆新闻文化处"邀请信的嘉宾相继到来。"山姆大叔"早早地就在大厅门前恭候，不时以"欢迎、欢迎您"的汉语欢迎来宾。我有些忐忑，毕竟没有见过西化、隆重、热烈而又紧张的场面，几乎全用英语交流，我像一位盲人和聋人，睁着一双亮眼闪着两只蝴蝶一样的耳朵，却茫然如窗外风吹落的几片黄叶。

来这里，是我在北京实习时承接的重大采访任务，尽管有杨锦老师坐镇，可我的心还漩涡在中国大饭店院内那些还没来得及枯萎的树木，看着北京的初冬灰白的天空，在自己给自己鼓劲，堂堂人民公安报社记者，应所向披靡。

沿着红底黄牡丹地毯一路走进一层的大都会议厅，里面挤满了中外宾客和记者，室内声音如夏蝉一阵高过一阵，一块大型屏幕正在实况转播美国大选。这是一次美国的盛典，是世界瞩目的时刻：1992年11月4日美国总统选举日。

美国驻华大使馆在这里播放通过卫星传来的大选进展实况。两门厅中间是一块巨型屏风画廊，上面花花绿绿地贴满了美国星条旗等图案和几个总统候选人的英文名字：乔治·布什、比尔·克林顿、罗斯·佩罗等。会议厅内，早已座无虚席，更多的来宾或拥挤在大厅，或席地而坐。

9 点左右，大选进入高潮。喝彩声、鼓掌声、口哨声不断回荡在大厅。

北京外国语师范学院的美国留学生告诉我，他希望克林顿当选他们的总统；一位来自美国俄亥俄州的商人正在兴致勃勃地同一群中国女学生交谈，他说，他支持布什。

一位穿着红色星星图案上衣，下身着条条图案裤子，头戴一项星条帽的白眉毛、白胡子"山姆大叔"在厅里来回走动。当记者问他："你预测谁当选？"他想了一下说："可能是克林顿。"记者反问："你希望谁当选？"他说："我不太愿意回答这个问题。"正说着，一阵喧哗声传来，交谈的人们马上将目光移向屏幕。克林顿此时是 165 票，布什是 28 票，165 : 28 这悬殊的数目赢得了克林顿支持者的掌声。此时是 9 点 36 分。

美国人关心的是选举的结果，而中国人却在关注选举的过程。中华工商时报副总编辑彭波亲率 7 名记者早早入场，准备重点报道；中国青年报国际部 3 名记者也到场观战。北京外国语学院的一群女学生窜前窜后，围着美国人不停地交谈。她们告诉我，来此，首先想了解美国人怎样选举总统，再就是借机提高自己的外语口语能力。

在观看现场，我同中国社科院的金灿荣谈了起来，他认为这次选举是变化最多、最富有戏剧性的过程，美国两党的地位不断变化，罗斯·佩罗两进两出，使得整个选举一波三折，扑朔迷离。选举结果再次证明，经济因素永远是美国选举的主要因素。

大选最终结果，克林顿以 370 票比 163 票战胜布什。

结果的出现，使大厅里许多美国人欢呼鼓掌。美国历时 13 个月的"驴象之争"终于一见分晓。

谈入关

中国"入关"马拉松战。一时间，世人竞说，兴奋、焦虑者皆有之。"入关"后，我国企业面临外国产品的强烈竞争怎么办？

下班回到北京红星胡同的小屋，已是暮色。提起笔却又放下，搬出一摞查阅的资料，大脑一片混沌，面对"入关"不知从何下手。资料内密密麻麻的字像一条条蜿蜒的小青蛇，紧紧咬住我的眼睛，而思维却在它的身上蔓延。

"入关"于老百姓是陌生的、于大多数政府官员也是陌生的，于我这个公安记者更是陌生的，可作为一个时代的讴歌手却不能漠视这样的热点问题，于是我接手了这个棘手的采访。贸易"入关"对于中国是一场马拉松战，是政治与经济的较量，说得明白点，也是世界历史之战。

1992 年，"入关"成了中国人关注的热门话题。

我国要求恢复关贸总协定缔约国席位的举动，无疑使中国面对机遇，同时也面临着经济强国的冲击。

就这个问题，我开始了一系列采访。冬天的北京城是阳光灿烂，天空的蓝是纯净的，不见一丝云彩，我的心却在有些凛冽空气中穿行，我骑着自行车来到南池子大街，在庄严的大门处找到"中国对外经济贸易部"。掏出人民公安报记者证，门卫和蔼可亲验证过关，被请进。在一楼两位年轻人很礼貌地接见了我，递上采访函后，开始了采访。他们俩是中国对外经济贸易部国际联络司官员，第一句话是："你们公安对入关也感兴趣吗？"

我笑笑说："国家大事谁都关心。"其实心里着实有些慌，长期待在地方，到了京城还到了中央部委采访，一个女孩还是需要勇气的，我也有些骄傲。

好在这两个年轻人与我年龄相仿，大家一会便聊开了。他们谈"入关"这个比较抽象的词，却像摆弄家中的古玩，一件件整齐地展示在我面前。关贸总协定是关税和贸易总协定的简称，加入关贸总协定简称"入关"。关贸总协定是一个以贸易自由化为宗旨、以市场经济为基础、以非歧视和透明度为基本原则而制定的有关贸易政策的多边国际协定。其主要目标是取消贸易保护。它创建于1948年，中国是23个创始缔约国之一。但是由于历史的种种原因，当时的中国政府退出了协定。

"1986年我国政府正式申请恢复缔约国地位。李鹏总理曾亲笔致函关贸总协定缔约国政府首脑，重申了我国积极参与多边贸易制度的决心，并声明，我国参加总协定既享受权利也承担义务……"

至今，这场中国"入关"的马拉松战仍在继续。

"十四大"召开期间，中共中央政治局委员、经贸部部长李岚清在回答记者提问时说："我对中国恢复关贸总协定缔约国的地位抱乐观态度。"

"入关"后，我国企业面临外国产品的强烈竞争怎么办？

"愿借此机会与进口商品竞争。"

两位年轻人为我倒了杯热茶，我舒服地喝了一口茶，抬头看到办公室书柜上摆满了政治经济贸易等书籍，心想，能借上两本就好了，但我一直没有开口。

接着，我又赶到西单。北京祥云国货精品商场。这里可真是商品繁多，一派盛世。

我坐上电梯挤过人流，来到总经理办公室，经理助理潘宣接待了我。他竟然把"入关"后国货将面临挑战的问题如抽丝剥茧，一层层给我讲明白。他有些口若悬河：从本商场的利益看，将受到进口商品的冲击。但我们愿借此机会公平竞争，刺激我们商品向高质量、高档次方面发展。同时，作为商场就要及时向厂家反馈市场信息，比如卖方市场现状、对顾客的选购心理等要让厂家做到有的放矢，积极调整产品结构。"入关"对国货的冲击是无疑的，这需要我们与消费者达成默契，与厂家积极配合，共同努力。

他一边介绍一边不停翻动手中的文件，我思绪万千，中国的经济将在不久成为亚洲龙甚至世界巨龙，而这一切都将离不开这些不起眼的爱国"商人"们，九层之台，起于累土，国家兴旺当为人责。

转了一圈，我回到长安街，天安门城楼被晚霞映照得如此巍峨，披着辉煌。我带着我的责任回到公安部大院，在部消防局，我见到了公安部消防器材管理办公室高五平副主任，他身材魁梧，说话响亮，军人就是不同。

"消防产品不会受到冲击。"他说话斩钉截铁。面对"入关"，公安消防产品是要发展，必须走出封闭圈子，进入国际经济大循环。因此这对于中国消防企业的进步将是很好的促进。其一，消防产品在中国拥有一个大市场。目前国内生产的各类消防产品基本满足国内市场需求，不会因此受外国产品的冲击。其二，我们的产品有了更多的出口机会，从而扩大销售市场。现在我国每年消防器材出口量估计在800万美元，"入关"后，通过扩大交往，加强消防产品宣传，将会增加出口量。其三，从消防产品销售情况看，在国际上，我们占有价格优势，一般出口产品均在质量上符合国际标准，而且价格便宜，出口潜力大。同时，一些主要的消防装备产品经过这两年的技术引进也有了很大进步。比如，我国震旦消防设备总厂引进生产的重型消防车，性能已达到90年代国际水平；营口报警设备厂的智能化火灾探测器，也达到90年代国际先进水平。

采访完高五平主任，握住他的那双大手，感到一种力量在身体穿行。

夜晚，我骑车走回家的路，路过东单王府井小食一条街我推车慢行，感受着霓虹灯卜繁华的生活气息，一种经济腾飞的炫耀。

红星胡同18号的那扇窄小的红门在吱嘎声打开，里面有一团温暖的灯光在为我洗尘。

几只热乎乎的煮玉米

我时常会在不经意间碰撞那段让我怦然心动的记忆。那事发生于我在《贵州公安报》工作的日子。

一个盛夏的傍晚，我接到电话通知："刑侦处有案子，在安顺某乡发生血洗村庄案，30 多户农民被歹徒打劫……立即与他们取得联系，跟踪采访。"

夜幕很快降临，贵州省公安厅的 4 辆警车拉响警笛冲进夜幕。

与此同时，安顺警方也接到报案，出动约 100 多人直奔现场。两队警车在旧地带会合。所有车灯接到命令全部熄灭。只有长长的车队在黄土飞扬的羊肠小道上颠簸，悄然进入村庄。

到达现场已是深夜 11 点多钟。乡政府腾出了简陋的办公室作为现场指挥部。指挥部几个领导商议，立即加紧审查拘捕的犯罪嫌疑人；包围现场并守候；同时搜索附近村寨和山头……

这一夜，通宵行动。

乡政府因电力不足，只有一丁点黄黄暗暗的灯光。200 多名公安、武警接受任务，各就各位。

此时已是凌晨 1 点 10 分。起风了，接着下起小雨。贵州的天一雨即成冬。

我打了个寒战，把外套穿在身上。凌晨 2 时，我参加调查工作。经了解，本乡管辖的两个自然村因水的问题发生纠纷，发展到械斗。最后甲村的 20 多个村民手持大刀、铁棒冲进乙村打劫，乙村的人几乎全到山上躲了起来，只有几位不愿离家的老人死守被砸烂的家。案子的审讯、调查、围捕同时进行，时间在不知不觉中流动。

我有些耐不住困意，便钻进警车内睡了起来。蒙眬中被一种声音吵醒，睁眼看见楼上昏黄的灯光依然亮着，两位省厅领导审讯的声音在乡政府办公楼空空的走廊里回荡。我看了看手表，凌晨4点15分。我的心一阵发热。

我走下车，发现雨还在下，地上湿漉漉的。近处，有3个持枪巡逻的武警。远处，有一丁一点的光在闪烁。我问一武警，他道："那是搜索组在行动。"天很黑，看不见哪是山头、哪是房屋、哪是村庄。但我知道，灯光闪亮处是公安、武警的脚印和恪尽职守的拳拳爱心。

天，终于亮了。我发现身处一个极大的坝子上的极小山村。

这时，几位调查回来的刑警打着呵欠过来，我见他们肩头后背已被雨水打湿，眼睛里是红红的血丝。他们边走边说：肚子好饿。

这里太穷！突然增加了200多人，比整个乡政府的人还多，哪有这么多粮食？我见一些老乡和村干部在院子里进进出出商量着。

大约9点多钟，有人喊："饭来了。"这时，张副厅长发话："大家忍一忍，村里粮食不多，一人只能吃一碗，还有许多人未回来，得留给他们。"

一碗饭在平时算不了什么，而此时却异常珍贵，我见干警们狼吞虎咽地吃下那碗饭，又匆匆扛上枪走了。

半小时后，我随张副厅长进村调查取证，一直到下午4点多钟。

清早的一碗饭早消化得无影无踪，大家已筋疲力尽，我的肚子饿得咕咕叫。

突然，从村里走来3个端着簸箕、满头白发的老农和一个中年妇女。他们用手捧着刚煮熟嫩玉米，阵阵香味扑鼻。他们眼里噙着泪花说："谢谢……我们煮了玉米，拿着路上吃吧。"我们清楚对于贫困的山地农民来说，几只玉米显得非常珍贵，我们坚决推辞，并说："谢谢了……"

我坐的那辆三菱吉普车开动了，我看见老农的银发在阳光下闪耀，他们小跑着追过来，将玉米一个一个地扔进车窗。

此刻，同车的刑警们谁也没吃那散着香味、热乎乎的玉米，全都塞到我的怀里。我捧着玉米，鼻子一酸，眼泪流了下来……

流动的春气

一

"丁零零！""头儿"宁夏操起话筒："快说，我是宁夏……"自我走进车站派出所长宁夏的办公室后，这已是他接的第 7 个电话了。

霏霏冬雨一连下了好几天，寒气逼得人把脖子直往衣领里缩。一年一度的春运即将开始。我来到熙熙攘攘的火车站，径直走进车站派出所，听着站台上列车的鸣笛声，看着民警们忙碌的身影，我感到春气已在寒风中缓缓流动……

我暗中记下了他的工作日程表。

日程安排像蚂蚁爬满那张表格。抬头，我看着他那与年龄极不相称的满头银发，心想熬夜出白发。我的采访也只好顺着他的时间磨盘转动，4 天后，我总算用自己的眼睛录下了一组镜头。

元月 28 日晚 7 点 30 分，电视屏幕上的"国际新闻"刚一结束，刑侦队的十余名民警便消失在车站的夜色。我也跟着登上了站台。一列贵阳至上海的 152 次列车正好进站。随着一阵"叮铃铃"的进站铃声，上千名旅客符合候车室的大门内"呼啦"一下涌出来，潮水般地冲向刚刚停稳的列车。归心似箭，他们狠命地挤，拼命地攀。民警张学铭走到 5 号车厢前，一双眼睛死死盯着挤成一团的人群，他轻声对身旁的我说："注意那个穿蓝衣服的！"站台的灯光微弱，但他的眼睛却很亮，"蓝衣服"两手空空，既没带行李，也无车票，他挤什么？民警都明白。果然，一审查：惯偷。

一站台、二站台上都有一双双眼睛象雷达般地扫视着车厢内外嘈杂的人群。李军，这位曾立过二等功的功臣，一个月前抓歹徒时扭伤了脚，现在仍跛着脚，迎着细雨干起了"老本行"，他揪住一名不法分子，一颠一跛地融进了浓浓的夜色……

7 点 50 分，站台平静下来，几盏孤独的路灯照着十几名便衣警察和他们所擒获的 4 名扒手。

5 月的一天凌晨 2 点。火车站一楼候车室。白昼的喧嚣已随着夜幕的降临慢慢平息，候车室的旅客大多沉了梦乡。执勤丙班班长裔昕佩戴着红色"执勤"袖章，在候车室来回巡视，那双似乎不知疲倦的双眼观察着每一个角落。腿酸了，他刚在长椅上坐下，打算抽支烟，就在打火机冒出火苗的瞬间，他双眼的余光突然发现二楼有火光在闪烁。"咦，眼花了？"他赶紧熄了火机，定睛一看，不对，真有火光！他迅速奔上二楼。"要命，电脑显示发生火灾！"裔昕拔出手枪，"砰砰！"清脆的枪声打破了夜的宁静，他用枪声向战友们报警。丙班间休的同事们听到枪声，立即赶来，大家全力以赴，终于将火扑灭。为此，火车站党委通报表彰和奖励了丙班。

8 月，大地被太阳烤灼着。正是学校放暑假的时候，客流量剧增。火车站旅客拥挤。候车室门口，一位 40 多岁的男子提着一个非常沉重的黑色旅行包，脑门全是汗。民警黄新明、顾金龙和联防队员正在检票口查"三品"，中年男子极不自然的神态引起了他们的怀疑。

"请打开包。"黄新民指着那人始终不离手的黑色旅行包说。

"包？包内没什么东西。"中年男子脑门上豆大的汗珠直往下滴。"哗！"拉链打开了，包内只有衣服、洗脸用具。

"为什么这么小的包却累得他满头大汗？"黄新民心里打了个

问号。

黄新民和顾金龙蹲下一件件清理着黑包内的衣服,不出所料,几节导火索露了出来,再翻,又发现了几包炸药和几十枚雷管……真险!

二

"旅客们,贵阳开往北京的150次列车就要开车了,请上车的旅客做好上车准备……"女播音员柔和的声音在候车大厅内回荡。在人头攒涌的旅客中一个中等身材的男青年不时扭头看看身后不远处的一个姑娘。姑娘穿着碎花连衣裙,头发蓬乱。两人小心地保持着一段距离,一前一后向检票口走来。

"请出示车票。"

男青年掏出车票:贵阳——长沙。与此同时,他下意识地抹一把根本没出汗的脸,旋即低头摆弄着行李。

"请出示身份证。"

"没、没带。"男青年脸色更加发白。

"那请跟我们走一趟!"说话的是民警顾金龙和黄新明。这时,后边的"碎花连衣裙"急了:

"别,有话好说,我们去长沙走亲戚,走急了,忘带身份证……"

"那么,请小姐你也'陪'他走一趟。"

"我们要赶火车呀……"

"劳驾你们还是走一趟吧……"这一男一女互相瞟了一眼,无可奈何地走出候车室。在车站派出所里民警们打开一张"通缉令",仔细看着上面的照片:"没错,就是他。"

"咔嚓!"一副手铐锁住了男青年罪恶的手。原来,他正是湖南省公安厅通缉4个月的杀人凶犯唐振梁,"碎花连衣裙"是他的情妇易静。两人万万没想到会"栽"在铁路公安的手中,长叹一声瘫软了!

　　有人比喻，一个集体里每个人都是一块船板，拼起来就成了一艘可以劈波斩浪的大船。贵阳火车站派出所就是这么一艘大船，正载着齐心协力的 65 名民警破浪。

地狱之梦

广州白云国际机场缓缓降下一架波音飞机，汪峰从飞机上缓缓走下，他闭上眼睛感受着鲜花与掌声，微微地笑了，终于又踏上这片阔别5年的土地。一阵风吹过，"咔嚓"一声，手腕处坚硬的冰冷，他猛然睁开眼睛，一对"银手镯"在太阳下异常刺眼，他高昂的头耷拉下来。

站在我面前的他，依然带着阳光帅气的味道，但我知道他是"魔鬼"，他的心早已走火入魔，奢华是他的梦，但他并不知道他是在地狱徘徊。我看到那副金丝眼镜后面一双傲慢的眼里流露着因经历着5年的境外逃亡生活而布满了沧桑。我翻阅他的笔录：汪峰，男，1964年出生于广东佛山，1991年入党，原为南海区人民政府口岸办公室副主任、南海××置业物资公司经理，并负责管理该公司的海鲜酒楼。

我说："你当年27岁就拥有了别人梦想的职位和一份不菲的收入，手握大权，在南海如此风光，入则宾馆酒店，出则奔驰宝马。你究竟想要什么样的生活？"

他向我要了一支烟，戴着手铐的手有些发抖点燃香烟，一圈淡蓝色烟雾弥漫在他的脸庞，他的表情有些模糊："唉，怎么说呢？当年为帮助妻子开办的公司解决资金短缺问题，就擅自从南海××置业物资公司开出一张13.6万元的支票交给妻子作为开办费，但款项一直无法归还。可是过了很长时间也没有人过问，我就挪用了第二次，胆子越来越大，到了最后我也不知道究竟挪用了多少，也就像着了魔似的，钱用开了就像洪水猛兽收都收不住。"他猛吸了两口烟。

此刻，审讯室窗外，几个民警在走廊，皮鞋后跟敲击着水泥地发出沉闷的声音，我感到汪峰有些紧张。我给旁边民警示意，我们到院子里谈吧，空气好些，他也放松点。

看守所内，齐腰的冬青树被修剪得非常整齐，草坪内杂生着花卉还有各种蔬菜，监仓的冷寂与仓外的明媚不得不让人对生与自由充满着极度的渴望。

汪峰在民警押解下走出讯问室，清晨的阳光洒落在院内，花草树木散发着自然的清香，我看到他的脸色苍白，下巴的胡子长出半寸长一茬茬，像一座坟茔的荒草如此凄凉。我们坐在院内的石头凳上继续交谈。

"很久没出来见阳光了吧?"我说。

他苦笑："是啊，其实我在国外期间也是一直担惊受怕，经常变换住地，变换身份，5年了也没过几天安心日子，这种带着罪孽的生活就是在熬，甚至是煎熬，妻子孩子都受罪。有时承受不住恐惧的折磨就会做噩梦，想回来啊。"他的眼眶红了，他把头埋得好低，用脚使劲踩他扔在地上的烟头。

四周无声。

1994年6月至1995年5月短短一年时间内，汪峰共贪污公款公物折合人民币70余万元，挪用公款共计人民币1490多万元、港币1320多万元。1995年5月，当汪峰意识到贪污、挪用国有资产数额巨大，完全无法归还时，内心十分恐慌，开始计划外逃。汪峰自己不知道，自己的灵魂中早长出了一支魔鬼的手来，他因为欲望的贪婪无视法律的尊严，把魔手伸向了公司，把公司财产看成自己家的私有。我看到笔录的这段时，想起了鲁迅先生的《失掉的好地狱》，汪峰是把他的梦带到"荒寒的野外，地狱的旁边，一切的鬼魂们的收叫唤无不低微"，以为地下太平，做着我们常说的黄粱梦。

5月12日，他从公司属下的海鲜酒楼私自提款3.5万元人民币作为出逃费用之后便开始潜逃。

到达 A 国后，汪峰以为自己到了天堂，可以在天堂里观花赏月，却不知自己正在叩响地狱的门扉。他说："贪欲是一张无形的蜘蛛网，蜘蛛总在编织美丽的外衣以诱捕那些贪婪的昆虫，我深感当一个人不能节制自己行为时，就是危险正向你靠近，人生蹉跎了就无法重来。有朋友通报，国际刑警向我藏匿的国家警方发出了《红色通缉令》，我不得不用高价买了护照逃往 B 国。"

汪峰谈到这里时，脸上满是仓皇，我发现逃亡者的内心世界永远都是"逃"的阴影和恐惧。正午的太阳从树枝叶间投射下来，在他的身形成一条条强光与阴影，如同暗示一条条人生的路在每个人身上，有光明有黑暗，看你怎么选择。

"我到达 B 国后，以为福大命大，从此逃脱了中国警方的追捕，可以在异国开始新的生活，便迫不及待让妻子前来 B 国团聚，不久我们就生了一男一女。"但是，逃往 B 国后，日子变得紧张艰苦，为谋生计，汪峰只好出去打工，开始时以帮人摘水果、开生蚝为生，后来开了一个卖三文鱼的中餐厅，生意却并不好。此刻，他才幡然悔悟，原以为可以在国外闯荡一番，直达幸福天堂，不料事事艰难，又终日担惊害怕，东躲西藏，连觉也睡不安稳，苦不堪言。"每当此时，我就会想起在南海自己呼风唤雨、春风得意的一幕幕，不禁懊悔不已。"

极度奢华的生活，逐渐消磨了汪峰的意志，使他一步步滑向犯罪的深渊……

案件的始末是这样的：1995 年 5 月 30 日，南海区口岸办召开党委会，下午讨论时汪峰未参加，之后便一直失踪。3 天后，口岸办立即对他所管辖的几个公司进行审计、查账，从中发现严重的经济问题，一个个疑团开始揭开。

由于该案涉案金额巨大，加上案情复杂，案发后，南海区人民检察院、公安局迅速抽调精干可靠的干警开展调查和缉捕工作，当查明汪峰已于 1995 年 6 月 12 日经香港短暂停留在前往 A 国后，立即通过国际刑警渠道对其发布《红色通缉令》，但由于线索有限无法查到汪峰在 A 国的落脚点。同年 11 月，A 国警方向我国警方通报了一条重要信息：1 名中国籍男子在 A 国某市经常出入高档消费场所，出手非常大方。信息反馈到南海，专案组几乎可以肯定此人就是通缉犯——汪峰。当专案组准备前往 A 国开展追捕工作时，狡猾的汪峰却花 1 万美元购买了 1 本伪造的外国护照偷渡前往了 B 国。

广东警方一直未放松对汪峰的缉捕工作，当确认汪峰就在 B 国后，立即向国际刑警组织 B 国国家中心局发函要求协助追捕，经过两国警方多次通报、核对有关线索，在我驻 B 国大使馆的大力协助下，终于在 2000 年 1 月 27 日将汪峰这名特大通缉犯抓捕回国。

我与他的交谈就要结束，我听管教的口哨声，中午开饭了。"人类便应声而起，仗义执言，与魔鬼战斗……最后的胜利，是地狱门上竖了人类的旌旗！"我站在看守所高墙下，看着逆光下的汪峰如阳光剪影，走向监仓的铁门，他将在这里与灵魂的魔鬼战斗。

勇敢的心

一

1989 年 1 月 25 日黄昏，呼啸的寒风笼罩着贵阳山城。

在繁华的飞机坝农贸市场，随着下班的人们涌入市场，20 来岁的姐妹二人手挽着菜篮子也兴冲冲向一排卖猪肉的摊位走去。市场上充满了叫卖声、吆喝声，买卖十分兴隆。正当大点的姑娘在肉案挑选时，突然，一声惊叫划破市场的嘈杂："姐姐，小偷摸走了你的钱包！"妹妹惊恐地拉着身旁的姐姐叫道。姐姐怔了一下，旋即转身抓住一个年约 17 岁穿着时髦的少女。一个鼓囊囊的钱包掉在地上！接着"啪"的一记耳光落在少女的脸上。原来时髦少女竟是个小偷。两人厮打起来。扒手狗急跳墙，凶相毕露，顺手操起肉案的一把杀猪刀疯狂地向那姐妹俩身上砍去，一下、两下……砍伤了姐姐的左脸、左前臂，还不过瘾，咬牙切齿地又转身向妹妹左胸刺去，姐姐忙上前去护。在这危难之际，猛然"不准杀人"的一声吼叫镇住了围观的人群。纷乱中，凶手扬起的刀被肉案后一年轻人伸出的油腻腻的大手一把握住，姊妹俩脱险了。不料，因间隔案板，凶手用力抽回刀的同时，刀尖却刺进了年轻人的左眼，顿时鲜血直流，围观的人们一下子傻了眼。然而，年轻人咬牙忍住剧痛跨出案板，他使劲甩了甩晕乎乎的头，一手捂住流血的眼睛，另一只手还紧紧抓住歹徒，鲜血染红了他的前胸……

40天后的一个星期六下午。下班之际。贵阳晚报社会生活部办公室走进来一个捂着左眼，疲惫不堪的青年，他颤颤地向正在收拾东西准备下班的一位女同志（该部副主任袁家骐）问道："阿姨，这是不是编辑部？""是的，什么事？"袁家骐抬头看见这青年脸色苍白，气色不好，马上拖过一把椅子："坐吧，什么事慢慢说。"这青年像碰见久别的亲人，右眼噙着泪水，颤抖着将一份报告递给袁家骐。直觉告诉这青年，他找对了诉说痛苦的地方。

这位青年就是40天前在飞机坝农贸市场上为救姐妹俩而受伤的青年——卖肉个体户蔡贵林。他有什么痛苦呢？原来，受伤的小蔡遇上了一些让他寒心的事。那天，当小蔡被刺伤后送进贵州省人民医院，经诊断：左眼球玻璃体刺破，需立即手术摘除眼球，右眼视力下降到0.5度。医院当时就下了三个级的病危通知书。歹徒虽然被当即扭送到公安机关了，可24岁的小蔡就这样永远失去了一只宝贵的眼睛。

小蔡住了40天医院，花去医疗费600多元。他开张从事个体劳动才两个月时间，600百多元钱对他来说是个不小的数字。现在他仅剩的那只右眼仍在发炎、疼痛，如不继续治疗，也可能失去视力。那么医疗费怎么办呢？小蔡实在拿不出这一笔钱了。他坚决要求出院。回家后，夜夜发高烧，右眼和头部剧烈疼痛，视线模糊，情况十分凄惨。为此他虽请求有关部门帮助，但得到的回答却是冷漠的官腔十足的"研究研究"。

40天过去了，农贸市场的这一场凶杀案已经被人们遗忘了，再也没有人来过问他的病情和他的困难。

小蔡寒心哪！他将事情前后经过和受伤后的痛苦、所遭受的冷漠统统向袁家骐诉说。这时报社的记者刘文伟正好来到社会生活部办公室，他将小蔡的事迹以及名字、住址一一记在本子上。于是，1989年4月6日，《贵阳晚报》以头版头条的位置将一则题为"伸出友爱的手，帮助这位见义勇为的青年——蔡贵林，为救他人而被歹徒刺瞎左眼，因无钱医治正忍受着痛苦，他的父母希望社会予以帮助"的消息送给了它众多的读者。消息一下子震动了筑城人民。

人们不由得想起发生在蔡贵林之前那桩桩令人沉重的事件：

哈尔滨市一青年妇女在公共汽车上被一伙流氓侮辱、调戏，全车无一人问津，流氓更加猖狂，到站后，竟将女青年拖下车，挟持到僻静处进行轮奸……

不久前，贵阳市两名歹徒刺死一名公共汽车售票员，尔后扬长而去，车上几十名乘客也是袖手旁观，无一人出来干预和制止……

社会真的是道德倒挂吗？正义哪里去了呢？人们在愤懑、反思，我们这个"文明古国，礼仪之邦"的芸芸后裔，从什么时候起，被邪恶扭曲了心态，变得如此自私、胆小、冷漠？现在终于站出了一个见义勇为的蔡贵林，难道我们还能无动于衷吗？社会公德那微弱的呻吟再也不甘喑哑，呐喊着要把正义推向一个新的台阶。人们奔走相告，一齐向小蔡伸出了援助的手。

二

"……只要人人都献出一点爱，世界将变成美好的人间……"这首《爱的奉献》把人们的心紧紧系到了一起。

4月7日《贵阳晚报》报眼，一行红色字体分外耀眼：《蔡贵林，社会向你伸出了友爱的手》……

报纸刚印出不久，一份《伸出友爱的手》倡议书便贴上了贵阳晚报社读者栏：这样勇敢的好青年，我们怎么能看着他忍受痛苦的折磨而不管呢。今天，在短短的两个多小时内，报社的150名职工共捐款884元……

电话一个接一个，来访者、捐款者络绎不绝。

8点10分，贵阳标准件厂捐上500元；

9点30分，贵阳市城管大队机关全体同志捐款100元；

9点35分，贵阳市蔬菜公司水产批发部捐款300元。

当天下午，中共贵阳市委秘书长受市委委托，前往见义勇为青年蔡贵林家中慰问，并送去市委办公厅带去的慰问品和慰问信。贵阳团市委、贵阳市青年联合会决定设青少年见义勇为奖励基金会，并在全市共青团员、青少年中开展"向蔡贵林同志捐款"活动，南明区委决定，从见义勇为基金中拨款给小蔡治病。贵阳食品公司表示，小蔡康复后，将为他长期提供议购议销货源……

贵州省公安厅、贵阳市公安局、贵阳市人防办公室等单位的同志前去看望并捐款；贵阳市政法委员会号召全市政法系统青年干警要"向敢于同犯罪分子做斗争的好青年蔡贵林学习"。

4月8日上午10时，一个戴眼镜的青年男子来到贵阳晚报接待室，将2000元和一封落款"谢先生"的信交到接待员手中，信中写道："2000元请转交蔡贵林做治疗费用，并请求代我表示慰问。"接待的同志对"谢先生"的慷慨表示感谢，并请他留下姓名和单位，年轻人则说：这是我老板送来的……这青年在接待员的一再要求下，在签名栏上只留下个"李"字。

接连几天，贵阳市市府路、老东门、尚义路、南明等小学的师生，都在纷纷捐款，开展以蔡贵林见义勇为事迹为题的讨论，"要树立心中有祖国，心中有他人的好品格"……

小唱唱，贵阳市第一幼儿园的小朋友。这天，父母送他去幼儿园，出乎意料的是，路过冷饮摊，他不再像往常那样嘟着嘴吵着要买"卓别林"，他说："妈妈，以后都不买了，把钱给蔡叔叔治病。"

这一双双友爱的手掀起了正义的波澜。贵阳食品公司广大职工向市基金会捐款资近5000元。4月17日，贵阳市政府决定给贵阳市见义勇为基金会拨款10万元。

在这里还有许许多多行为善良而正直的人们，我来不及一一的歌颂他们，一切赞美都会显得苍白，蔡贵林出于对人民的爱献出了自己一只宝贵的眼睛，人民出于对英雄的爱伸出了捐款援助的双手。这种双向的爱的奉献创造出一种美好的社会风气，鼓励着高尚的道德品格的涌现。

三

4 月 12 日，在贵阳市第一人民医院五官科，我们正在对小蔡进行采访。这时，护士长进来询问小蔡的病情，护士长轻柔地问小蔡："小蔡，你想吃点什么？有什么要求尽管提出来，把这里当作自己的家……"过了一会，营养员端来饭菜，亲自送到小蔡床边，边给他准备碗筷、倒水，边嘱咐着小蔡……看着这样的情景，我们异常感动，我们曾经为"世风日下"叹息，为"道德遗忘"呼吁，可是此时此刻，从护士长的和蔼，从营养员的周到，我们看到了藏在人们心底的正义感并没有泯灭，对英雄的尊崇和爱护归根结底是出于对英雄的呼唤，对见义勇为凛然正气的呼唤。

小蔡是 4 月 8 日在市卫生局局长汪宗远的亲自护送下，住进这家医院的，他是被市一医院主动请去的。医院诊断，小蔡的左眼摘除后，右眼视力下降到 0.5，弄不好会引起交感性发炎失明，并影响大脑和引起其他并发症。医院决定全力以赴，抢救小蔡，并免费为他治疗。陈院长说："小蔡不是普通的病人，他是我们的精神财富，为他治疗能使我们每个人都受到教育，促进我们的工作。"

4 月 11 日，一辆载着军人的车开进贵阳晚报院内，3 位军人整齐地跨进晚报社来访接待处，原来他们是人民解放军医院的李政委等，也是来接小蔡去医院的……

蔡贵林，一个普通的个体户，梦牵魂系着如此众多的素不相识的人们，使人们的心海涌起澎湃的浪潮。人们的渴望、希冀和追求都汇入了这股浪潮，这难道不是对当今社会的一个美好的馈赠吗？

四

小蔡说："我不后悔，失去这只眼是值得的……"英雄是不会后悔的。尽管在治伤的初期，他曾遭遇到冷漠；尽管他的女友给他的是怨言和责怪；尽管他曾为经济的窘迫而烦恼……但是他终于得到了理解，得到了关怀。在目前，像蔡贵林这样的英雄还很少很少，可千万不能让英雄后悔呵！

5月14日《贵阳晚报》报道，4月20日，市一医院召集贵阳医学院、省人民医院、解放军医院等省内有名的眼科专家为小蔡会诊，在接受治疗的43天后，小蔡康复出院，市一医院准备派人陪小蔡去上海，为他左眼安装一只合适的假眼球。

小蔡激动地告诉记者："我只做了一个正直的公民应该做的事，人们如此关心我，是对见义勇为精神的支持，是在呼唤社会风气好轩……感谢这些素不相识的人们……"

愿邪恶，在我们的社会涤荡殆尽；愿正义，在我们的社会发扬光大。

快枪手

这一天，不知道算不算一个伟大的时刻，不知道这个时刻会让一个英雄诞生，除了用生命与鲜血换来的叫英雄，我想以智谋与果敢取胜的另一种形式也应归为英雄。

他在黑老大的身边潜伏了一年零一个月，一个危险时刻悬在头顶的寂寞"看客"。

这是一个普通的晚上。我坐在阳台那张老旧的藤椅上，看到广州秋天的夜空的妩媚还舍不得退掉夏日的暑气，身上仿佛有些甜滋滋的，珠江水面有些迷蒙的水雾，而岸上映照在江面的霓虹像流星一茬一茬流过水面，横着竖着打着圈尽显风姿，经风一吹又变成彩色水琉璃荡漾起来。夜游珠江的客轮发出鸣笛声，一声一声如船夫号子回应这个时代的声音。

墨蓝色天幕上，一钩月亮有些孤单看着人间的繁华，云层里的星星极度的寂寞，总想下到人间与霓虹一起跳舞。江面红的蓝的黄的一道道激光在水面显示"迎接澳门回归"6个水幕一样的大字。浩浩的水面霎时彩虹翻滚如蛟龙戏水，极致的璀璨、极致的炫目、极致的辉煌。

而我的思绪落在手中一份采访笔记。顺着记忆的绳索攀行，我依稀听到一声清脆的枪声：

"砰！砰！"两声枪响，火药味在空中弥漫。

"不许动！警察！"

擦肩的一瞬，黄永华反手勒住枪贩子头目陈兴生的脖子，同时，他的左臂碰触到了卡在陈兴生腰间的硬物。枪，凶犯身上有枪。

这是我的主角——快枪手黄永华，等待了一年零一个月的最关键的时刻。

1999 年 12 月 20 日晚，离澳门回归还有 1 小时。

广州某酒店大堂。

当两名在大堂内擦肩而过的男子目光交汇一刹那，被勒住的陈兴生抬起手臂，用右肘猛击黄永华的面部，随即敏锐地反过身来将黄永华一把推开，然后迅速从腰间抽出枪。"咔嗒咔嗒"，击锤与枪机的碰撞声清晰利落。

"砰！砰！"两声枪响，倒下的却是凶犯陈兴生。

黄永华握住"59"式手枪的手还有些颤抖，黑洞洞的枪口冒着淡淡的青烟，像张着口喘气的猛兽。

目光交汇、拔枪、开保险、射击，黄永华将这 3 个动作在 1 秒之内完美结合，赢了这场短暂的赌命对峙，这或许是澳门回归的最后枪声，与迎接回归的礼炮只差 1 小时。时间对于生与死的选择就是一个概念，甚至模糊、空白、停滞，但千钧一发。

黄永华赢得生的机会，这是一个机敏与时间的挑战，正义与邪恶的较量。

未等人们的心平静，酒店的电视中传来了国歌的旋律，队友们纷纷核对时间，此刻时针正指向 1999 年 12 月 20 日零点，澳门回归祖国了！而黄永华的小组也可以胜利地凯旋了！顷刻间，黄永华同战友们抱在了一起。黄永华流下了热泪。

快枪手黄永华，是茂名市公安局刑警支队二大队大队长。

此刻，我翻动着笔记本，却听到江面发出"轰隆隆"的礼炮声，烟花在天空盛开，与澳门唇齿相依的广州一样沸腾着回归的喜悦。

"第一关是我，最后一关还是我"

广州，云海酒店门口。目标，枪贩陈兴生。7 天以来，黄永华和同事们每天伏击在此，可惜一无所获。第 8 天的晚上，黄永华的眼前闪过一丝异样。

一辆三轮摩的，两名西装男子。走进酒店之前，他们四处环顾，极为警觉。

不对，这男子面熟。四处环顾的"黑西装"有那么一瞬间与黄永华目光交接，而这一瞬间，黄永华不再怀疑，"这就是陈兴生！"

黄永华只见过陈兴生一张模糊的侧面照片，但那照片里的五官、神情，被黄永华套在"黑西装"的脸上，一切吻合。黄永华马上向大队汇报。伏击在酒店周围的战友们，迅速准备就绪，设下重重埋伏。等待的 15 分钟里，气氛紧张得似乎能听见心跳。大家都知道，陈兴生，贩枪为业，枪不离身，狡猾异常而又高度警觉。调查显示，此人还是部队侦察兵，拿过散打冠军……人出来了。"黑西装"换上了蓝色休闲服，一步一步，越来越近，又越走越远。本就有限的时间在大家的犹豫中一秒一秒地流逝。酒店门口，黄永华见陈兴生马上就要走出来，行动却还没有开始，手心不禁捏出一把汗。

不！绝不能让他逃脱！

时间已经容不得他请示和犹豫。错过了这一次，一切将前功尽弃。再等到机会不知会是何年何月。

"我先上去，"黄永华对门口的战友说，"如果我出事了，一切就拜托你了"。

他大步走上前去。近了，更近了！5 秒钟后，他们擦肩而过的。

"不许动！警察！"

酒店大堂，开头的一幕上演。

几声枪响，陈兴生倒下。同样响起的，是澳门回归的礼炮。

大堂的电视里，国旗冉冉升起。那一刻，黄永华觉得自己就好像奥运会上拿了金牌的运动员。

黄永华也因在侦破此案中表现突出，被公安部授予一等功。

"他面对的第一关是我，最后一关还是我！"黄永华把守的最后一关，最终成了枪贩头目陈兴生的鬼门关。

陈兴生，常年贩运军火，并与澳门黑社会纠合，偷运军火到澳门进行跨境犯罪，威胁澳门顺利回归。这宗澳门黑社会跨境犯罪案的侦破，令偷运军火的澳门黑社会团伙被彻底摧毁。

"没想到这年头偷车贼都有枪"

2002年9月13日，茂名。

两名偷摩托车的男子，在被黄永华和同事拦截的过程中弃车而逃。一部遗落在小货车驾驶室中的手机，成了重要线索。

果然是部用身份证入户的手机，户主钟健，湛江人。一定就是两名男子中的一人！

2002年10月14日，霞山幸福大酒店。黄永华和同事早早便守候在此。

晚上11时，嫌疑人钟健走进大厅，并点了茶水开始独饮。这个举止自如的男子并未引起太多人关注，而此前，刑侦小组的成员们对他的印象，也只停留在一张复印的黑白照片上。

"就是这个人！"黄永华辨认人的本领堪称天才。众人不再迟疑，冲上前去。未等钟健反应过来，便已被缉拿。

茶几上，钟健的茶杯中水已被喝减半。而对座仍有一杯，还未开启。

他肯定在等人！一定有同伙！

"分工！"两人守在原地看押钟健，黄永华则同另两名同事在酒店门口把守。

零时。

"突突突……"摩托声由远及近，车速减慢，却没有熄火。

"喂，钟健吗?"车上男子拨通电话，并不停向酒楼内张望。

来了，果然来了！这人就是钟健的同伙郑湖东。兴奋再次充斥着黄永华的内心。

"饮茶!"

这是句抓捕暗语。黄永华发令后，同事们纷纷向郑湖东靠近。

但一见人靠近，警觉的郑湖东马上加油驾车欲逃脱。

"上!"3名战友如离弦之箭，嗖地扑上去，死死抱住郑湖东的脖子。不想，这厮足有180斤，魁梧如牛，不仅没被3名战友扑下摩托车，反将同志们拖行了数米。

"混蛋!"郑湖东将摩托车一甩，右手迅速伸进了裤袋。"小心啊！他要掏东西了!"话未喊完，郑湖东已将子弹上膛。这是把军用枪，连防弹衣都打得穿的"54"式军用枪!

枪口对准了战友柯武的胸口，柯武立即伸手抓住手枪击锤。两人开始扳着枪较劲，枪口一下指天，一下又指向柯武。战友的额头渗出了汗珠，他的力气明显耗尽，就快僵持不下去了。

没办法了，战友已经到了生死关头。

"砰!"

郑湖东来不及反应，庞大的身躯已然倒地，军用枪随之掉落。

这是黄永华在现场第二次开枪，同上一次一样，果断、迅速而精准。子弹穿进郑湖东的大腿，这名魁梧男随即便被制服。

"幸亏你手快，要不我们都'光荣'了。"松了口气的战友笑道，"真没想到这年头偷车贼都有枪!"

"每天跟在他身后，装成各种人"

"这一次的任务很艰巨，你也必须为此做很多牺牲！准备好了吗?"

"准备好了。"

在办公室里亲自部署任务的，是当时的茂名市公安局局长。而这一次黄永华的目标，则是在茂名称霸一方，令群众敢怒不敢言的黑社会团伙头目，邓树国。

这是一次秘密且长久的行动。家人、朋友，甚至黄永华直属的领导都不知道他的所为和行踪，"连案卷都没给任何人看过"。猜疑、冷落、委屈纷纷向他袭来。

2006 年 7 月，深圳。

时机成熟了。一年零一个月的秘密跟踪，证据确凿。终于是时候擒住这条老狐狸了。

在邓树国常住的宾馆里，黄永华部署好拘捕任务，一行人悄声来到房间门口。

"砰！"夺门而入，无奈扑了个空。

有人通风报信！

"肯定是刚才"，思索比行动还要敏捷，"追！"黄永华一行人冲到了楼下。

不能让他跑了！一年多的努力，一年多的付出，就在这一刻即将画上圆满的句号，邓树国若是跑掉，前功尽弃。

"在那里！"宾馆旁边的一条路上，邓树国已经拦住了一辆的士。

"快！"

此刻，速度成了关键。眼看邓树国已经翻越了路边的围栏，伸手即将碰触到车门。黄永华冲到前方，拿出枪瞄准了邓树国的头。

"不许动！"战友们将邓树国团团围住，若干手枪将他汇成焦点。

案件侦破，黄永华心头压的千斤顶终于落地。

2005 年 6 月，接到这个秘密任务后，他不能再做自己。酒吧里，他是泡吧的酒友；旅店中，他是开房的宾客；舞厅内，他是寂寞的看客。天生学生模样，生性冷静从容，又善随机应变，乔装打扮出入邓树国所在的各个场合，成了这一年零一个月里黄永华的主要生活。

茂名、深圳、广州，"他去哪，我就去哪"。

"我每天的生活就是跟在他身后，化装成各种身份"，宾馆中，黄永华无数次与邓树国同乘一间电梯。然而 13 个月，他竟没有一次暴露自己的身份。"冷静最重要，不能让人看出你的紧张"，从容自如的黄永华没有勾起邓树国一行人丝毫的疑心。

生活的闲暇，黄永华极少出入娱乐休闲场所。但潜伏期间，出入酒吧、舞厅这些风月之地，装作烂仔、混混这种小角色，他没表现出半点生涩。"应该也算有些表演天赋吧"，黄永华笑起来，一脸的真诚。

当我合上笔记本时，我又听到他与记者的对话。

黄永华面对持枪悍匪兴奋大过恐惧，黄永华的骨子里藏着一种用钢打造的内心——强大坚韧。他说，他们抓捕是有分工的，分工精密、缜密的布置，在完全有把握的情况下才会进行拘捕。面对歹徒兴奋感早就把恐惧感盖过了，对于他恐惧就可以忽略不计了。

黄永华把握抓捕机会就像堵住生命的缺口，这对于一个警察就是一次生死对抗，在正义的驱动下别无选择。

这是一个普通的晚上。我还是坐在阳台那张老旧的藤椅上，面前是我内心的文字，上面记录着一个个警察故事，正如江面上开过的一艘艘船，不知驶向哪里，却一定会经风雨雷电，穿行风口浪尖，正如快枪手黄永华的一小时，命悬一线。

五月花的秘密

五月花，一个浪漫的名字，却写上了带血的印记，我不想这样的血腥亵渎了浪漫二字，但是残酷的治安形势，不得不让我用笔记录着五月花不堪的秘密。

请让我用写实的手法来呈现当时的故事。它将带给你一个血色的警示。

曾经轰动一时的珠海"五月花""10·24"和广州"10·6"，系列爆炸案，在省公安厅的统一指挥下，广州、珠海等地刑侦部门密切配合下，经参战干警的不懈努力，历时近两个月艰苦、缜密的侦查，终于成功告破。

一

1999年10月6日中午12时左右，在广州市环市西路南方医疗中心二楼前列腺科，医院杂工李某某拿着一个病人托他交给医生的红色胶袋（内装水果和一瓶韶关产德和庄蛇鞭酒），交给前列腺科陈医生，陈医生和李某某一同来到乙肝诊室，在场的有谢医生（女，60多岁）和帮其收拾东西的杨某，便说上午有人送来了酒和水果，随即，陈打开礼品的纸盒，杨某见酒瓶灰白色，瓶盖上有两条电线，杨说"是不是炸弹呀……"话音未落，"轰隆"一声巨响，发生爆炸。

陈医生和杂工李某某被当场炸死，谢医生经送医院抢救无效死亡，杨某被炸成重伤，另两人受伤……

案件的发生，立即引起省公安厅、市公安局领导的高度重视，广州市公安局迅速成立"10·6"专案组，开展深入细致的侦查。

同年10月24日晚6时33分。珠海香洲碧海涛花园"五月花"餐厅，又发生一起恶性爆炸案。当天晚上，在该餐厅的福特房内，吴先生（珠海慢性病防治站医生）请朋友吃饭，拿出从自己家中带来的一瓶"五粮液"酒，放在门边的酒水车上，然后回到座位上点菜并叫服务小姐开酒。服务小姐彭某即在酒水车旁开酒，突然，随着一巨大的爆炸声，福特房内被炸得支离破碎，血肉横飞。年仅23岁的服务小姐和一名在外就餐的8岁男孩被当场炸死，14人不同程度受伤……

究竟为何在短短的19天之内连发两起特大爆炸案，且均在公共场所？又正值澳门回归之际，是什么人如此嚣张？

一时间社会上议论纷纷。当时，叶成坚犯罪团伙正被粤澳警方摧毁，有猜测说是该团伙余党在报复示威。

猜测种种，既给社会造成恶劣影响，闹得人心惶惶，也使警方压力更大。

案件重大，十万火急。

二

"10·24"爆炸案发生后，珠海市公安局马上组成专案组全力开展侦查工作。省公安厅刑侦局派员赴珠海指导侦破工作。26日晚，梁国聚副厅长听取了案情汇报并对侦查工作做出具体指示。

"10·24"案的中心现场位于"五月花"餐厅福特房，该房木板墙损坏严重。经勘查发现，福特房东北角的地面有一些白色粉末，粉末区域中部地砖形成一直径15厘米的凹损，原放于此处用于装酒水的小钢架车上部呈现放射开发状损坏。

"10·24"专案组在案情分析会上，发现此案与广州"10·6"爆炸案有相似之处，遂与广州刑警支队取得联系，并向广州通报了"10·24"案发情况。广州市公安局以高度的政治敏锐性和职业责任感，意识到珠海"10·24"爆炸案与"10·6"爆炸案有密切的联系，广州专案组赶到珠海共同分析案情。两地刑侦技术专家携手勘察、检验、共同分析案情，查找共同点。

在广州"10·6"案件发生后，广州专案组立即组织上百人展开调查。据初步访查，案发现场南方医疗中心是挂靠广东某有限公司，属私人性质。前列腺科承包者是罗某（男，广西人），犯罪嫌疑人是案发当天上午8时30分至10时，提一装有水果和酒的红色胶袋（内装爆炸物）到该医疗中心前列腺科，以送"礼"答谢给医生为名实施犯罪。案发后，专案组根据爆炸现场的特点，对现场提取的三大麻袋爆炸残留物品进行认真细致的筛选分析。经专家鉴定，爆炸物为TNT硝铵炸药，引爆装置为"拉发式"，犯罪分子是懂爆炸技术及电工基本知识，并有条件获取爆炸物品。专案组初步确定了从事到人、从人到事，以物找人的侦查方向。

根据广泛的调查所收集的信息，专案组进行了大量的比对，对浮在面上的线索情况逐条排查筛选。很快专案组一致认为，此案由性病患者因久治未愈而对医生强烈不满、因而由怨恨转化到报复，然后制造炸弹进行爆炸的可能性最大，并围绕这一判断对全市上千间医治性病的医诊所的患者逐一调查甄别。

在省公安厅的统一协调下，对"10·6""10·24"两案件全方位比对，认为两案并案侦查的依据充分：

1. 针对对象：均是前列腺专科医生；2. 炸药成分：均是TNT炸药、硝酸；3. 包装：均采用装酒的纸盒包装；4. 送出方式：均以送酒和水果的方式；5. 选用材料：均有8号纸质雷管、9伏电池、封口胶；6. 装置方式：均采用（拉）松发式引爆的方式；7. 嫌疑人具备技能：懂得电器常识，懂得爆炸物的组装和使用知识；8. 作案人为男性，年龄30至40岁，身高1.70米左右，平头或短发，本人或亲属长期患前列腺疾病、性病等。

11月6日，公安部特聘爆炸专家邬国庆及省厅的有关专家到专案组对广州"10·6"和珠海"10·24"爆炸案进行会诊，经研究分析，认为两案的爆炸装置中的雷管、电池、炸药及引爆方式一致；而犯罪嫌疑人的动机极有针对性，报复性强，目标针对人，肯定了对这两宗爆炸案的串并和分析判断、侦查方法的正确，进一步坚定了两案串并案侦查的信心。

侦查期间，梁国聚副厅长先后3次亲临专案组听取侦破工作的进展情况，并指示，鉴于爆炸案发生在澳门回归前夕，为确保澳门顺利回归，维护我省治安大局的稳定，专案组要以高度的政治责任感，全力以赴力争尽快破案。

三

专案组的调查展开了大海捞针般的阵式。

——珠海专案组：首先围绕医院展开调查，专案民警加班加点，夜以继日进行查找，共收集查找有关病人情况近3万人；走访全市各医院、性病监测点30家，有关医生30多人。专案组专门请来电脑专家编程分析比对，交叉排查，以确定侦破重点。与此同时，珠海与广州专案组均对犯罪嫌疑人进行"画像"，开展排查，以找出有价值的线索。

——广州专案组制定了"从人到案、从事到人、以物找人，三者有机结合上案"的侦查方案，并展开了大量的艰苦仔细的调查工作，由此成为破案的枢纽。

11月10日专案组立即派出7个外调小组分赴广西、湖南、江西、四川、湖北、福建、海南7省展开工作，调查了解当地有无发生类似爆炸案件情况，从四川成都获取一条重要线索，由此打开了全案的突破口，成为侦破的转折。

四

专案组在对"五月花"现场勘查检验后,判定"10·24"爆炸案的爆炸物是"酒",而且是吴医生放在福特房酒水车上的"五粮液"酒。专案组由此找到吴医生了解,据其回忆:这瓶"五粮液"酒是今年9月27日一位患者送的,并自称是四川人。由此,这一信息反馈到奔赴四川查案的专案干警。

11月12日,专案组赴成都展开调查中,获悉了一条重要线索:在今年2月份,成都华西医科大学家属楼也发生了一宗手法相同的爆炸案:春节年初二(2月18日)凌晨3时许,事主徐某回家收到一包珍藏荔枝,刚打开即发生爆炸,徐某当场被炸死。专案组立即调整力量,将调查重点转到成都,围绕"2·18"爆炸案展开侦查。经查该爆炸案的手段与广州和珠海的爆炸案方式极其相似,并了解到徐某的弟弟徐X在珠海市慢性病防治站前列腺科做医生。他反映在1996年至1997年间,有一个四川人年约40多岁,身高1.68米、瓜子脸型,曾带两个小孩到珠海慢病防治站找吴医生看病,为其两个小孩是否有性病而与吴医生争吵,吴听其自称是四川人,就找来徐×解释。徐就写下自己在成都市华西医科大的住址给该男子,让他去那里找人检查。

案件由此打开了突破口,这名叫黎时康的人经过专案组的"大海捞针"终于浮出水面,成为破案的关键。

经调查,黎时康,现年44岁,重庆市大足区人,小学文化,在珠海市泰宝新村居住,并查明其亲属的基本情况。珠海专案组经进一步调查发现黎与此案疑点重重:黎或其家人曾在珠海慢性病站、广州南方医院门诊部、四川3地看病;黎在9月返珠海,10月经过广州返四川,具备在珠海、广州两地的时间;黎曾经表示过对徐X、吴医生的不满;在四川宜宾的雷管生产厂与广州、珠海爆炸案中使用的雷管脚线等基本一致。同时查明,黎在去年五六月经常与南方医疗中心前列腺科发包人罗某联系过。同时查明，黎在案发前后曾在珠海住处与陈德顺（男，37岁，四川省大足区三驱镇人）有密切联系。陈德顺系黎时康的妹夫。

11月27日，专案组对陈德顺曾住过的惠福路某旅店203房、206房进行检验，检测到有TNT炸药尘粉反应。

11月29日，专案组又对黎在珠海的住处进行TNT炸药尘粉检测，同样有TNT炸药尘粉反应，且在其家中发现有电烙铁、焊石条、电线等工具。

黎时康和陈德顺有重大嫌疑！

专案组为全案获取了有力的证据！

为此，专案组增强了四川方面的侦查力量。经周密侦查，证实黎时康的落脚点位于青龙场某药材公司仓库内。12月1日下午5时左右，当黎正走在仓库外街上时，被五六名便衣刑警抓获。同时在其住处搜出爆炸用的电池装置等物。2日中午，专案民警将已潜逃到攀枝花市的陈德顺抓获。

至此两名犯罪嫌疑人及犯罪嫌疑人廖和明全部落网，并被顺利押回广东。

五

公安机关对3名犯罪嫌疑人进行突审。在办案民警凌厉的攻势下，黎时康与陈德顺低下了罪恶的头颅。

他们供认，由黎自制炸弹、由陈德顺当作"礼物"送给珠海和广州性病医生的作案经过。黎因染上性病后，花费巨资先后在珠海、广州等地治疗，但久治未愈，病情日益恶化，且传染妻子和两个小孩，觉得"活着没意思"，产生了强烈不满情绪，认为"政府医生不负责任，私人医生乱收费"，遂决定制造爆炸进行报复。他通过大足同乡廖和明在四川省宜宾市某炸药厂购买炸药，利用自己曾在大足区干了7年电工的知识，自制炸弹以爆炸性病主治医生泄愤。他于今年

9 月在珠海买了五粮液酒，将自制炸弹放在瓶内，当作"礼物"送给吴医生，酿成 10 月 24 日"五月花"餐厅爆炸案。两犯还交代 10 月 6 日当天将炸弹送到南方医疗中心交一杂工送给该医疗中心前列腺科医生。连同四川"2·18"爆炸案，三宗爆炸案共炸死 6 人，17 人受伤。

全案经参战民警的艰苦努力，历时近两个月成功破获。

在办案中，当专案民警找到吴医生调查，一开始他不情愿配合，并且说："你们肯定破不了的，破了也是冤假错案……"结果当办案民警在查找他们诊断的两万多份处方，并且一份一份查找、核实时，他被民警一丝不苟的精神和工作态度所感动，主动帮助查找，并说："你们警察的工作真是太认真了，有这种细致的工作态度，肯定能破案。"在破案的日子里，侦察员们没有休息过一天。有的小孩生病他们无暇顾及；有的患结石痛得几乎昏了过去，但仍坚持出差押解犯罪嫌疑人；有的妻子从预产期到小孩生出来他们也没有回家看上一眼。他们深知在澳门回归之际，维护安定的社会环境刻不容缓，是每一个公安民警义不容辞的任务。为澄清社会议论，他们知道肩上担子的分量，也正是怀着高度的政治责任感和敏锐的职业责任心破获此案。

五月花爆炸案件让我掩卷而思，揭开了它的秘密正如揭开潘多拉魔盒。我真希望我能用文字改变世界，减少罪恶，至少能够改变一个人内心的黑暗抑或是救赎在黑暗世界里找不到出口的灵魂。

生死漫步

风雨澳门

离澳门回归还有 80 多天，国庆 50 周年在即。我的血液在盛夏的灸疗中通畅地流动，不知不觉当我刚写完迎接香港回归那篇情意深长的文字一年之际，又开始了为迎接澳门回归打点文字的行装，准备踩着不变的步伐进行另一场文字与灵魂炼狱，正义与邪恶的对抗。

珠江在晨曦中显得格外宁静。一艘澳门开来的货船正在江面上缓缓而行。沿江两岸，高大的现代建筑和古老的岭南风格建筑让这座城市意犹未尽展露其经济前沿的风采，而古老的大榕树与沙面的洋楼给广州这座城市带来一种神秘感。

我翻开《羊城晚报》，铅字如蚁散发着报人钟情的油墨清香：广东警方在澳门警方的积极配合下，经过 200 多个日日夜夜的奋战，成功摧毁了一个以叶成坚为首的粤澳跨境暴力犯罪集团，抓获 15 名跨境作案的犯罪分子，缴获一大批私藏的枪支弹药、爆炸物品和赃款赃物。这一犯罪集团的摧毁，无疑打出了正义的声威、法律的铁拳。

文学带着血色的印记，更带着凯旋的欢愉，还有一份沉甸甸的广东警方在国庆 50 周年之际献上的一份厚礼。

密函之密

从新闻文字的排列中，司法表述是这样的：1994 年 11 月 12 日，叶成坚等人以做汽车生意为名，将台湾商人游某、吴某骗到珠海市，用铁链锁手，并持枪威逼游某打电话回台湾，要家人汇款300万元台币到叶成坚指定的银行账号。经侦查，澳门警方当场抓获两名犯罪嫌疑人，均内地人。

警方列为"A号大案"，罗马文字显示其藏匿着惊心动魄的案情。一封密函从澳门跨越时空，震动广东警方。我特想看到密函的神秘面容，当然我这样的角色和地位是不容许的，不过至少我获悉密函的存在与意义，我想它就是侦破这个重特大跨境犯罪案件的一把钥匙。

1999年12月20日，继东方明珠香港后，濠江明珠澳门将拂去400余年的灰尘，回到祖国母亲温暖的怀抱。在澳门回归祖国的日子日益临近的前夕，澳门黑社会分子制造的恐怖活动更引起了世人的瞩目。为了有力地震慑犯罪分子的嚣张气焰，维护祖国南大门社会治安的稳定，确保澳门平稳、顺利地回归祖国。公安部、广东省委领导指示：在迎澳门回归之际，要尽快掌握证据，予以一网打尽，达到严厉打击跨境黑社会犯罪的目的，维护粤澳两地治安环境……

至此，广东省公安厅成立了侦破叶成坚犯罪团伙专案组，梁国聚副厅长为组长，亲自挂帅督办。

我接受了这宗案件的对外新闻报道重任，夜色的珠海把我的思绪从广州珠江带到情侣路上，月色倾泻，"珠海渔女"石身冰冷。海浪在夜风中发出一阵阵吼声，此刻我的笔却异常艰涩，如在沙滩上行走。新闻与文学的文字像你刚喝上一口冰镇柠檬水又上来一杯热奶，让你的思维混乱。

"505" 使命

今天是5月6日。我坐在珠海市公安局大楼一间代号"505"的办公室，采访笔记乱如麻，我想从中抽出有血有肉的筋骨，让它们变成世界的呐喊。深思中我看到梁国聚从外面进来，满面倦容，可眼睛却异常光亮，他是当晚赶到珠海坐镇指挥的。这是一个决定性的历史时刻，我的思想要承担着两种责任，而这是我的职业和灵魂赋予我的，既要我写到与众神口味相同，也要掌控文字蔓延的火候，还要用身体的一面去抵挡风一样的怒吼，用灵魂去抚慰内心的自由。

我看到侦查员们在烟雾弥漫的三维时空，把案情分析摆弄成一台变形金刚，从头到脚一会拆解一会安装，最终将头和四肢各就其位，破案的线索密码便在拆与装的过程中破解成两个追捕小组。破解一：由省公安厅刑侦局黄勇武带队赴湖北石首布控；破解二：由珠海市分管刑侦副局长吴军和省厅刑侦局张锐带队赴广州。

月色隐退，两个追捕组载着重任，像离弦之箭，分头出击。

"过江龙"

拉开案情脉络：叶成坚，绰号奸人坚，1961年生，广东东莞人，从小未读过什么书，一直游荡于社会小偷小摸，劣迹斑斑。1979年从广州偷渡到香港，混迹于黑社会。到香港的几年间，就犯下屡屡罪案。

由于在香港一直小打小闹，形不成气候，1996年他窜到澳门，使出浑身解数在黑道上拼杀，意欲成为一条出人头地、威震濠江的"过江龙"。

早在1994年叶成坚就已小试锋芒，他勾结澳门黑社会成员赫南南在珠海实施了一宗绑架勒索特大案件。11月12日这天晚上，叶成坚从广州带上20万港币到达珠海银都酒店咖啡厅与赫南南见面，商量勒索台湾商人一事。他们以谈生意为名，将台商游某某、吴某某骗到珠海。他们事先在珠海市花苑新村租了一套房，然后，纠集熊建新、罗承新、黄雄等人设赌局诱骗游某某等人参赌。

叶成坚让人事先在房子里摆开了赌"三公"的架势。当赫南南将游某某带进房时，叶成坚等人假装在赌"三公"。赫南南他们便在旁边沙发上，同游谈汽车生意。大约10分钟后，叶成坚过来让游某某参赌。结果，游陷进骗局，游输给叶成坚和赫南南1000多万台币（折合300万港币）。其后，叶成坚等人又将等在酒店的吴某某骗至该处，用铁链将游某某、吴某某分别捆绑，威逼游某某打电话让家人筹港币300余万元汇至香港账户。珠海警方于当月16日接到报案后迅速出击，将两名人质解救，勒索未遂。叶成坚、赫南南等人潜逃到澳门。

叶成坚到澳门后，在赌场以叠码为生，开始在澳门"闯世界"。凭着在香港"闯世界"的一点犯罪"资本"，到澳门后尽力发挥，频繁来往粤澳两地流窜作案，从坑蒙拐骗、盗窃，到培植打手、抢劫勒索、参与黑帮间的火拼和厮杀。他既敢同黑帮老大对着干，又会耍计谋与警方周旋。凭着冷酷、残忍的性格和做事诡计多端、胆大妄为，他很快得到一些黑帮老大的赏识，经过"千锤百炼"，逐渐羽翼丰满，站稳脚跟，成为某黑帮行动组组长。由此，叶成坚名声大振，濠江又多了一条"过江龙"。而此时，在赌场叠码已远远不够他荒淫奢侈的生活开销，为了时时处处显示自己的身份，真正成为一条"过江蛟龙"，他豢养一帮马仔，不仅在澳门赌博、嫖娼、持枪抢劫，又时常窜到内地杀人、绑架勒索、非法买卖、私藏军火，实施一系列暴力性案件，成为威胁粤澳两地社会治安的一个"毒瘤"。

叶成坚不但老谋深算，颇有"城府"；而且心狠手辣，暗藏杀机。不但作案前不露声色引诱他人上钩，而且在实施抢劫时，精心策划、组织分工十分严密，甚至专门购置录像机进行监控，偷窃汽车进行作案，他是典型的智能型职业罪犯。

从叶成坚一伙今年5月4日所做的一宗抢劫大案前的组织策划过程，便可略见一斑：

——1999年3月的一天，叶成坚专程到珠海约见翟红钦、李胜。他告诉两人来澳门"闯世界"，并出钱为两人非法办理了赴澳门的证件；

——4月间，叶成坚便从珠海组织了马仔汤成等6人陆续非法入境澳门，事先对抢劫现场、抢劫对象进行观察、录像、监视，摸清情况；

——4 月底，叶成坚出资让马仔去买回一辆二手白色三菱面包车；

——5 月 1 日凌晨，叶成坚又让李新文等人去偷回一台黑色摩托车，为抢劫做好准备；

——5 月 3 日，叶成坚又召集李新文，汤成等人在澳门玫瑰园餐厅商议，确定次日实施抢劫，并对人员进行了分工。有的开车实施抢劫、有的作掩护、有的负责接应抢劫的案犯，而叶成坚自己则坐在摩托车上隐蔽起来用电话指挥和望风。

经过 1 个多月的观察跟踪，终于到了 5 月 4 日这一天。当女事主梁某开着摩托车行至港澳码头时，被叶成坚一伙驾驶汽车撞倒后劫持，被劫去 14 万多美元、80 多万台币、500 万韩币。

上海遗梦

上海，这座闻名于世的国际大都市，日愈显出她的气派与繁华。夜幕降临，淮海路，南京路，华灯、霓虹灯、各种闪烁的灯光绽放出炫目的光彩，位于黄埔江岸的东方明珠塔更是独树一帜玲珑别透。

5 月 22 日今晚时分，黄埔江畔晚上锻炼的人们翩翩起舞。随着广场音乐，我们看到一个身高 1.72 米左右，十分健硕，长相白净的男青年背着一只蓝色旅行包在一公用电话亭打电话。

"5·4" 抢劫案件发生后，澳门警方当场抓获两名犯罪嫌疑人，5 月 6 日，广东警方速派两名省公安厅刑侦局侦查员前往澳门突审两名犯罪嫌疑人，发现均为内地人，事前专案组也已掌握了叶成坚团伙中有一名叫"阿文"的团伙成员，并获悉李新文和叶成坚在番禺给李乐生（李新文的姐夫）打过电话。

在侦查卷宗中这样记录：李新文，男，1976 年 10 月生，湖北石首市滑家档人。同时，查获另一重要线索，李新文与一个叫叶成坚的澳门黑社会成员有牵连。同时，进一步查明，李新文是叶成坚的头号马仔。

无疑，李新文是破获澳门"5·4"抢劫案，甚至是摧毁叶成坚这一集团的突破口，必须把握有利战机。

专案组迅速从广州、珠海等地侦查，从种种迹象查明，发现"阿文"真名叫李新文，湖北省人，但是具体地址不详。在湖北省公安机关的大力支持下，侦破组查明李新文是湖北省荆州市石首滑家档人，并且发现他有一个姐姐李某和姐夫李乐生在石首及广东江门、珠海均有落脚点，而姐姐和姐夫长期居住江门，并时常往返石首。5月10日，专案组另一组在江门市公安局协助下，查明李某夫妇租住在江门天龙二街某出租屋的确切地址，并由江门对此地展开布控。李新文线索步步明朗。

5月22日，上海黄浦江畔，一个身高1.72米左右，十分健硕，长相白净的男青年背着一只蓝色旅行包在一公用电话亭打电话，他拨通了湖北石首姐姐家的电话："姐，我现在在上海，我离开了叶成坚，我不想跟他再过这种逃亡的日子，你看怎么办？"

姐姐急地他说："阿文，你马上坐火车到广州，我让你姐夫去接你。他会安排好你的，你马上打电话给他……"

男青年正是李新文。澳门作案后一直潜逃，到上海时已先后变换了七八个地方，他有些厌倦了。

姐姐接到李新文的电话后，又打电话给江门的丈夫李乐生商量，将李新文安排到江门的家中暂时躲藏，并让李新文于5月22日当天乘坐火车回广州，由姐夫到车站接应。

专案组得知李新文准备从上海坐火车回广州再到江门藏匿的这条重要线索后，立即调集了人马在广州火车站和江门出租屋展开严密的布控。

5月22日下午从上海到广州的列车，约在晚上9点至11点左右到达广州站。

20多名干警将广州火车站所有出站口把守，每组干警手中都有一张李新文的传真照片，以此进行辨认。

然而，干警们直守到23点左右，仍没见李新文。难道走漏了风声？或是辨认不出？

第二天，专案组再度增加火车站外围警力，进行守候，但这天上海来的火车是晚上8点到广州，已到达1个多钟头仍然不见李新文。

谁也没见过李新文，仅传真照片，实在难以辨认，抓错人又恐打草惊蛇。这时接到指挥部电话，李新文已到广州，而李乐生不去接他，让他直接到江门后call天龙二街出租屋房东儿子拿钥匙。

晚上11点左右，布控在天龙二街的民警发现开来一辆广州的出租车停在路口，从车上下来一个穿白色圆领T恤、平头、1.72米左右、身背蓝色旅行袋的男青年，根据专案组提供的特征，江门警方确认正是李新文。六七个民警马上冲上去将其按住，带回江门市公安局。

从李新文交代的情况获悉：叶成坚等人住在上海大厦，正准备去内蒙古，想带老婆从包头出境。

花都梦碎

抓获李新文之前，赴番禺专案组民警已获取了叶成坚一伙的行踪路线。叶成坚他们在"5·4"抢劫后，于5月6日逃到番禺，沿途到花都、从化、韶关、长沙、上海、北京、内蒙古、包头，每到一个地方住一两天又走。精明狡猾的叶成坚知道澳门警方在追捕，很可能会通知广东警方。于是，他不管住酒店、还是买机票从不用自己的身份证件。当专案组专门派出一组直扑上海大厦时，根本找不到叶成坚的名字。后经过多方侦查，发现叶成坚的老婆在珠海住。又找到叶成坚老婆照片，在上海大厦服务员指认下，才查明叶成坚曾在上海大厦住过。估计已逃往内蒙古，专案组又直扑内蒙古。

与此同时，另一专案组对住在澳门的叶成坚姘妇陈氏进行监视布控。叶成坚与陈氏刚生一女儿，女儿嘴有残疾，陈氏为给小孩治病十分焦急，不停地同叶成坚联系。由于从包头出境未成功，叶成坚把老婆送回内蒙古后，即约陈氏，商量为女儿治病。

叶成坚在什么地方见陈氏？专案组决定加紧对拱北口岸的监控。

5月28日下午2点多钟，专案组在拱北关口发现，陈氏母亲从拱北过关到澳门陈氏家。下午4点左右，陈氏同一名叫黄少萍的女人过关闸到达珠海关口。只见两人刚出关口，就直奔一辆高级小轿车，陈氏坐的车平均以180千米以上的时速在路上飞奔。

突然，小轿车转进华厦大酒店，陈氏和黄少萍下车进到大酒店咖啡厅。

大约半个钟头，一辆载着一名男人的"的士"车停在大酒店门口，刚停两分钟，只见陈氏和黄少萍出了咖啡厅直接上了"的士"。"的士"又以飞快的速度在广州街上一阵兜转，然后驶进中国大酒店"以泰广场"，车上的两女一男还未等车停稳，便下车又钻进早已等候在广场的另一辆"的士"。该"的士"载着三人向机场开去。"的士"开进机场停车场，3人又换乘一辆白色海狮面包车，然后，向广花公路驶去。紧接着，陈氏等3人又换了两辆车，最后，乘坐一辆皇冠2.8小轿车直奔花都某大酒店。

原来，叶成坚等人正在此等候陈氏等人。而"的士"车上的男人是陈氏的哥哥，是专程护送她们的。

陈氏等人立即上到1105房。

1105房是一个叫吴志标的人开的房。经查，此人正是叶成坚的马仔。专案组马上采取措施，从省公安厅刑侦局、广州花都、珠海市公安局调集40多名精兵强将对该酒店进行包围。抓捕叶成坚的专案指挥部迅速在这座大酒店内设立。

但是，要准确地缉捕叶成坚并一网打尽，还十分困难：这伙歹徒在酒店内究竟有多少人？叶成坚究竟在不在，住在哪一间房？需要尽快弄清；叶成坚等人带有武器，他们房间周围全住满旅客，如打起来伤亡很难预料……

经过专案组成员紧急碰头研究，决定首先搞清楚叶成坚在不在？住哪间房？然后再考虑如何抓捕。

恰巧，吴志标下楼又开了1215和1216房。5月28日当晚，1216房有七八个人在打麻将，直到凌晨3点才散摊。天亮，专案组通过酒店保安摸清了1216套房住有叶成坚与陈氏，估计还有两三名马仔作保镖。

如何才能让 1216 房门打开？这成了困扰专案组的难题。

机会终于来了。

总服务台电话问住在 1105 房的朱心沛（叶的马仔）："你们要不要退房？"朱心沛又请示叶成坚，反复两次询问后，叶十分不耐烦地说："你们先上楼来再说。"

指挥部下令："各小组注意，准备行动！"

这时，叶成坚的马仔朱心沛和陈远明从 1105 房出来，提着行李上到 12 楼。

正在 12 楼监视哨位吃饭的黄科长从"猫眼"看见朱、陈两人已从防火楼梯上来。紧接着，监视哨喊话："开门了。"

黄科长马上让 4 名特警："快，快穿防弹衣冲……"

来不及穿防弹衣的黄科长一边用对讲机喊："我们行动了……"一边冲进 1216 房。不到两秒钟，刚进入 1216 套房客厅的朱心沛和陈远明还未弄明白怎么回事，便被冲进来的警察反扣到地上；躺在床上的陈氏被吓得大哭："这下完了，这下完了……"

黄科长铐上陈氏，未发现叶成坚，心一下紧张起来，人呢？突然，他听到洗手间有流水声，他同特警一脚踢开门，将穿着豪华睡衣的叶成坚猛地摔倒在地。

不到 10 分钟，叶成坚等 7 名犯罪嫌疑人被抓获归案。通过搜查叶成坚，发现一份传真是江苏南通发来的，专案组又奔赴南通，经过艰苦的侦查，查明另一马仔汤成的线索，经布控在无锡将其抓获归案。

紧接着，专案组又分赴南京、广西南宁、广东从化等地，将其他马仔赖伯贞、罗章冠等 15 名团伙成员抓获归案，缴获一批枪弹及爆炸物品。

铁证面前，叶成坚一伙交代了全部犯罪事实。

站在珠海横琴口岸，迎面吹着澳门的风，对岸的霓虹像一丛丛花卉在迎接澳门回归祖国的礼炮声中热烈地盛开。当我完成了职业赋予的使命，我将带着我的文字开始另一场与灵魂的跋涉。

毒瘾迷惘

忏悔

她终于悔悟了，尽管有些晚了，但毕竟还是悔悟了！晚了，是由于当初没想到今天；不晚，是由于她现在想到了明天。

胡玉，27 岁，深圳某宾馆服务员。

当我在戒毒所翻阅到她的档案时，一行行淡蓝色圆珠笔写的"吸毒者的忏悔"紧紧抓住了我的心：

我们家有兄弟姊妹 5 个。母亲身体不好，全靠父亲支撑这个家，家庭环境很困难。我初中毕业便无心再上高中，待业在家。

我是女人，就有着女人的梦想。

少年时母亲非常疼我，使我十分任性。我一直以为自己是幸运儿，可是当我从少女的梦幻中进入现实，才懂得了自己所处的环境、父母的艰辛。我明白了，我的路不是父母早就铺好的，这全靠自己的奋斗、拼搏。于是我东奔西走，托熟人、拉关系，与妹妹合伙开一个百货批发站。我们姐妹俩俩汗水没白流，一年盈利几千元，也就在这里，我认识了我的丈夫，他也是做生意的，半年后我们结婚。我醉心于这个幸福的小家。家，这个给人以欢乐、甜蜜，使人忘却烦恼、逃避纷扰的避风港，使我感动不已。

然而，我心归依宁静的小窝不久，又觉乏味、空虚。丈夫成天跑生意在外，极少陪我。我常常点上一支烟在客厅独自吞云吐雾，度过一个个孤独的夜晚。之后，我白天做生意，晚上就泡在麻将桌上、或逛舞厅，反正很无聊。

去年大年初三晚上，我和丈夫跑到朋友小萍家去玩，不外乎又是搓麻将。可是不一会，其中两个朋友起身吸起了白粉。我很害怕，问他们为什么要吸，他们却得意地说："在社会上不吃白粉就不是玩社会的，这才叫玩高档。"我和丈夫愣住了，还不知道'吸毒'成了时髦，占领社会一席之地。贪图虚荣的我仿佛自己'落伍'了，于是，也吸了第一口。

我的毒瘾越来越大，自己做的百货生意也无心管理，积蓄花光，就让'川军'用板车将货当了，买海洛因，我完全丧失了理智。一天妈妈发现我吸毒，并看见我瘾发的丑态。哭得昏了过去。那天，她跪在我的面前，流着泪劝告我戒掉。我看见妈妈的白发，从内心发誓不再吃了。然而，这害人的毒品哪里说戒就戒呢？

结婚两年，我们一直都想有个孩子。可是自从我染上毒品后，完全没有这种念头，连丈夫也不愿碰一碰，破坏了一个女性正常的生理。我的体重从原来的 60 公斤一下子减到 47 公斤。为了摆脱这个环境，母亲为我在深圳找了一份工作。然而，深圳的海洛因更好买。我在宾馆工作，上瘾时差点被经理发现炒了鱿鱼。后来，听说贵阳有个百花山戒毒所，我溜回来才将毒戒了。半个月后，我恢复了常人的理智和身体返回深圳，心中感觉我又拥有了一个明天。

地狱

民警到"病房"将她带出。在戒毒所那条长长的水泥路尽头，她瘦小的身体被一身大红大绿的时髦衣裤裹住。走近了，方看清是一位娇小虚弱面目清秀的女孩。然而，她面黄肌瘦，脸颊满是雀斑，嘴唇发白，头发干枯。

说明来意后，我问她："瞧你长得怪漂亮的，只是面无血色，是吸毒吧？吸毒对人的身体有害，会变得又老又丑。你才22岁，就这样毁掉自己的青春？"

听了这话，她把头低低地垂在胸前，眼泪啪嗒啪嗒地就顺颊而下。半晌不说话。

尔后她说："我知道吸毒最大的危害就是身体，吃不下饭，体质明显差了。可是染上了毒瘾，什么也就不想了。发作时，心里比猫抓还难受，全身抽筋，一冷一热，连骨头都是痛的。回想起来，日子是很难熬的……"

刘小红高中毕业后当护士已经5年了。虽然现在的职业与自己从小当演员的梦想有着天壤之别，然而，"白衣天使"的美称使她对护士职业产生了特殊的感情，一份女孩子的虚荣得到了满足。

"我没有意识到这是犯罪。否则，就我的家庭和单位的这种条件、环境，我不会跨越这可耻的一步。真的，我吸毒仅仅是图一时的好奇，好制造一个美丽的梦境，想什么就有什么……"她说话有点吞吐，似乎面对我们的采访有点难堪，表情淡漠。

"你是什么时候开始的？"

"我是去年开始吸的。"说着，声音有点哽咽，表情有一种惆怅，眼里仿佛蓄着许多不堪回首的往事。

她将声音压低："我原来有个男朋友，我们谈了一年多。他是做服装生意的，经常跑广州，我常常从他那得到时装、高级化妆品。可是因为我的贪婪和强烈的虚荣，使我失去了他。

我有个好朋友，去年她谈了一个香港的男朋友，是香港什么公司的总经理，既富有，人又长得潇洒，经常带我们出入高级饭店，吃得真高档。我心不平静了，要嫁也要嫁个阔佬。

"我认识的同学、朋友，她们出来都是穿金戴银、名牌在身。我虽然喜欢这旱涝保收的护士工作，但每月才100多元。女孩子又赶新潮，一年时装几个变，这点钱是没法跟上潮流的。所以，一直梦想自己未来的丈夫来弥补，把自己装潢起来……"说到这里，她的脸微微地抽动一下，嘴唇有点发颤。她心里一定很不平静。说着，她那长长的眼睫毛潮湿起来。

"我心里闷得慌，就跑到一些朋友家去混。我开始吸海洛因，吸毒的朋友们说，吸了它，可以什么都不想，而想什么就有什么，一切烦恼都会忘却……"

"那你吸白粉一次多少钱？"

"一开始，是朋友们送我吸，等我上瘾后，我就自己买，一次一包 200 元。我越吸瘾越大，有时一天要吸两三包。我上班离家很近，我瘾一犯就跑回家，后来，发展到走在街上也会犯瘾，只好躲进公厕……终于有一天，被我大哥发现，狠狠地打了我一顿，并将我带到二哥的医院戒毒……我真对不起他们啊！"

"你到你二哥医院怎么没戒掉？"

"我去戒一个星期后，日子太难熬了，我骗他们说已戒了，出来后我不想吸了。"

"你吸毒的钱从哪里来，共花了多少钱？"

"我原来的男朋友给了我点积蓄，有时间家里要……一年来，我因吸毒买海洛因共花了 5 万多元。"

这真是一笔惊人的数字。

在没有与她交谈时，戒毒所王所长给我们介绍，她因为吸毒，堕落到卖淫攒钱，并染上了淋病，她毁了自己的一生，而这是吸毒女性中最普遍的一种行为，很多女性就此堕落为囚犯。

她在戒毒所已经治疗了 18 天，她说："我是在痛苦的回忆和反思中度过的 18 个日日夜夜。现在我已戒脱了。前天，妈妈来看我，见她老了，瘦了，白发多了。妈妈的哭声使我的心都快碎了。我才 22 岁，人生的路刚开始，再不戒脱，真对不起亲人啦，这里的管教干警和医护人员很关心我。在这里我懂得了如何做人，如何守法。"

她正在寻找自己人生的准星。

母亲泪

她不停地责骂儿子是败家子。与其说她的责骂是针对儿子，不如说是一位老母亲对毒品的控诉！

这天清晨，雨在不停地下。一位苍老的婆婆正钩着腰吃力地扫着一条寂静的小街，她身上的白衬衫在斜风细雨中显出一种圣洁。

这位老人就是秦强的母亲。她见了我声音有些颤抖，脸上刻满了忧伤。"我，我没有这个儿子，我不认他……"

看得出，她在强忍悲痛，她心在流泪，难道她真的不想认儿子？

这位七旬老母说着说着泪还是止不住流了出来。她带我们来到秦强的住宅。一进门，她颤巍巍地将那张破旧的沙发理了理，请我们坐。环视四壁，我们震惊了；这就是一个十几万元户的家？两间屋里没有一件电器，仅存一大一小两张床，一张方桌，一个断了腿的老式三开柜和失去弹性的长沙发。

老母亲声音有些嘶哑，声泪俱下："他爹死得早，是我一手把他兄妹三人带大……"她把脸拉朝一边，掏出一块手帕擦泪。"他原来在一个国营单位，后来停薪留职出来搞生意，为了支撑这个家，为了养我，不知花了多少心血，这些钱可是血汗钱呵，没想到，他竟染上毒品，把十几万元存款都吃进去了，连家里的冰箱、彩电，我积蓄的抚恤金全都被他买了毒品。如今，我只得扫街为生……过去我疼他，如今我恨他没出息。毒品害了他，也害了我的全家……"

她又迈着蹒跚的步子带我们找到正在小吃店忙碌的儿媳琴。见到记者，琴毫不犹豫地说："我恨他，为了他，我的眼泪都哭干了，当我发现他吸毒时，已经晚了。为了帮他戒毒，我和我姐将他关在屋里，可他每次都跳窗或跳阳台逃跑。我不管是白天还是晚上，都没命地追他回来。有时他毒瘾犯了，得不到药吃就打我。我想过离婚，可为了这个家，为了孩子有个父亲，我忍了。你们不知道，我常常是用辣椒水拌饭，我可以忍受，可是长身体的孩子不行呵。如今，孩子学校要什么费用8块钱，曾经是万元户的我家，只得向姐姐借，我恨他……"

"你以后怎么办？"

她用沾着面粉的手捋了捋前额的头发："我始终是他的妻子。人都有走弯路的时候，丈夫走错了路，应该帮他。他过去是个很正派的人，从不在外惹祸。听你们说他很后悔，并且已经戒得差不多了，我心里很高兴，也很感谢政府，我过两天抽空去看看他，希望他好好戒，我等他。"

7 本日记

彭任新，男，现年21岁，16岁曾少管两年。1988年又因抢劫被劳改4年。今年5月11日，因吸毒再次"入宫"。彭犯自今年春节以来，抢劫作案22起。

办案干警查到了他的7本笔记本，均在少管期间写的，几乎都是一份份忏悔书。然而，不久，他又重蹈覆辙，原因何在？

彭犯从小父母离异，一直跟外婆生活在一起。外婆渐渐老了，照顾不了长大的他。刚满16岁那年，他便为自己的档案留下一道抢劫的历史轨迹。去年5月，他染上吸毒，他每天要买至少两包海洛因。一包为120元或130元左右，我们在看守所采访了他。

"你因什么进行抢劫？"

"我吸毒上瘾导致抢劫。我是1992年开始吸的。其实我知道吸毒有害，我先是好奇，与朋友吸着玩，后来完全是身体需要。没有经济来源，导致我又抢劫。"

他吸毒上瘾，人显得很懒，连走路也会冒虚汗。他实施抢劫时，将家里附近的路专门画了一个草图，以便逃跑。从去年春节开始把出租车司机作为抢劫对象，他先后在贵阳市嘉禾路、鲤鱼村、毓秀路等地抢劫出租车驾驶员20次，共抢现金5000多元。

审讯人员问他："你认为吸毒对身体有什么害处？"

他抬眼看了看天花板，歪着头想了想说："吸毒后我身体消瘦，人无力气，不想吃饭……从内心讲，人民政府严厉打击贩毒、吸毒是件好事。但是，我认为贩毒的更可恶。现在我知道，吸毒是违法，危害自己，也危害了社会。而这些犯罪都是由于有贩毒的人存在。贩毒的纯粹为了个人利益，为了金钱而危害社会，危害我们。如今，我成了人民的罪人，劝告年轻人千千不要吸毒，落得像我这个下场……"

红尘

金银首饰专柜营业员见一个 20 岁的姑娘从昨天就在这逛了好几趟，并且挑选项链时很挑剔。此时，这姑娘径直走进柜台，她埋头看了看柜台内的一条条项链像一条条鱼钩勾住她的心。

"小姐，麻烦你拿这条项链看看。"营业员小姐将一根 11 克左右的项链拿了出来。她左右看看还是不满意，边看边请营业员再拿一根。她趁营业员不备，抓起柜台上那根价值 1590 余元的金项链就跑，当她跑到交易市场时，被追上来的商店保安人员抓获。

她是今年 1 月份开始吸毒的，原先谈了一个男朋友，是贵阳市某个体印刷厂的老板，收入颇丰。春节的一天，两人到其表弟处玩，见表弟们吸白粉很是过瘾，她也想尝尝新鲜，也来潇洒地走一回。刚开始，男朋友还资助她，后来见她毒瘾越来越大，成了一个吸食金钱的无底洞，男朋友与她 5 年的情感就此结束。没了经济来源。家里知道后也不给她钱，她精神上更加空虚，毒瘾也就更大。她卖掉了自己的金银首饰。然而，金钱的控制不了毒瘾，只能助长毒瘾蔓延。

"我染上毒品后，身体的痛苦是别人无法理解的。为了满足毒瘾，我只好去抢。我是个法盲，也不知吸海洛因的厉害性。当我吃下去，才发觉已经晚了。毒品使我堕落，把我变得人不人，鬼不鬼的。我在不到半年的时间里，就花了 1 万多元。"

"你现在成为刑事犯被关在看守所，你有什么想法，后悔吗？"我问。

她脸上的肌肉微微地抽了抽，接过一根香烟，吐着烟雾，边抽边谈："其实我沦落到这一步，作为一个女孩子是一生的悲哀，也是耻辱。有苦有泪只能自己承受，这叫自作自受。虽然我成了囚犯，但有一点庆幸，那就是我被强制戒了毒，身体慢慢恢复了。刚抓进来时，连站都站不起，现在我胖了十多斤，心情也好了。是政府挽救了我，将毒品这个恶魔从我的身上赶走。"

血　祭

1989 年 6 月。

26 日，杭州开往上海的 364 次旅客列车因歹徒引爆自焚，造成了震惊中外的爆炸惨案。

27 日，陇海线因歹徒破坏，两节货车失控，发生严重颠覆事故。

28 日，铁路惨案又一次发生……

是夜，从重庆往南宁的 296 次旅客列车行驶在黔桂线上。行至都匀市境内的苦李井至杨柳街区间时，突然，列车下面一声轰响，列车像受惊的野马，挣脱缰绳，跌出双轨，朝一座小山撞去。几乎是一眨眼的工夫，惊恐的野马便瘫倒在·片呻吟和血泊之中。霎时，暴雨倾盆而下……

灾难发生之际，时针正指向 23 点。

噩耗从贵州山沟迅速冲向贵阳、成都、重庆、南宁，乃至北京。

死亡：26 人。受伤：14 人。

6 节车厢报废，直接经济损失 62 万元。铁路运输中断，间接经济损失 262 万余元。

一

列车在山野中奔驰，夜已深了。卧铺车厢内，林小鸥正在兴高采烈地与邻座的叔叔伯伯们说笑。小鸥才 12 岁，长得挺秀气，脑后拖着长长的"马尾巴"，扎着粉红的蝴蝶结，两眼像两只小问号扑扑闪闪，似乎对这世界的一切都很新奇。白天，她兴致勃勃地一会儿看看窗外，一会儿又到门边瞧瞧，她太爱这山野的景色了。"小鸥，唱支歌!"叔叔伯伯们一要求，她就甜甜地演唱起来。车厢里充满了春意。此刻天黑了，又下起了雨，但车厢里仍暖融融的。小鸥爱听故事，她一个劲地让重庆北碚区某高级工程师给她讲故事呢!她这次是与姨妈和妈妈利用暑假去南宁旅游。"小鸥，"妈妈轻声说，"去睡吧，伯伯也要休息了。"

小鸥听话地爬上铺位，在车轮的交响乐中慢慢入睡了。列车外，雨未停，还伴着隐隐的雷声，但小鸥的梦一定很美。

23点9分，轰隆一声巨响，小鸥的梦被撕裂了。她再也不能醒来了!

某高级工程师，他是全家六口人的主心骨，家庭唯一的经济来源。奋斗了多年，最近才获得职称。他有着自己的抱负、自己的事业。不，他不愿离开这个世界，不愿啊!但他却匆匆地、带着深深的遗憾去了……

二

突发的事故使人们一筹莫展，眼前是黑洞洞的天、湿淋淋的地，即便要求神拜佛，也无处烧香。

只得等待，只得默默地企盼着救援。

都匀市414医院的医务人员率先赶到现场，开始紧急的救治工作。

又过了一刻钟，只见在黑黝黝的山路上出现了好多人影!近了，更近了!乘客们骤然间发出欢呼声。出现在人们面前的是大檐帽，是警徽，是人们真诚信赖和渴求的橄榄绿啊!

"公安局的同志来啦!"

"军人来了!"

来的是黔南州公安局、都匀市公安局以及都匀铁路派出所的100

多名干警。他们一到现场，便以每节车厢 3 人一组，进行了施救和现场保卫工作。同时，黔南州武警支队的 40 名干部战士也各部各位，立即封闭了现场四周，进行保护性警戒。

人心开始稳定了。

23 点 30 分。在黔灵山脚下的贵州铁路公安分局内，急促的铃声打破了寂静的夜，值班员迅速拿起话机。话筒里传来告急声："我是铁路分局安监室！在苦李井到杨柳街区间的 296 次直快列车，有车厢掉道……"值班员的心跳加快了，快，得马上报告谢家云局长和戴玉凤副局长！没多久，谢局长组织起 11 名刑侦技术人员赶往现场……

与此同时，告急电话传向省委、省政府，传向省公安厅，传向北京公安部和铁道部。

"通知有关人员，马上出发。"省突发事件指挥中心下达了命令。

凌晨 2 点 50 分，20 多名刑侦技术员在省公安厅副厅长张天顺的率领下来到了现场。

救人，救人第一！现在，让我们来听听当时参加抢救的几位同志的回忆。

唐定州，都匀铁路医院医师，他说——当晚 11 点 15 分，接到车站值班员通知，我立即背上两个 20 斤重的急救箱，摸黑冒雨，往出事地点奔去。当时现场是一片漆黑，混乱不堪，到处是血，到处是呻吟和叫喊。我打亮电筒，赶紧打开急救箱开始急救工作。有个妇女，铁轨将她的肋骨和肺部撞伤，造成体内大量出血，不能动弹。还有一个十几岁的男孩，左腹嵌着玻璃块，血流了一地。太令人心酸了！当时我只有一个想法，抓紧呀！救出一个是一个！

三

他是与死神打交道的人。金筑，省公安刑侦处法医，他回叙道——

离路轨约 30 米的坡下，在一节翻下来的车厢下面隐约可见一个人头。我毫不犹豫地将对讲机交给宋丰，就钻进了车底。车间很小，我就一点点爬过去，才看清是一具尸体，尸体被断裂的铁轨插穿，内脏不知炸飞到何处去了。我双手紧紧抠着路基石子，却怎么也弄不出那具尸体，像黏在地上一样，那强烈的血腥味引得我直想呕。我咬咬牙，将尸体背在背上往外爬。一堆长发从我右肩垂到胸前，朦胧的夜色中，让人毛骨悚然。最后终于将尸体弄了出来。那凉飕飕的血水雨浸透了我的衣服，要不是车灯照着我的一身警服，人们准会被我吓一跳呢！

经过验证，这具尸体就是不久前还活泼泼的林小鸥姑娘！

过后，侦察员们到医院看望受伤的乘客，林小鸥的母亲在昏迷中呼唤："小鸥、小鸥，快回来上学！"听着她的呼喊，侦察员们的心里多么悲伤啊！这些成年成月跟犯罪分子打交道的硬汉子，禁不住掉下了热泪……

漆黑的夜幕下，一盏白晃晃的探照灯将黑暗划破。凌晨 4 点 15 分，公安系统的现场紧急会正在召开。"同志们！一场艰苦的战斗摆在我们面前！为保护好现场，查明爆炸原因，现成立'现场指挥组'。"张天顺披着一条毛巾被，抹了一下留在脸上的雨水继续说："组长由我担任，省厅刑侦处处长张玉珊、黔南州公安局局长王泽洪、贵阳铁路公安分局局长谢家云任副组长。下设 5 个组：1. 走访及旅客登记组；2. 现场勘察组；3. 警卫组；4. 物品清理组；5. 材料信息组……"

朦胧的黎明姗姗而来，现场显现了它的一片惨状——炸残的车厢、断裂的铁轨、湿衣服、脏鞋子、碎糕点等等，到处都溅满了泥浆和血污。

贵阳铁路分局局长滕玉和带领 40 多人清理现场，同时，在公安干警的配合下疏散旅客、抢救伤员，旅客登记，以及组织力量进行列车起吊与线路维修等等。

与此同时，铁路分局朱书记、蒋副书记坐镇调度台，亲自调整运行图。

此时，公安部发来急电：严格禁止无关人员进入现场。

黔南州公安局连夜印刷了"现场通行证"。

现场外围，是40名武警，猎鹰般的双眼巡视着整个现场，他们的身体像一根根铁柱，估计天亮以后，附近的人们将会蜂拥而至……

四

在张天顺的指挥下，几百名刑警对爆炸现场开始了全面仔细的勘察。

张天顺，共产党员，43岁，现任贵州省公安厅副厅长，他办事果断，1.76米的身躯里蕴藏着猎人追捕野兽的勇力和智慧。此时，他的心很沉重。列车脱轨，鲜血遍地，是蓄意破坏？还是偶然事故？在当前严峻的政治形势下，党在焦虑，人民在焦虑。

张天顺顾不上平时风度翩翩的仪表了。他身穿一件米色夹克衫，戴一顶草帽，沾满泥浆的裤子已分辨不出是灰还是蓝了。他手持步话机，一会儿跑到残破的车厢去检查清理情况，一会儿跑到救援车厢询问转移人数。下属们的请示和他的指令，使他手中的步话机达到了最高使用效率。

他确实很累了。但是，不能有片刻的松懈！现在一切都处在幽暗不明的状态下，谁知道爆炸的背后蕴藏着什么！谁又敢保证爆炸过后不再发生更大事故！作为事件现场指挥，他明白自己挑的是一副多么重的重担。

此刻，天已经亮了，但是布满阴霾的天空，正纷纷扬扬地下着毛毛细雨。农舍的炊烟从山间缓缓升起，给悲哀了一夜的山野又增添了几分悲戚。面对残破的列车，面对一片废墟，面对鲜血与愤怒交织的灾难，张天顺和全体公安干警的心久久不能平静。

沿着山脚，树木凝着雨珠，仿佛在为死难者悲泣。用篷布搭成的临时指挥棚内，好多架电话机不停地响着"喂喂"声此起彼伏，一道道电波，接连不断地穿越崇山峻岭，通向党中央，通向公安部、铁道部，通向省委、省政府……

下午，一辆辆小轿车呼啸般地往现场方向驶去，车内分别坐着贵州省副省长张玉芹等同志来到现场，给参加抢险和侦破的同志们鼓了劲。

根据省长指示，立即成立了临时破案指挥小组，张天顺任总指挥。

这时，成都铁路公安局的领导和十余名侦察员也赶来协助侦破。

侦查工作分头展开了。

但是，现场勘察结果，找不到突破口！警犬遇上这倒霉的阴雨天气，嗅源失灵了。

五

终于，在杂乱不堪的现场发现了一个重大疑点——在被炸飞的铁轨左侧，有一个 200 厘米 ×180 厘米的大坑。经过认真分析，明确了这正是爆炸中心点。

围绕炸点中心寻找物证！

好不容易，技术人员在附近找到了 7 颗被卸掉的鱼尾板螺丝帽。但是，仍没发现其他证物。

35 岁的侦察员贺学明，1.70 米的个头，皮肤黝黑，眉头紧锁。他是个性格内向的人，听了案情介绍后，便独自一人细心搜索起来。搜寻到距炸点 60 米处的一个小山坡上，他忽然发现，密密的山草似乎被人踩踏过，倒伏成了一条小径。他顺着这条草径慢慢前行，更加细心地观察。突然，他看到了一个反着亮光的东西！一把扳手！激动之中，他迅速拨开深草，好家伙！又有一支红把的起子出现在眼前！

当贺学明兴冲冲地站在铁路公安局副局长戴玉凤面前时，戴玉凤确实吃了一惊。瞧贺学明满脸满手被杂草划出了一道道划痕，浑身又湿又脏；当然，最主要的，是他的眉宇间露出了平时不常有的喜色。

"小贺，你怎么了？"

"我发现了证物!"

"什么?!"

"你看!"

一张白纸包慢慢打开——一把150厘米的起子，一把劳动牌扳手，张开口径36厘米。经核对，正好与铁轨鱼尾板被卸掉的螺丝帽的外径一致。

贺学明，你立了一功!

立即搜山。

经过更加细致的搜寻，在发现扳手的1米开外的地方，又找到了一块香港产电子表，还找到了一根未划过的火柴。

有人蓄意破坏?

然而，案犯是何许人?

是团伙? 还是个人?

动机是什么?

侦察员们陷入疑问中。

六

侦破工作经过了焦灼不安的最初几天。7月7日下午3时，在黔南州都匀市水泥厂会议室里，一次重要会议正在进行。

会议室内，数十条深褐色沙发围成一圈，近百名侦察员人人神情严峻。

"通过对罪犯选择的炸点进行分析，不像是流窜犯，否则对地形不会这么熟悉。"张天顺扫视了大家一番，以坚定的口吻又说："要从物证和爆炸地点找嫌疑!"

坐在张天顺旁边的，是被刑警们戏称为"顾老猫"的顾显光，省公安厅刑侦处副处长，痕迹专家。

"老顾"，张天顺说，"物证拿出来，让同志们再熟悉一下。"

顾显光将一个布包打开，将扳手、起子、电子表，一一放在茶

生死漫步

几上。

"经化验：现场炸坑灰尘中含有 TNT、氯粒子、氯化钠。注意，煤矿常用这类炸药。扳手上附着水泥等物，手柄上有红油漆斑痕，手柄尾部有明显的凹痕……"

技术员小张把连夜赶印的 200 张物证照片分发到每个侦察员手中。

与会者兴奋起来了。会议根据案件现场勘查情况和物证检验，进行深入的分析和讨论……

与此同时，在杨柳街场坝。举目望去，场坝挤满了人。村组干部、学校、师生、企业厂矿工人……人这么多，然而静得连喘气声都能听见。麻江县谷硐区区委书记罗明琴神色异常严肃："大家知道，在我们这个地区发生了火车爆炸案。犯罪分子亡我之心不死，企图对社会主义建设进行破坏……"这是自 1980 年以来，全区召开群众大会到得最齐的一次。

……不知不觉黄昏降临了。水泥厂召开的"6·28"案情分析会持续到了下午七点半。这时，都匀派出驾驶员李朝元往返 18 千米送来了盒饭。大家边吃饭，边看现场录像，进一步讨论案情。

从各方面分析，一是罪犯的手上脸上必有很多被刺蓬划破的痕迹；二是罪犯可能是长期干体力活的人；三是罪犯十分熟悉地形，知道列车行车时间；四是……

张天顺指示："以现场为中心，以铁路为重点，以物找人。"

七

案情分析会开了整整 12 个小时。

散会后，一辆辆警车、摩托车兵分六路，冲开夜幕，呼啸而去。

在乐埠乡调查组，一位群众反映：翁通站区某养路工左手腕有划伤痕迹，懂得爆破技术，还有工具。侦察员立即对其询问。回答是：因下大雨，我当晚 11 点 5 分到工厂给女朋友送伞，回来后大约 12 点路过杨柳街，听说前面发生爆炸，我即跑去看，因为当时天太黑，不小心手被山边的刺蓬划伤了。

侦察员随即赶往该厂其女友处调查，结果证实了这个养路工没有作案时间。

一天，谷硐区一位群众悄悄来到谷硐车站值班室，找到侦察员张家贵、潘春苗反映：住靖道关的腾××很可疑，他对政策牢骚满腹，并扬言要寻机报复，还有赌博盗窃行为。

腾××？侦察员们眼睛一亮，脑里立刻出现几个嫌疑人的印象。

潘春苗、张家贵将情况向领导做了汇报。

"为什么几条线索都与腾某有关？"张玉珊脑里划了个问号。

张玉珊，省公安厅刑侦处处长，57岁，身材魁梧，皮肤深黑，一对眼睛炯炯有神。他当过兵，后来转业到公安战线，一干就是40来年，可以说是一位公安通了。刑侦处的一帮年轻人称他为"黑猫警长"。确实，他具有捕捉猎物的高超本领。在他强壮的体魄里，蕴藏着充沛的精力。这不，熬了两夜，声音仍然洪亮，眼睛仍然炯炯有神呢！

他站在指挥部里，左手紧扣着宽宽的皮带，右手夹着半截香烟。他的脸看上去神情不动，其实，心里的想法已经拿稳。对，继续调查腾××！唔，马上找天顺商量商量下一步的行动。

八

盛夏的晚上，热得人透不过气来。

杨柳街车站。被严重损坏的一节车厢就成了"6·28"专案组的指挥部。荒山野岭中，车窗里透出几缕枯黄色的灯光。车内，气温高达40度。省公安厅刑侦处侦察科长龚一兵正借着烛光，整理着几天来的案卷材料。

汗从宽宽的前额淌下来，他右手在笔记本上不停地写，左手用挂在脖子上的湿毛巾不停地擦汗。

卷宗第32页：腾××，因赌博、盗窃被公安机关处理过，有作案动机和作案条件，得马上组织查证。

夜，一片漆黑，三名侦察员摸进靖道关，查询与腾××有关的人员。据某群众反映，当晚他与腾某等人因下雨无事可做，在家"推拱"（赌博）。其邻居也证实，当晚他们几人是在一起。腾某似乎没有作案时间。

调查工作仍在继续。

在车厢第 5 号卧铺，贺学明与两个同志正在设计地形图。一张图纸摊在铺位上，将白天在现场周围巡视的每条河、每条沟、每座山坡和每一村寨都一一画进图内。侦察员刘新发、李远贵、陈锡明设计着各类表格。线索来源表、物证调查表、人员活动时间坐标图、示意图等等，仅摸底调查就有 500 多份。

扑朔迷离的案情，加上热辣辣的天气，搅得侦察员坐卧不安。焦躁和失望不时袭来。

"持久战"打下去，就得考虑同志们的饮食和身体了。在水泥厂侦破指挥部工作的同志可在厂内和职工一起吃。而有一部分同志仍住在杨柳街车厢上，吃什么呢，还是盒饭吗？

这天，李志刚、刘进、卢士忠、肖能平、曹德恒、张爱东等几位同志从清晨步几十里山路，走访数十户人家进行调查。一天也未捞着饭吃，也没得到令人满意的消息，天气又闷热得让人憋气，心绪糟透了。一个个拖着沉重的双腿，回到简陋的住地后便躺在床上。每个人都想舒舒服服地睡上一觉，做一个甜美的梦：案犯被送上法庭，同志们满脸洋溢着胜利的喜悦：或是正在舒适的家里，让儿子骑在身上亲昵地喊着"爸爸"……

营养不良、睡眠不足严重地困扰着中国刑警，他们也不例外。

九

时间一天天过去了，社会上开始一些闲言碎语。

"案发这么久了，怎么一点动静也没有？"

"要是神探亨特，怕这案早破了！"

这些日子，张天顺是饭也吃不香，觉也睡不好，连走路都在琢磨案子。眼看到手的一条条线索断了，他两道浓眉紧锁，陷入深深的焦虑中。

在张天顺内心深处隐隐藏着一个汹涌澎湃的角落，他曾经指挥过"4·30"列车爆炸案的侦破，指挥震惊全国的抢枪杀人犯彭明顺一案，等等。眼下，几个月过去了，本案却没有进展，不由得他不心急火燎。

张天顺决定召开一次总结会议。将前段的工作理顺，对下步工作研究布置。指挥部从车厢搬到谷硐531招待所。会议在招待所举行。

张天顺在会议上传达了省委、省政府、省政法委领导对"6·28"专案和整顿黔桂线治安秩序的批示，要求对前段时间的重点对象重新审查，专人负责。

"6·28"专案组再度掀起侦破高潮。

十

1月，辛成元、陈锡明带领谷硐区组成组8名同志又一次深入调查。

荒凉的山区寒风刺骨。夜里，他们像几个流浪汉似的拥挤在小站值班室，有的借用农民的草棚。秋深夜凉，有时肚子饿得钻山洞，爬草丛总还能找点野果子吃；晚上，只好干挨着。查明4个村的线索来源是一项明确的任务，哪怕再艰苦也得完成。

寒冷在折磨着他们，疾病在折磨他们。有的同志5天未解一次大便，有的渴极了喝沟里的水，患上了肠炎。而案件的压力在折磨他们。紧迫的时间折磨他们。辛成元、这个魁伟大汉，终于被一连串的折磨击倒，住进了医院。

一天，陈锡明等3位刑警驾着摩托匆匆驶进铁路医院，一口气登上 5 层楼，推开辛成元的病房。辛成元坐在 2 号床位，被子上、床头柜上堆满了卷宗和材料。

陈锡明压抑不住叫了一声："辛科长，有线索！"同病室的病人惊异地看着进来的这三位"乞丐"。

辛成元立即接过陈锡明的文件夹——鲁××，60 岁，历史反革命。

据调查，鲁某的许多人事关系与"6·28"有关！

谢家云等领导在听取了汇报后，决定接触鲁××。

十一

经过周密的调查，终于查明：孟永富，小名孟小六，男，25 岁，都匀市杨柳街镇金山村第一村民组人，曾因盗窃、抢劫、杀人被公安机关关押。此人性情粗野，心狠手毒，不计后果。曾在当地小煤窑挖过煤，并当过临时建筑工，1988 年 12 月，孟与金某盗窃木材，金被捉拿归案，并被罚款 400 元。出来后，金叫孟出一半钱，孟永富怀恨在心，当即拿出火药枪追打金。1 年以后，孟又再次寻衅报复未遂。由此说明，孟的报复心很强。

侦察员李远贵、刘新发立即整理孟永富的材料，并将材料交给戴玉凤和余明亮连夜审查。

当曙色初露时，孟永富的罪行初露端倪。

张天顺听取了汇报，研究决定：提取孟永富的嗅源。

乌蒙山区偏僻的金山村。村子里最破旧的一个农家小院。玉米秆围成的围墙，墙内一排草房，屋檐挂着几串苞谷和红辣椒，堂屋进去仅有两口锅和吃剩的苞谷糊、碎面条。正房左侧有一间狭小的屋子。村子对刑警黄志伟和陈锡明说，这就是孟小六的住处。

屋内仅有一张用稻草铺成的 4 根木棒架起的床。

警犬进去，在屋角叼了一只解放鞋。经鉴定，鞋子与发案现场的表带嗅源同一。

12月9日，警犬又一次提取孟的一根皮带，再次认定了嗅源。

为掌握确凿证据，顾先光带上现场物证，以及解放鞋和皮带，于12月10日赶往重庆，经重庆市公安局刑侦大队警犬队鉴定，现场遗留物证，与提取孟的嗅源一致。

可是，让刑警纳闷的是：孟永富为什么要炸火车？有什么动机？从调查材料分析，可以排除政治报复的可能，但会不会有人幕后指使。

十二

一份份《协查通报》发向广西、黔桂沿线和河北，江苏、福建等省区公安机关，请求协查孟永富下落。

12月12日，6个追捕组沿着不同的路线，向孟永富常落脚的朱家塘、小围寨等29个地点进发，并对其可能出没的车站，旅店布置了监视人员，一张疏而不漏的天罗地网撒开了。

在孟永富姐家，其姐夫王友平回忆——6月29日傍晚，都匀市小围寨先锋二队王友平家响起了敲门声，王友平开门一看，不觉一愣，孟永富浑身湿透，眼露凶光，孟永富的母亲正好也在，立即让他换上干衣，"死鬼！你从哪里来，淋成这个样子！"孟永富含糊答道："在靖道关大桥头的一家看录像。"之后，便蒙头大睡，一睡就是3天，3天后离开，去向不明。

侦察员李远贵问："他还经常去什么地方？"

"好像……"王友平说，"他好像有个女朋友，住迎恩区栗木甘塘亚团寨村，叫罗……名字记不清了。另外，他有时也到平浪区卡鲁村去，他有个叔父住那里。"

侦察员分兵出击，一路立即驱车赶往迎恩区调查，一路前往平浪区，为避免打草惊蛇，全部化装潜入。

在迎恩区找到孟永富女友家，女友就是罗世霞，家里人说："罗世霞出走几个月，未归，也不知孟永富的下落。"

调查中，又获悉，孟永富曾向罗康祥吹，火车爆炸时，他跑去看了，有人在现场抢东西，还被执勤的打了……但同孟永富住一个村的群众反映，6 月 28 日那一夜，该村并未听见爆炸声，孟永富显然说谎，又有群众反映：1 个月前，曾看见孟永富在平浪区赶场，卖木炭。

12 月 18 日上午，平浪区卡鲁村场坝像往常一样熙熙攘攘。

人流中，夹杂着几个魁梧的生意人，他们各在一方，有的卖木炭，有的卖木料，并未引起村民的注意，他们就是侦察员赵荣先、张顺权、李志刚、邓寿林。

这时，一个村干部走到李志刚跟前大声嚷："老乡，这木料怎么卖？"随后又小声说道："孟永富就在本村，跟他叔父孟成安上山烧炭去了。"

"什么时候回来？"

村干部瞟了瞟四周又大声说："这木料质量还不错嘛！有杉木吗？"

"有，你家住哪里？我给你送去！"

下午，这几人悄悄地溜进平浪区派出所，在民警赵在常和区文化站老杨的带领下，找到孟成安家，家里无人，侦察员们决定守候。

十三

8 月上旬的一天，孟永富心惊胆战地乘坐着南下的火车，回到都匀。但他不敢回金山村，便借宿在都匀市平浪乡卡鲁村叔父家里，因孟永富常常是东家住一天，西家住一天，叔父也未多疑。孟永富就与叔父每天上山砍柴、烧炭，拿到市场上去卖。

天近黄昏，侦查员们依然一动不动地潜伏着，人们都摩拳擦掌，等待着时机。怎么搞的？张顺权看了看手表，已经 19 点零 3 分，天黑了，还不见孟永富回来，会不会有人通风报信？

"不行，通知赵荣先他们进山，守株待兔会出问题的。"

"改变地点，沿右方，卡住下山要道。李志刚和张顺权断后路。"

漆黑的夜晚，冷风嗖嗖直响。19点10分，赵再常匆匆报告："有情况。"

"012、012，做好准备"。

10分钟后，大家同时发现山腰下山出现一团黑影，并有马铃声。少顷，侦查员们发现牵马人身材娇小。此时，文化站站长杨红旗、区支书苏天伦也参加了围捕。

待黑影进入埋伏圈，李志刚装着喊解大便的样子，"拉完没有，快点啦!"一边喊，一边向黑影靠近，又出其不意地喊一声："小六!"

黑影不假思索地答应："哪个?"

赵再常和李志刚迅即扭住孟永富的胳膊，此时，张顺权、赵荣先等同志赶来将孟永富的双手铐住。

在手电光的照射下，孟永富被炭灰熏黑的面孔上，孟永富一双眼睛充满杀气又无可奈何。

凌晨3点30分。李志刚他们连夜从卡鲁村启程，赶了140多千米的路回到531招待所。

戴玉凤、余明亮立即提审孟永富——

你知道你干了什么事? 老实交代你的罪行?

我抢过人，杀过人!

除此之外，还干哪些事?

我还拐卖过妇女。

审讯持续3天。12月22日凌晨1点多钟，孟永富终于浑身颤抖，绝望地跪在地上，痛哭流涕……

十四

22日上午，孟永富被押到贵阳，省公安厅看守所。

省公安厅厅长郭政民指示：重证据，重调查研究，以事实为依据，以法律为准绳。

通过对孟犯的审讯，落实了作案工具来源、爆炸物品来源，现场遗留物的各种可靠印证……

见证人一一进行辨认，确证，孟永富是案犯。

"你炸火车是几人?"

"只有我一人。"

"你为什么要炸火车?"

"我家里穷，娶不起老婆，带几个女人回家，也被老爹骂跑了，所以，我想炸了火车抢旅客的钱。"

"就因为穷?"

"还有，我被铁路警察惩罚过，早就想，想报复。"

"你抢到了什么东西?"

"什么也没有，火车一炸，一片乱叫，又有人打手电，我怕被发现，躲在山上刺蓬看了一会，便顺着一条毛毛路跑回家了……"

"6·28"火车爆炸案经过155名公安人员的艰苦努力，历时半年终于侦破了。

面对国家财产遭到破坏，面对同胞的鲜血，亡灵的呼唤，他们走过了一条人们难以想象的道路，他们不负于肩上的盾牌，不负于人民警察神圣的使命，不负于3700万贵州人民的重托……

把玩死神

谁如命运似的催着我向前走呢？
那是我自己，
在身后大跨步走着。

——泰戈尔

她是警察。警察二字已融进她的生命。

有人说，法医有一双美丽的眼睛，她们却看着人间的丑恶、黑暗与肮脏；但这双美丽的眼睛深处却折射出清白与正义。

28 年，一个女人的半生缘，她交给了法医职业。很简单，就喜欢这身警服。而扎根清远山区的 22 年，一句"不会把清远当成跳板吧"寓意深长的话成为她的心结，也成了她实现自己梦想的动力。

早春二月，南粤的天气依然有些寒冷清冽，然而，木棉花树却开始绽放艳红的花瓣，给回南的雾天增加几分妖娆、几分壮丽，本已葱茏的绿树又竞相吐露嫩绿的芽苗，预告经历寒冬的生命在春天悸动。

从戈壁滩走来

3 月，天下着蒙蒙小雨，在清远偏僻的大山深处，走着一位身材高挑的女孩，一双大大的眼睛专注地看着脚下泥泞的山路，一个不小心就会滑到山下。在她的前面还有几位同行的男同事，她有些吃不消了，可看到前面的同事，她不敢怠慢。深一脚浅一脚地继续，但她喜欢四周绿油油的树林，水灵灵的小溪，给疲惫的她一丝甘甜的鼓舞。他们是到山上去勘查现场，对服毒自杀的一个农妇进行开棺解剖勘验。

光走路就走了近4个小时。到达山上，她远远地看到有人正在将尸体挖出来。尸体已腐败，腹部鼓胀得很高，她想：可能朱政委想看看我的工作能力。她立马戴上手套拿上手术刀准备解剖，但被朱政委制止。朱政委告诉她，应先放气，让她先用手术刀开一气孔，用死者衣服挡住气孔四周。

朱政委找来一张长长的纸条点燃放在气孔上，气体中的硫化氢和氨气便会慢慢燃烧，等纸条不再燃烧说明尸体里的气放完了，这时就可解剖了。之后，由她进行缝合，可她缝合得不整齐，政委说，要对齐"皮瓣"，擦干净尸体，扣好衣服。

她有些汗颜，这些她还没有做过，在新疆时，尸体都是风干的，不需要这样。

她被政委敬业的态度折服，这也是政委对死者的尊重。她感触很深，至今记忆犹新。她说，她是第一次遇到这样腐败的尸体。

朱政委从内心欣赏眼前这位女孩。他看到她娇美的脸庞和那双白皙的手，很难将她与现场的"恶劣惨状"联系在一起，他分明看到女孩勇敢地拿起手术刀在发臭、发黑、爬满白蛆的尸体上轻轻划过，并按要求专注地一步步操作，技术是娴熟的。

可她没想到，从踏上泥泞山路的那一刻，她就再没有走出这片有些荒凉正待开发的土地，再也看不到戈壁碧蓝的天空，皑皑的白雪；再也没有选择到条件富裕城市的机会；更难看到千里之外年迈父母的容颜。

第二年冬天凌晨1点多钟，在清远的源潭镇汽车站，朱绍荣正式接来了她。

她是广东省清远市公安局刑警支队法医吴小洁，毕业于西安交通大学法医学系，法医学学士学位。曾经是新疆建设某公安局法医，现任清远市公安局刑警支队副主任法医师、二级法医鉴定官。

她的名字，在 2012 开春时节不胫而走，人们开始关注她的点滴故事。

吴小洁从戈壁来到清远，一干就是 22 个春夏秋冬。

她的美丽已在 22 个岁月蹉跎中化成南粤的山山水水；她的法医情怀已在 22 个岁月蹉跎中化成老百姓的平安与祥和。有人常会问她：为什么要当法医？她透过精致的眼镜闪动那双明媚的眼睛笑笑："我没有想过不干法医，一天一天就这么过来了，没什么特别的。"她的语调缓得如涓涓小溪，恰如行到水穷处，坐看云起时。心在哪，哪里就是自己梦的家园，她把梦嫁给了南方。

生命是种缘

出现在面前的吴小洁，令人眼前一亮，一种从里到外散发着知性的美，一副金丝眼镜后面会流出水样的清澈，笑容淡淡，低调如白兰花香在暗处。她约有 1.65 米高，穿一件浅咖啡色风衣，光洁的前额，头发挽在脑后。声音潺潺纤柔婉转，年届 50 岁的她看上去不到 40 岁。

清远是一座年轻而充满魅力的城市，是广东省少数民族人口主要聚居区，是省内少数民族人口最多的地级市。1988 年 1 月 7 日经国务院批准设立清远地级市，同年 2 月 28 日正式挂牌成立，现辖 1 区 2 市 5 县，其中有两个瑶族自治县。

刚成立的清远，一切都尚处在建设中，办公条件、住房条件、经济状况等全都处在艰苦创业中。当时，清城区整个一个在建的大工地，到处是农田、沙堆、泥泞的路，全城区只有北江大堤算是路，唯一的砖房是筹备建市办公用的一座平房。

当年的清远一穷二白。

清远一半以上地域是山区，以山地、丘陵为主，平原分布于北江两岸的南部地区。冬天气候很冷没有任何取暖设施，春天却是潮湿的回南天，夏天则热浪灼人，当时公安局的法医技术室不到 20 平方米没有空调；宿舍是两层破旧的木板房，一走路整栋楼会发出吱吱声，条件的艰苦是可想而知。而吴小洁刚好赶上这样的困难时期，她没有退缩，不但留下来，而且深深的扎下了根。当年，她就在这样的环境下开始她在南方的创业。

有人说过：生命是种缘。

山区的法医工作条件与发达城市甚至新疆相比有着太多的不同：她出现场要跋山涉水、日晒雨淋；她要经受住蚊蚋及虱子叮咬；她要适应在北方无法想象的潮湿，无法想象的尸体的腐败臭气。但她就这样几十年如一日，无论是面对那些血肉模糊、支离破碎或高度腐败的尸体，还是臭气扑鼻、蛆虫遍地的现场，她从未因畏惧臭和脏而退却，而是以女性特有的耐心细致和丰富的检案经验，发现定罪证据和侦破线索，逐一破解死亡之谜，诠释一个女法医的情怀。

其实，不仅当时的她完全可以另外选择，且不说父亲已给她安排了一个优越的行政工作，就是在新疆的办公住房也有很好的条件，她还是当时新疆某公安局里重用的技术人才。刚开始，来到清远山区不久就有经济发达的珠三角城市向她伸出橄榄枝，可她拒绝了。人们不禁要问：为什么？或许是她视为父亲一样的朱政委曾说过意味深长的那句"你不会把清远当跳板吧"的话语深深刺激她的灵魂；或许是朱政委式的人物让她敬佩，让她温暖，她不忍；或许是清远没有茫茫戈壁"风吹草低见牛羊"的边塞凄凉，那一草一木，青山绿水让她感受到生命的活力；或许她在地图上看到清远是一座凤凰之城，相信清远终会腾飞，也注定她的生命轨迹将与清远交叉而行。

她愿把自己的人生又一旅程交给南粤，与她风雨同舟。

当她到达清远的第一天，便知道自己与清远这块热土结缘。

然而，她付出的代价不仅有汗有泪，还有血的代价。结婚后不久她怀上了宝宝，她与丈夫憧憬着一家三口的美好生活，那些日子，工作虽然很忙，条件也很苦，但心里却藏不住一个即将做母亲的幸福。

那是一个酷热的夏天，在清远某县发生四死五伤案中，社会影响大。为查明案件性质，维护当地社会稳定，平息社会上的恶意谣言及避免群体性事件的发生。公安局要求法医能以最快的速度出具鉴定结论，刚刚怀孕的吴小洁与另一同志承担了这个重任。她要对不同批次送检的200多件各类生物检材进行检验。而DNA检验难度高，任务紧急。在简陋的实验室，吴小洁根据检材的不同性状进行分类，由于通风设备不好，充满各种化学气息。吴小洁清楚化学品对肚子里的宝宝的危害，但此案件影响重大，事态紧急，她一干就是四天四夜的通宵，她忍住胃肠的疼痛恶心和头晕的不适，超负荷地完成了检验鉴定，还主动将检验数据归纳总结，及时通报给相关部门和领导。由于他们出具了有效的法医鉴定，使该案有据可依顺利处置。然而，早已疲惫的她发现身体出现异常，就在她刚刚分享成功喜悦时，却因肚子异常疼痛赶到医院，当医生告诉她"你流产了，孩子没了"时，她愣住了，胸口像堵塞了一团棉花，欲哭无泪。一旁的丈夫双眼噙满泪水难过地蹲在地上，她再也忍不住趴到丈夫身上哭了……

残忍的是这是第二次流产，她还有做母亲的权力吗？可她只能在日后的生活中独自舔着深藏在心灵的伤口。她用"生命是暂时的，死亡是永恒的"的话来安慰自己，带着一个女人独有的创痛继续履行她的法医使命。"真的勇士敢于直面惨淡的人生，敢于正视淋漓的鲜血。"鲁迅先生的警语似乎给绝望的她一种生存的鼓舞。

而一切的苦都在她的坚强意志下化为责任，她说："努力工作，为的是让证据揭露犯罪、惩罚罪犯，让逝者安息，让受害者的家人得到宽慰。这样做我心里很踏实，那些曾经的苦和累都可以忍受，所有的付出都是值得的。"

她从第一次奔赴杀人案现场，扑面而来的惨烈景象就给了她一个下马威。大脑在一段空白后充斥的都是那溢出的脑组织与血肉模糊、横七竖八的创口。"我……我不信做不了法医！"强作淡定的余光感受到周围人的注视，恍惚间硬着头皮、机械地操作着……

"我……我不信做不了法医！"这想法像一根"定神针"牢牢地扎根在她的思想深处，扎根在她的灵魂深处。在近30个春夏秋冬的日日夜夜，她把这句话演绎得淋漓尽致。

吴小洁最初做法医是因为她觉得法医比医生高明，有无限的神秘感。可她绝没想到，法医首先给她的神经带来严峻的考验：

她还对在深夜雪地解剖突然停电的恐惧记忆犹新：

——那是一个停电的雪夜，当时还在新疆公安，在连续的十几个小时的车程后，抵达现场连夜勘验 3 具被逃犯杀死的一家三口的尸体。可在解剖女主人尸体时却突然停电，屋里的侦查员们，有的说出去透口气，有的说去抽支烟。透过微弱的月光，屋里只剩下老领导和吴小洁分别蹲在尸体的两侧，当然还有中间那具已经开胸的"她"。未顾及摘下硅胶手套的她只觉得毛骨悚然。几乎是屏住呼吸捕捉着屋内可能出现的一丝动静，她当时想，死一般沉寂的黑暗中只要传来微弱的风感，我会夺门狂奔在老领导之前。时间一分一秒地过去了，那十几分钟真是别样的漫长，在怦怦的心跳中老领导说了许多话什么已经不记得了，只记得心跳渐趋平和。但这种恐惧却会伴随法医的一生。

她对那次宣判会枪毙犯人，血红的现场震撼，记忆犹新。

那是她在新疆工作日子，天地下着白茫茫的大雪，听说当地宣判一批罪大恶极的犯罪分子，要公安局出现场对犯人进行现场勘查。她与同事们尚未开宣判会就直奔枪毙现场。现场四周覆盖着白茫茫的大雪，那天的雪白得很耀眼，她站在不远处只听到只声清脆的枪声呼啸的雪地上空，但她却分明看到电视剧里的镜头在眼前掠过，几个活生生的生命猝然倒下，一股股殷红的鲜血从倒地的犯人身下浸染着雪白雪白的大地。她被眼前的场景震撼了，她不知是如何走近这些人的，她还要蹲下来进行查验取证，而那异常刺激人的浓烈的血腥味彻底击溃她的神经，当时是如何在鉴定书上签的字已让她麻木。

不是每个法医一开始就有坚强的神经，特别是女同志，天生的神经比男人脆弱更难适应超常恶劣的刺激环境。任何法医要靠对特殊气味、对尸体的惨状等慢慢产生耐受性，否则，做不了法医。有统计，从医人员，特别是从事法医工作的有不少人精神分裂。

像这样让人惊悚、让人手颤、神经迫于崩溃难以耐受的案子吴小洁经历太多太多。在新疆期间，她接触的尸体大多是风干或冻僵的。

而清远地处粤北山区，以亚热带季风气候为主。她时常携带几十斤的检验工具箱，在没有道路的山地丘陵跋山涉水，踩踏出一条通往案发地的崎岖小路，解剖恶臭的尸体，忍耐蝇虫叮咬，甚至踩踏在蛆虫上解剖。有一次，尸体上的蛆虫直接爬上她的腹部，幸亏那次穿了防化服，用手赶一下又继续操作。

就这样，她在清远一次又一次反复接受恶心、腐烂、血腥的刺激……慢慢承受了 22 年，已习惯成自然。

心是旷野的鸟

我的心是旷野的鸟，在你的眼睛里找到了天空。

——泰戈尔

她告诉我们："法医像法官一样，提前决定人的命运，法医鉴定是把双刃剑，有可能伤及无辜，造成无法挽回的损失。"

吴小洁在清远的 20 多年来，共主持完成杀人、伤害、抢劫、强奸、爆炸等刑事案件，以及交通、医疗、工伤事故等非刑事案件的法医学检验鉴定 2820 多宗，各类生物检材 6200 多件，活体 260 多人，尸体 320 多具，现场勘查 240 余起，出具鉴定书 2780 余份，为侦查和审判提供了大量关键线索和确凿证据。当然数字说明不了什么，她的境界、她的精神、她的执着才是一个女法医难能可贵的。

1989 年，清远发生多宗犯罪嫌疑人专门寻觅上夜班回家的女性实施强奸，手段极其残忍，犯罪嫌疑人把受害人打晕，强奸后便实施抢劫。该男子连续作案 40 多起，案件连续发生近 3 年，却迟迟不能侦破，公安机关一直在侦查。但 3 年后，再也没有发生此类案件。直到了 1995 年 11 月 29 日，一欢场女子王某被杀死奸尸后横尸街头。警方调查发现，王某与李某有情人关系，且李某是个有妇之夫。李某被传唤后，承认当天与死者生前在酒店开房，侦查人员遂将注意力转移到了李某身上，但否定杀人。根据侦查，李某具备杀人动机嫌疑重大，遂进行拘捕。彼时，吴小洁在现场提取了死者体内分泌物进行化验。在案情分析会上，侦查员一致认定李某是元凶。吴小洁提出，"鉴定表明，死者王某身上找到除李某外其他人的分泌物。"这一鉴定结论当场"炸开"，无异于推翻所有侦查员的侦查结论，当时，局领导严肃地问："小洁，你能确定没搞错？"吴小洁平静地说："实验结果就是这样。"之后，在进一步比对被害女子和之前多名被强奸女子被害时残留的分泌物后，吴小洁发现多宗案件凶手的分泌物具有共同特征。

结果，真正的凶手蔡某最终落网。

她说，确凿的证据是法医鉴定的灵魂，坚守水滴石穿的信念。

那一年的 5 月 1 日，某县发生一起恶性奸杀案。吴小洁面对摆满实验室的现场物证和 260 多名嫌疑人的 500 多份血样和唾液斑检材，运用多年的检案经验，将不同检材的不同试验方法科学组合，穿插有序地进行。使用吹风、电烤缩短检验间隔与等候时间，最终通过娴熟和精湛的物证检验技术排除掉近 200 多名犯罪嫌疑人，为该案缩小了侦查范围，节省了大量的时间和人力物力。侦查员们从内心敬佩这位大姐。

数年前清远市辖区的连州市发生 12 宗系列杀人抛尸案，因涉案跨市、多人被杀、累及面广、久侦未破等原因，社会反响很大，被省厅列为督办案件。由于该系列案件中的死者均为他杀后异地抛尸的未知名尸体，有的已腐化、有的被掩埋、有的被沉尸河床，腐败破坏严重，因此尸源的确认成为整个命案侦查工作中首先需要解决的问题。接受任务后，关小洁与同事立即投入尸骨的寻找与挖掘工作。当时，天下大雨，他们在煤堆里、在河堤的泥泞中、在野外的灌木丛里一寸一寸地挖……功夫不负有心人，遗骨一块块地寻找到了。赶回实验室后，不断变换检验条件，对 19 名嫌疑人血样纯化 DNA 基因比对检验，为 6 具未知名尸体找到身源。同时，从被劫车辆上提取到血迹、烟头、毛发等检材，与摸底排查的 19 名嫌疑人血样进行比对，最终确定了犯罪嫌疑人。在 DNA 的确凿证据面前，犯罪嫌疑人对多次参与抢劫杀人的犯罪事实供认不讳。为此，吴小洁与她的团队荣立战功。

吴小洁的信念并不带有很高的政治觉悟，也没有太多的想法，她认为只要她能为在天之灵找到正义；只要她的鉴定为破案提供有效的证据，就是她最欣慰的。她说："这一天，只要案件破了，看到侦查员开心，她就会觉得天蓝云白，原来清远也有戈壁滩那样蔚蓝色的天空，心情异常舒畅，就是回家听到孩子的哭声也是甜的乖巧的。"

她的心境正应了禅之语：如果可以，请让我预支一段如莲的时光，哪怕将来有一天加倍偿还。这个雨季会在何时停歇，无从知晓。但我知道，你若安好，便是晴天。

心净如莲

> 她的灵魂如同一朵千瓣的莲花，自己开放着。
>
> ——纪伯伦《先知》

清远市公安局党委对她的工作充分肯定，好几次都想对她挺拔重用，但每一次小洁都主动放弃。问她原因，她说："我是学医搞技术的，专业水平说不上精湛，但我能很好的胜任这份工作，而且我对法医学的应用和研究比较感兴趣，我想专心、扎实地对此进行不间断的研究，把机会让给别人吧。"

"快乐的工作，幸福的生活"成了吴小洁的座右铭。

吴小洁是个热爱生活的人，她生活简单穿衣朴素，她说出现场后衣服都很臭，但总不能老扔掉，家里积蓄都花在衣服上也不行，所以也决定她穿不了什么漂亮衣服，只穿一些中性款式色彩暗暗的，出现场方便。小洁说："近几年我会围一条红围巾，想到人老了，再不戴就没机会了……"说得人心里酸酸的。

有人说，做法医很难找对象，别人都不敢同你握手。她也十分尊重别人，尽管如此，她还是要做法医。就在她从新疆来到清远的第二年，一位姓沈的男法医也从江西调来，在清远这一男一女两位从外省来的法医一直跟着当年的老法医朱绍荣政委一起同舟共济。工作生活两人几乎同进同出，日久生情，吴小洁就这样与沈法医走在一起。经历两次流产后，两人终于有了一个女儿，现已16岁。小洁当时还与老公开玩笑："这下好了，我们谁也别嫌谁脏"。

现在在外地读书的女儿回来总会对她说："妈妈，你的白头发又多了。"每当女儿说这话时，小洁就像看到自己的妈妈，心揪着痛。

结婚了，有了自己的家自己的女儿，可自己也日渐有了白发，每当此刻就会想起家乡的父母已风烛残年，她的思乡情结也随白发的生长日渐浓烈。

22年前，放弃父亲为她在西安老家找的舒适行政工作，也意味着放弃照顾父母的机会，意味着放弃与亲人一家聚首相濡以沫的天伦之乐。年轻的她、执着的她、爱警服的她，最终把自己放置在小小的法医世界，把自己的警察情怀写成一个大大的爱。

别无选择，她热爱这身警服，从蓝与白，从橄榄绿，从灰色到如今藏蓝警服一一都在她的灵魂中留下深深的刻痕。这身警服承载她的梦想，承载她的追求，承载她如惯性般的列车不达终点不停留的信念。于此，她还带着怀有一颗感恩的心做事。

第一次到清远报到的凌晨时刻，年长她近20岁的老政委朱绍荣把她当成女儿，不但在工作上教会她许多，还亲自教她如何适应广东的生活，照顾她无微不至。那年，当组织得知她因工作环境造成两次流产的不幸后，对她的生活工作非常关注，在第三次怀孕时，局领导强迫她换岗，把她调到秘书科工作，后生下一个可爱的宝宝，当看到自己终于有了女儿，她百感交集当场在产房就哭了……

到达清远的第19个年头，2009年的冬天，她的父母第一次来清远看她，她到机场接父母是兴奋开心的。为此，她将在清远工作获得的奖状证书装了满满一袋提回家向父母汇报，母亲边看边说："小洁，你可不许偷懒，以后更要好好干，要对得起组织，对得起这些证书……"母亲的话意味父母默认她来到清远，她的内心充满对老人家的亏欠。她到清远后就很少回老家。记得，父亲那次心脏病发作住进医院，生命垂危。她妈妈在电话中告诉她有没有空回家看看爸爸。

她当时正在处理一起凶杀案离不开，她的妈妈在电话一端声音哽咽说，"小洁，那你有空就多打电话回来，你爸爸想你……"放下电话吴小洁的心揪着痛。她想着老父亲躺在病床上，而床边只有年迈的母亲孤单地守着，泪水顺着脸颊流了下来。可手头的案子检验十分紧急，她无法向领导开口请假。那晚，心急如焚的她只能躲在实验室偷偷地哭。她怕她再见不到父亲，她怕父亲就此离开……

当父母离开清远要回西安的那一刻，她害怕自己控制不住难舍，在机场父亲用颤抖的声音说： "小洁，你快回去，别耽误了工作……"父母轻轻地向她挥手，她不忍看一对近80岁老人苍苍白发和不舍的目光，她一步一回头，不知以后还有多少相聚的时光，还有多少孝敬老人的机会，她不敢细想，泪水漫过眼眶，她背过身时已是泪流满面。

死生契阔，与之成说；执子之手，与之偕老。人生的团聚是暂时的，分离是永远的，生也是暂时的，死是永久的。这是吴小洁总结的。

她的办公室内外收养了许多生机勃勃的花草。她说，所以，她喜欢种花草，特珍惜那些别人丢弃而又还有生命的花草。

禅修境界

> 人不能在他的历史中表现出他自己，他在历史中奋斗着
> 露出头角。
>
> ——泰戈尔

走进吴小洁的办公室，首先看到的是门口种了数十盆花草，郁郁葱葱，充满活力与生机，一看就知她是个热爱生活的人。

她的表面是平静的，可内心世界却如千军万马奔腾着，她要干的事太多。

路漫漫其修远兮，吾将上下而求索。她在求索，她从戈壁滩跨过

黄河、跨过长江，求索她内心世界最真诚最简单最朴实的一个答案。而山清水秀的清远、充满开拓创新的南粤能给她回答吗？

南粤的山、南粤的水、南粤这片热土包容着这位北方女子，爱护着这位甘为南粤奉献的警界女精英，也给了她一个完美的答案。

人们说，人到中年万事休，可她没有，她骨子里还揣着青春的梦，流动着年青的血液，她的梦于她是一个世纪的梦。如今她实现了一个华丽的转身，28 年沉淀下来的经验告诉她，除了做好法医的解剖、化验等常规工作外，更应把法医工作提到更高的层次，特别是要结合当地少数民族多的情况等，建立 DNA 基因的实验室数据库，这是经济欠发达的清远从不敢奢望的，也是清远市法医领域的一项空白。在边学习边摸索中，她主持建立了《广东省瑶族人群 15 个 STR 基因座的多态性调查》被公安部高度关注并给予了科技攻关项目资助，成为清远市创新科技研究项目。对于建立 DNA 基因实验室不仅是刑警们渴求已久的，也填补了收集比对少数民族基因数据的空白。为此，她被公安部政治部授予"全国公安机关优秀专业技术人才三等奖"。

她现在的工作有了新的飞跃，她没有让自己停下脚步休息一会。她还在大踏步前进。她正应了那句"当我们大为谦卑的时刻，便是我们最接近伟大的时候"。

生性沉静的吴小洁仿佛在禅修自己的人生境界，平时除了出现场做鉴定外，她只要回到家，首先泡上一壶茶，打开电脑，与女儿在网上 QQ。然后，开始她的业务研究，有一种苦中享受之乐。为解决清远生物检材在提取、包装、保存与送检方面的问题，吴小洁编写了《法医物证送检问题及要求》《法医 DNA 物证检材的提取、包装、保存和送检注意事项》等文下发所辖县市刑技部门，以提高全市物证提取的整体素质。她系统地掌握本专业的国内外研究现状和发展趋势，熟悉本专业领域的前沿问题，并在法医专业方面做了深入的研究，特别是在近年来 DNA 检验技术的课题研究和实际运用方面，进行了不少探索，并撰写了多篇论文发表于国家与省级专业刊物上，论文《荧光 STR 分析技术串并案件一例》《一例根据血迹分布状态分析案发现场的体会》被收录于《中国法医学杂志》，其《广东省瑶族人群 15 个 STR 基因座的多态性调查》的应用价值可满足广东省瑶族人群法医学的个体识别及亲权鉴定的需要，论文收入《刑事技术》杂志。论文《H 血型物质在分泌型人群中唾液斑里的分泌差异与检出率》《浅谈伤病关系》被收录于《广东公安科技》。《应用马铃薯汁植物凝集素（PNA）检测混合斑中精斑 ABO 血型物质的探讨》，通过研究混合斑中精斑 ABO 血型物质的检出率，证实该方法实用、有效，为性犯罪案件解决了技术难题，收入《法医学应用与研究》一书。

只管走过去，不必逗留，采了花朵来保存，因为一路上花朵自会继续开放。

当你走进清远市公安局 DNA 实验室，窗明几净，看到设备、制剂、仪器等排列整齐，操作台一尘不染；她的办公室虽简陋，但那些花草令人愉悦。她的电脑边上贴有无数张黄色小纸片如蝴蝶记满了 DNA 等数据；办公桌上醒目的五星红旗迎着阳光十分耀眼；难以想象的是我们坐的竟然是一张整洁的旧活检台，她用来当接待"沙发"和加班睡的"床"。一切犹如她的名字：洁。

她不喜欢喝彩，不喜欢掌声。她喜欢活在自己的精神世界里，她需要的是平静，亦如月光下一泓宁静的湖水中静静开放的莲花，禅定自己的一生；亦如飞鸟，在蓝色苍穹划一条美丽的彩虹。

生命挽歌

我总会看见一些悼念文章，对生、对死的漫谈，还就是墓碣文及墓碑的动人情节的描摹，是的"于浩歌狂热之际中寒；于天上看见深渊。于一切眼中看见无所有；于无所希望中得救。"我在鲁迅的《墓碣文》触碰着铿锵的评议，对死亡二字似乎不再恐惧，有些死是像火花闪亮，人倒下了，灵魂却永远站立。

1996 年 10 月 30 日，杨龙生的遗体告别仪式在肇庆市殡仪馆举行。哀乐远远近近震撼着苍穹，一切都笼罩在一片悲恸之中。人们从四面八方涌来向遗体告别。在数不尽的花圈中，有 17 个是广东省公安厅副厅级以上领导送的。他们为公安队伍失去这样一位优秀的共产党员而垂泪致哀，还有成千上万的群众默默排在告别的队伍中间。

蓦然回首，黑框中的杨龙生亲切和善地看着他的老上级、他的战友，似在安抚哀痛的人们。可那刚毅的目光却震醒着人们的记忆，如潮水、如波涛、如雷鸣、如闪电，一波一浪、一幕一幕……

他，就是广东省肇庆市公安局党委委员、副局长兼刑警支队队长杨龙生。他把自己的一腔热血抛洒给了刀光剑影、生死搏斗的公安生涯。

1995 年 6 月 30 日，肇庆市处在一片欢腾当中。这天，全市召开有史以来规模最大的宣判会，其中 12 名贩毒人员受到正义的审判，被处以枪决。人们欢欣鼓舞，拍手称快。而这 12 名死刑犯，正是在杨龙生的亲自指挥下一举擒获的。

那是 1993 年 10 月 6 日。那时，杨龙生还是肇庆市刑警支队支队长兼刑警二大队大队长。这天，他们接到线索：一伙香港和罗定市的贩毒分子勾结在一起，以肇庆市区为据点，进行大宗毒品买卖活动。对此，杨龙生立即指派有关人员循线追踪，进一步证实了线索的可靠性。贩毒案件非同寻常。毒贩往往狡猾凶残，不择手段。这伙毒贩不但拥有先进的通信设备和交通工具，甚至持有武器。从所掌握情况看，该案系境内外相互勾结的案件。为确保万无一失，作为行动总指挥的杨龙生深感责任重大。部署是否严密，现场指挥是否得当，将决定整个案件的成败。

在整个破案期间，杨龙生每天晚上都在夜深人静时分析案件线索来源，同关系人谈话，并根据案情的发展和变化，研究制订出新的对策，隐蔽而巧妙地同犯罪分子周旋。11 月 2 日，是一个决定性的时刻。香港毒贩于 11 月 2 日派人携巨款入境，并于当天中午在主犯谭栋荣的住宅进行交易。为此，杨笼生马上抽调精干警力，指挥便衣严密监视案犯一举一动。到了 3 日凌晨 1 时许，交易人员出现，杨龙生当机立断，发出"出击"的命令，一举抓获 3 名还未反应过来的案犯，并当场缴获海洛因 7500 克。随后特警们迅速破窗冲入谭宅，将屋里另 3 名毒犯抓获，并将准备销毁的海洛因 8787 克、赃款 62 万元及加工毒品工具一批全部缴获。为扩大战果，杨龙生又指挥兵分三路追击毒犯。杨龙生亲自带领一路人马二进罗定市，连续端掉 6 个贩毒窝点，抓获 3 名毒犯，缴获海洛因 1014 克、赃款 5 万多元。其他组同志下深圳，上云南，进广西等地捉拿大毒枭，进行一网打尽。

全案在杨龙生的精心部署和指挥下，不费一枪一弹，不伤一个同志的情况下，彻底摧毁这个从毒品提供、贩卖到买卖交易"一条龙"的跨境跨省的贩毒网络，端掉 9 个贩毒窝点，抓获 26 名毒犯，缴获 17452 克海洛因，120 多万元人民币和制、贩毒工具一大批。这是肇庆市新中国成立以来侦破的最大一宗贩毒案，也是全省近几年破获的贩毒案件中最彻底的成功的一例。

在整个破案期间，杨龙生办公室的灯光没有熄灭过，在观察案犯交易点的地形时，他亲自卷上裤角踩在冰冷的水田里；十多天没回过家；到罗定缉拿案犯时，由于时间紧迫，他打电话叫妻子拿了简便行李在路边等，路过时将行李匆匆带上；在伏击行动时，杨龙生一直坚持在前线指挥作战，同干警们在闷热的车厢内蹲了整整15个小时。渴了，喝口凉水；饿了，吃点干粮；连撒尿都只能用矿泉水瓶……在破案期间，他的牙痛发作，发高烧，同事们拖他上医院，医生要他住院动手术才手，他不干，只带上药跑回办公室。烧厉害了，他就用凉毛巾捂着额头坚持工作。同事们见了着急地劝他，可他却说："是我重要，还是这单案重要。没时间躺病床，要做手术，就在我办公室做吧"。

多年来，杨龙生的战友们清楚记得，原址的肇庆市公安局办公环境、条件是十分差的。他们偏偏记得杨龙生那把坐了20多年的圆形木椅，周边的扶手被他磨得油亮油亮。这张椅子曾记载着他无数个不眠之夜。案件不破，他是舍不得离开这张椅子的，此时就成了他的伙伴。半夜，饿了，让外出的同事们带一盒盒饭或几个包子；累了，他就坐在椅子上双脚踏在办公桌上，坐而假寐。当BB机、手机一响，他就会加弹簧一般跳起来，眼睛发亮，行动十分迅速。

我们采访杨龙生事迹时，他的许多同事都是流着泪介绍的。

1995年12月底，杨龙生先后到四会、怀集、广宁、端州等看守所检查工作，帮助基层解决实际问题。他除了检查看守所的安全等工作外，还十分关心执勤的武警战士的生活。他如老父一般，经常问寒问暖，战士的冲凉房坏了，他当场拨款重建；电视机修不好，他拍板马上到街上买新的；床坏了、旧了，他立即签批买了几十张新床……那些长年累月执勤的战士心里阵阵发热，十分感动。

而此时的杨龙生病情已加重，牙龈大量出血、脓肿，他仅到医院割一刀引脓，吃点消炎药又继续工作（其时他已患上了癌症）。回到肇庆时，他捂着疼得厉害的半边脸，回家拿了两件衣服又赶回办公室批阅出差几天来堆积的案件。这一夜，他的灯光一直亮到凌晨3点。

有关部门对他近年来的加班时间进行了统计，而我们认为这位从事公安工作30多年的老警察，他所办理的案件，所经历的每分每秒是不可能用数据去衡量的。在缉毒、缉私、反黑、打假、反诈骗等系列刑事案件中，他所亲自侦破、亲自指挥的是数不胜数。

人们说，一个人为了一个伟大的神圣目的，去千方百计历尽艰辛的奋斗是值得的。杨龙生是名共产党员，精髓里装的是为共产主义信念而奋斗的崇高境界。

当犯罪分子威胁他，要用 150 万元买他人头时，他凛然一笑：想把我这公安佬吓倒，岂不是笑话？！

1995 年 5 月，一封封喷着正义之火的举报信传到公安部、广东省公安厅，举报肇庆端州等城区赌风日盛，危害严重。杨龙生也在侦办案件中敏感地意识到肇庆如不扫除赌风，社会就无宁日，他决定插手狠刹赌风，还肇庆旅游名城的清白。

然而，负责此案侦破的总指挥杨龙生却在这一年里提着那颗被悬赏 150 万元的脑袋同犯罪分子进行殊死的周旋，可以说，这是一场红与黑的生死较量。

这是 4 个带黑社会性质且势力大、规模广、关系复杂的犯罪团伙。他们有黑枪和保镖，这几伙恶势力各自盘踞一方，欺行霸市，为所欲为。他们通过开设赌场、赌档、赌机吸引赌徒参赌，又通过其操纵的赌档，收取"保护费"以放高利贷等各种手段牟取暴利。对判逆者则实行绑架人质，甚至借刀杀人，使人致伤、致残、致死，并利用非法所得的赃款、赃物对部分意志薄弱的执法人员进行贿赂腐蚀，拉拢收买、寻求更多的保护，逃避法律制裁。

在肇庆端州仅 30 万人口的地方摧毁这个盘根错节的黑帮团伙，其工作的艰难是显而易见的。而侦查工作的成败，关系着肇庆的社会安定与否；关系着正义与邪恶决战的胜负；也是纯洁队伍的关键时刻。杨龙生深知这副担子的分量。他怀着一个共产党员的高度责任感毅然挑起了这副大梁。他精挑了政治可靠的干警组成专案组。然而，当案件刚拉开帷幕，说情电话、威胁电话、社会议论纷至沓来。

有人先后两次打匿名电话提醒杨龙生注意安全，有人要害他；而在全案的调查取证中，一些证人受到威胁，迫使改证或不敢举证；在关押人犯期间，看守所出现送纸条子通风报信的情况；在抓获案犯时，干警们受到监视跟踪等等。

这天上午，杨龙生又接到一个恐吓电话，"杨龙生，小心点，有人要用150万买你的人头……"而其间，社会上纷纷传出，谁取走杨龙生的人头重金有赏等等。邪恶向正义公开挑战。可杨龙生凛然一笑："想把我这公安佬吓倒，岂不是笑话？"

但案件仍向复杂化发展。不多久的一个深夜，一名潜逃出境的团伙主犯突然从香港打电话给杨龙生："杨龙生你要注意点，某某下台之时，就是你黄昏之日……"电话打了两个多小时，罪犯在电话中十分猖狂威胁、谩骂杨龙生。而面对威胁、恐吓、谩骂杨龙生却耐心地劝其投案自首，没有丝毫让步。但这一切，使得侦破工作举步维艰。在这如履薄冰、风雨如磐的日子里，杨龙生一面同专案组不断将案情进展向省公安厅、市委和市政府主要领导汇报，征得上级党委、政府的支持；一面鼓舞专案干警。当时，有干警担忧。杨龙生却异常严峻地说："不要怕，有什么事我一人担当，不能半途而废。你们都是在斗争中长大的。一个共产党员，越困难，越要冷静，越要坚持原则"。他用毛泽东的话鼓舞大家："最困难、最艰苦的时候，就是胜利即将到来的时候……"

随后，他把自己那辆黑色轿车喷上硕大的"警察"二字。当局里要给他配特警做警卫时，他说："不要，如果真有什么不测，还不如多活一条命。"杨龙生公开接受邪恶的挑战，也昭示着警察的正义之举。他同专案组战友们带着"骁勇雄兵戈指日，不缚苍龙誓不休"的意志，最终将这4个团伙彻底摧毁。抓获团伙成员170余名，共查封4个百家乐大赌场和100多间赌博机档口，查扣290余台用于赌博的扑克机，收缴非法所得人民币100万元，缴获作案用的交通工具7部，收缴各类枪支9支及一大批凶器。为首分子杨中、陈景华等11人被依法逮捕。

而像这样把党的利益、人民的利益、社会的安宁放在首位，把困难、危险留给自己，把生命置之度外的事例，杨龙生不知经历了多少次。他的工作是一般人难以想象的世界，他既要面对奸淫掠杀、凶残狠毒的犯罪分子，又要有魔高一尺，道高一丈的本领；他既要有挽狂澜于既倒的气魄，又要有救民于水火，不惜牺牲自我，想群众之所想，急之所急的人格力量。因为人民警察的天职决定着他必须面临生与死、血与火、荣与辱的考验。

人们很难相信，年逾五十，且身体过胖的杨龙生，常常在最危险、最困难的时刻，第一个冲锋陷阵……

1993 年 4 月，郁南县农村发生一起山坟纠纷，一名县公安局领导被闹事者扣押，闹事者猖狂之极，气焰十分嚣张。当时情况十分危急。杨龙生接市局的指派后，一马当先，迅速带领特警队赶到郁南，采取强制措施，拘捕了为首分子，有效地平息了事态，并解救了被扣押人员。

1993 年 7 月，四会大沙镇发生一宗医疗事故。闹事者借故陈尸 321 国道闹事，致使交通瘫痪长达 4 个多小时。杨龙生又率先带领人员赶赴现场，驱散了闹事者，平息了事态的再度蔓延，恢复了交通秩序。

在火灾和洪灾面前，杨龙生从来是冲在第一线，自告奋勇参与抢险、指挥。每当市委领导劝他"你年纪这么大要注意安全"时，他总是笑笑："没问题。"其中，去年羚山的那场特大山火从下午 5 点开始烧，直到晚上 10 点多才扑灭。杨龙生得知后，他小跑着跑上山边扑火，边指挥。几个小时下来，又饿又累，他被烟熏得双眼发黑，喉咙发干，几次差点晕倒，可他仍咬牙坚持到最后。

杨龙生 1942 年生于广东郁南县一个贫苦农民家庭。他是在党的教育、培养下成长为团员、共产党员。1960 年参军到肇庆公安支队；1968 年在肇庆市公安局内保科工作；1986 年任刑警二大队大队长；1992 年任刑警支队队长；1994 年任肇庆市公安局副局长兼刑警支队支队长。在 30 多年的公安生涯中，他无数次被评为先进工作者，优秀共产党员。1991 年晋升工资一级；1991 年和 1992 年先后两次荣立三等功；1993 年 5 月被授予"广东省先进工作者"称号；1994 年立一等功一次。

近年来，肇庆这座旅游城市的治安是稳定的，安宁祥和的良好环境吸引着八方游客。

杨龙生没有学历，也没有高深的文化。但自从他穿上庄严的警服那一刻，便知自己与这绿色的生命结缘，且水乳相融、荣辱与共。

当他患晚期癌症住院后，手术前，他却拉着市委领导的手说："我是共产党员，如有万一，唯一要求是，请支持那个专案审下去……"

杨龙生还是病倒了。

与其说他是病倒的，还不如说他是累倒的。从1993年发病以来，他就被病魔缠知，经常牙痛、左手无力、糖尿病发作接踵而来，但他却没住过一天医院，直到1996年春节过后。

早春二月，本是各种生灵在生命的脉冲中萌动，向往着明天丰硕的季节。可这里仍罩着寒冬肃杀的气氛，寒雾蒙蒙。肇庆市第一人民医院一张诊断书无情地写上"杨龙生，淋巴癌晚期"的字样。随行的同志吓出一身冷汗；怎么可能呢？前几天他还在基层检查工作；昨天还在办公室部署案件的侦破方案；昨天还看见他坐在审讯室威风凛凛审讯那伙黑社会团伙案犯……谁也不会相信，这是一个绝症的人在工作。而现实总归是现实，他被送到广州中山医科大学治疗，诊断再一次残酷地确诊。

他被强迫躺在了病床上。

2月18日是中国人传统的除夕之夜。杨龙生跑出了医院，让司机直接送他回到了办公室。

这一夜，他办公室的灯光一直伴随他亮着。

第二天，当同志们发现熬红眼的他，劝他回医院时，他却开玩笑地说："大过年的住医院干吗……"其实，他是习惯作祟而已。万家欢乐时，就是公安最忙之日，杨龙生这位老刑警心里不安呐。

3月26日这天，医院决定为他做第一次手术。市委副书记吴家仿等领导来了。他在临进手术室前，对吴家仿说："我是共产党员，坚决服从治疗。如果手术成功，可以推广经验；如果失败了，在医学上做个实验……"之后，又提出，要求党委支持，把那宗黑社会案搞下去。此刻，在场的人们不忍看到杨龙生微笑的面容，不忍听他来自心底无私的话语。所有人眼里噙着泪花。他们哽咽了："老杨，手术会成功的，我们等你回来，你要挺住呀！"

第一次手术成功了，他闯过第一关。

1996年初夏的一个早晨，阳光清丽而灿烂，听说4个黑社会性质团伙案已成功破获，我们接到采访任务，驱车直奔中山医科大学，采访病榻上的该案指挥官杨龙生。

病榻中的杨龙生一谈起案子眼里顿时射出令人振奋的光来。而他介绍案件侦破经过时，他的那种大无畏精神猛烈击着我们的心扉。看着眼前的他，很难把他同昔日"金戈铁马，血战沙场"的杨龙生联系起来。他原来又黑又浓的头发，已是白发满头且脱落稀疏；原来170斤的体重如今降到110斤，显得如此瘦削……忽然，我们看见那双曾经身经百战，走路如风的腿一瘸一拐，得知他左腿神经严重受损，我们不敢去想更多，心像灌满了铅汞十分沉重。

医生说他的病要做放疗、化疗等手术，而这两种手术下来，病人一周内都不想吃东西，且呕吐，还发高烧，每天须保证10个小时的休息。而住院初期他还在指挥侦破黑社会团伙案，入院以后，他没有老实地躺在病床上。7月左右，市公安局接到一宗盗卖汽车12辆的重大盗窃团伙案的线报。杨龙生躺在病床上，却不时用手机与肇庆联系，并在局领导的协助下，开始了指挥侦查工作。他发挥着一个老刑侦的智能与战略战术。然而，他从医院一次又一次到办公室的次数多了，医生担忧，他的战友们着急。这时，市委常委、市公安局局长李德秋下了命令："没有我的许可，不许杨龙生回来办公"。杨龙生却笑着说："我哪里回来办公，我只是出来活动活动身子。"

8月25日，盗车案有了突破性进展，杨龙生兴奋了，他固执地办理了出院手续，同专案组昼夜工作。直到10月2日晚，他高烧持续不退，高达40.02℃，在守护干警的一再劝说下，才重回医院治疗。这一次，病魔终究还是将他缠在病床上。

国家、小家都是家，没有国家的安宁哪有小家的平和？

无情未必真豪杰。他有爱，却把对亲人的爱深深埋在心里，把博大精深的爱倾注给了公安事业。

虽然如此，可我还是希望他仍以健壮的身体驰骋在打黑战场，他就是一匹战马。然而，这一天还是来了。雨不紧不慢地下着。肇庆的天空雾茫茫中依然看见山水的清秀。但是七星岩却失去了往日的明媚欢快，青山低语，湖水呜咽。秋雨如细密的岁月针脚，一点一点扎着我的哀思，"竹坞无法水滥情，相思迢递隔重城，秋阴不散霜飞晚，留得枯荷听雨声"的诗句撞击着我纷飞的泪水。我知道他真的走了，桌子上还放着已经油渍斑斑的橄榄绿警帽，边上一副老花镜仿佛还有他的气息，他的温度，这是定格在我记忆中的画面，仿佛是永生。

告别仪式那天，前来参加悼念的广东省公安厅副厅长朱明键在肇庆市委、市政府领导陪同下，来到了杨龙生的家。

杨龙生的妻子傅惠芳显得那么孱弱和憔悴，大家十分担忧她承受不起这悲痛的时刻。可屋里没语言，只有哀痛的目光在铅色的空气中交流。

人们发现，这套已经住了十多年的三室二厅是如此简朴。一张木制沙发又硬又冷，据说是请人于 20 年前制作的；餐桌已油漆斑驳；那张堆得五花八门的枣红色橱柜一样陈旧得让人猜不出它是不是"出土文物"。他们卧室那张未漆过油漆的木架子床，还是两口子在农村结婚时用的。30 年了，床头木方已被摸得油黑发亮。再就是两个关不拢门的旧式衣柜和一张窄小的书桌。家里唯一值钱的是儿子今年春节才买回的彩电和一套红木沙发。儿子的卧室还架着上下铺。整套房未曾装修过，墙是白石灰的墙，地是水泥铺的地……

一切仿佛静止在 70 年代。

省公安厅领导不敢相信眼前的一幕，这难道是 90 年代一个市公安局副局长的家?! 朱副厅长收回有些酸涩的目光。

杨龙生的妻子在无声地为大家倒茶、送水，眼里被一片悲哀锁住，但没有眼泪。强忍着悲痛的她，还是控制不住，突然握住朱副厅长的手凄怨地说："龙生是累死的呀，你们这些同志不要学他，整天只知道工作，不知道休息。你们今后要爱护身体，不要工作起来不知道肚饿，龙生他……"说着，说着她的眼像断了线的珠子濡湿着两只紧握的手。

宁静的屋里传来抽泣声，墙上那台大挂钟仿佛在"嘀哒"地呜咽着舍不得主人离去。朱副厅长用双手紧紧握着大嫂的手，他的喉头滚动着，久久说不出话来。这位分管刑侦的高级警官搜索所有的词句也无法表达作为杨龙生的上级领导对他和他家属一片感激之情，只哽咽着："谢谢你，大嫂，谢谢你……"

这里，我们看到的是一名享有众多权力的地级市公安局副局长的家；我们看到的是一位为公安工作奉献了30多年，生活在经济发达广东的一位共产党员的家，一位忠于职守的人民警察的家。

此刻，人们心潮澎湃，眼里出现的是一座全省一流的肇庆市看守所那幢具有现代化水准的大楼。这大楼的建成又凝聚了杨龙生多少心血与汗水。

1995年3月，肇庆市看守所在杨龙生的直接领导下，投入资金100万元，建成一座4000多平方米，高5层的办公大楼。杨龙生从大楼图纸设计、到内部装修，直至大门的设计高宽等都亲自过问。在基建期间，他一有空就到工地检查。目前，看守所的硬件、软件工作都走在全省前列。

杨龙生手中权力越来越大，可他却清贫一生，为政清廉。他从不会仗着权力向别人伸手要一把。他家的那台冲凉用的热水器和那台窗式空调修了不知多少次，可他从来舍不得买新的。有同志说，他只要吭一声，不要说全换新的，连电费也不用他出。可他没有。当一个公安局副局长，要过的关口太多。权力关、金钱关、人情关、家庭关等等接踵而来。他能挡得住吗？

故事一：这一天，有人拿了一条"555烟"来到杨龙生的家里，待傅惠芳开门后，此人丢下这条烟便走了。杨龙生回家发现，打开一看内有4万元人民币。他立即黑着脸向妻子发火："谁让你收的，你知道吗？这是受贿……"他清楚这是一名案犯家属送来的。当天，他找到其家属。而走时其家属面有难色央求他："请你收下吧，没人会知道的，你就放他一马吧？"杨龙生只觉得一股热血直冲脑门，他感到一种侮辱，感到法律受到亵渎。他轻蔑地放下装有4万元的"555烟"，正色道："你这4万元就把法律收买了？法律可不会开这个玩笑的。我们是依法办事……"该案犯最终还是被依法处理。

故事二：1995年6月，正是杨龙生执办侦破4个黑社会性质团伙案的时候。一天，有个熟人来为被关押的一名案犯说情。他对杨龙生说："老杨，××家属给你300万元，让你'低调'处理怎样？"好一个300万！杨龙生顿时眼里冒火，他臭骂了这个来说情的朋友，还说："你转告他家属，别费心机，给我1000万也不行。"第二天，他立即召集专案组同志开会，把此事公开，并要求："此案我们一定要按办案方针依法处理，谁也不许有疏漏。有人想用钱收买我们，立场一定要坚定。就是1000万也不能收……"

故事三：1994年7月，在那宗震惊海内外的特大贩毒案已告破时，杨龙生一天晚上接到从肇庆调到本省某市公安局一名副处级领导的电话："老杨呐，香港那边有个亲戚，想到肇庆看一看被关押的××，你安排个时间？"杨龙生一听，是老朋友来求情了。可他却说："此案重大啊，目前案情未弄清楚，看来暂时不方便，等案件处理完再打电话通知你。对不起，老拍档，很久不见，你有时间回肇庆来玩一定找我哇。"对方了解老杨的秉性，只好作罢。

故事四：杨龙生的告别仪式那天，杨龙生的弟媳边哭边诉说大哥在世时的冷酷。她说他是六亲不认。杨龙生的弟弟至今仍在一间工厂拉大板车，而弟媳在一酒店里当临工。他们几次上门找这个当公安局副局长的大哥帮帮忙安排好一点的工作，可杨龙生没有去拉关系。他从来对亲友对子女都说："要靠自己的本事吃饭……"

杨龙生办公室挂着这样几个字"无私存正气，无畏为前生"的条幅。这就是他的座右铭，也是他这一生的写照！

杨龙生，这样一位在工作中奋斗不息，战斗不止，奉献着自己热血与忠诚的普普通通的人民警察，他没有向组织、向人民一丝一毫的索取，却如一头老黄牛，吃的是草，挤出来的是奶。

11月12日，我们采访了杨龙生的妻子。

傅惠芳坐在那张木沙发上，她将悲伤忍了又忍："同他做了30年夫妻，过年都很难同他吃团圆饭。如今，他走了，没留下一句话给我，没有来得及同一家人坐在屋里吃一顿饭，同他说说话。而他相守时间最长怕就是他在医院卧床不起时……"

他们问："这么多年了，他很少关心这个家，你有怨言吗？"

"不，我没怨言，我们同甘共苦30年没什么后悔，没什么埋怨的。龙生是好人。"

"那你认为他好在哪？"

"我知道他心里有我，有这个家。我身体不好，他就常打电话给我让我记住吃药，他关心我比关心他自己还多。"傅惠芳红着眼圈告诉我们。这时，她起身进厨室翻出两件棉质T恤衫（价值二三十元左右）说："你们看，这是龙生那时去深圳出差为我生日买的。虽然说他是第一次送我礼物，但我理解他。他心思不在这里，而是在工作上。工作这么忙，他还记得我的生日……"说着，这位纯朴的农村妇女捂着脸，无声地哭了。

傅惠芳是郁南县连滩镇农民，1966年结婚后，杨龙生在肇庆工作，照顾家里3个小孩和老母亲的重担全由傅惠芳一人担起来，他们在农村待到1979年才迁入肇庆。那时，杨龙生工作繁忙很少回郁南看他们。一次傅惠芳忧心忡忡地问杨龙生："龙生，你去肇庆会不会变心？"杨龙生看着质朴的妻子百感交集。他知道自己多年在外，无暇照顾妻儿，顾及这个家。他欠这个与他相依为命的女人太多太多。这位汉子动容地说："惠芳，你要支持我。现在治安这么复杂，坏人不惩治，人民就得不到安宁，搞公安不容。你要支持我啊。你记住句话：人走云飞情不动，海枯石烂不变心。"是呵，这夫妻间的情义与凄伤有谁说得清？真是世事悠悠情未了，此情只能问青天。他的3个子女回忆父亲过去时，他们说办公室才是他的第一个家，这里只是他的第二个家。他们掰着手指头也能数得出父亲陪他们上过几次街，看过几次病，甚至聊过几次天等等。父亲留给他们的总是一个匆匆忙忙的背影。今天，杨龙生还是抛下他们走了，没有任何遗嘱。

而此刻，我们拉开思维的镜头，想起了杨龙生倾注了无数心力带出的一支优秀队伍——肇庆市公安局刑警二大队。

刑警二大队，可称得上是肇庆市的老字号先进。杨龙生从接管刑警二大队起，就注意队伍建设，培养干警的素质。接任刑警二队的方大队长曾感慨地告诉记者："刑二大队是在杨龙生的培养下一步步走过来的。刑二大队如今保持的招之即来、来之能战、雷厉风行的工作

生死漫步

作风，来自杨局长的培养。因为他个人就拥有这样的作风。"

肇庆是一座风景秀丽的旅游城市，改革开放以来，肇庆的经济建设持续发展，日新月异。由于肇庆濒临西江，曾一度成为走私贩毒分子的必经之路和毒品中转站，聚赌豪赌，经济诈骗等案件有上升之势。而承担缉私、缉毒、打假、扫"黑"多项工作的肇庆市刑二大队就必须是一支清正廉洁的队伍。既要无私无畏，吃大苦耐大劳连续作战的作风，又要有坚强的政治立场、高度的政治思想觉悟、高尚的职业道德和敬业精神。因此，作为杨龙生这一举足轻重的人物，深知队伍建设的重要。他一手带队伍建设，一手抓侦察破案。他定出许多清规戒律：首先要快速出击，规定接到 BB 机须在 20 分钟内出发；并且不许去卡拉 OK，不许收受贿赂，不许赌博，不许……责任制、规章制等等。同时，以"其身正，不令而行；其身不正，令而不行"来要求自己，来规范刑警二大队的言行。为此，1991 年以来，刑二大队连续 5 年被评为先进党支部和先进集体，荣立集体一等功、二等功各 1 次，集体三等 2 次，荣立个人一等功 2 人次，个人三等功 6 人次。

杨龙生不但注意对干警培养，还不时关心曾被他处理过的人犯，教育他们，开导他们，使一些人犯改恶从良。为此，记者采访了一位被教育过来的浪子 A 先生。

A 先生是 1986 年因作案被抓获。后在杨龙生的教育下，改恶从良。以后，杨龙生常语重心长地对他说："凡是违法的事不要干，人要走正道，才活得理直气壮。你这么年轻，人又聪明，好好做人。"在以后的日子里，A 先生一直随杨龙生工作。他动情地告诉记者："虽然我是一名改造过来的人犯，但杨局长从不把我当外人，他如兄长、如朋友。我随杨局长在公安局里耳濡目染 10 个年头，看到了公安工作的苦与甜。只要公安局需要我帮忙，我就会尽力。"他有些自豪地告诉护者："到了今天，我感到自己好像是公安机关的一员了，有一种光荣感，总是在勉励自己，提醒自己……"

最后，A 先生放低声调，缓缓地说："他死得太快了……"记者抬头发现，这位曾被杨龙生处理过，又教育回来的浪子眼里蓄满了泪水。

当他指挥的特大盗车案成功破获时，他却走了，来不及同战友们分享成功的喜悦，为自己奋斗不息的一生匆匆画上了句号。

他殚精竭虑，像一盏熬干的油灯。仿佛他的信仰、他的意志、他的精神，乃至他的生命，都是国家和人民给予的，他要在最后一分钟，毫无保留地归还、奉献。因为是党把他这个穷孩子培养起来的，他没忘了人民给予的深情厚爱。是呵，精神是支持一个民族的脊梁，而奉献则是让民族精神升华的基石。

10月3日，杨龙生再一次住进医院。

10月5日，他呼吸困难，医院紧急抢救。

在他住院治疗8个多月中，中山医科大学召集了最好的权威教授为其治疗。而医务人员都与杨龙生结下了友情。中山医科大学肿瘤医院的副主任、副教授黄燕坤告诉记者杨龙生住院期间同病魔顽强斗争和忘我工作的精神时，她说："我很少遇到这样坚强的人，他的病是淋巴癌瘤，是这类病中最坏的一种，我们都尽最大的努力医治他，都希望他好起来……"黄教授极力忍住追忆他的病人杨龙生的感情波涛，但她的眼眶还是湿润了。

而另一位主治医生，中山医科大学特种医疗中心的副主任叶小鸣教授说："他是一个正义的、很正直的公安局局长。治疗中，我被他那种坚强的精神所感动。杨龙生病情是甲状腺瘤癌变，血细胞仅存人体正常的四分之一。可他却带病工作，躺在病床上也要谈案件。10月3日以前，已经持续几天高烧达40℃左右的他仍在单位工作。3日住进医院。5日我们便对他实施抢救，但已造成心肺功能衰竭。在生命垂危时，还鼓励我们医务人员大胆治疗。我是第一次参加病人的追悼会，心情很沉重……"

10月26日，特警大队周大队长到医院看他。此时，杨龙生已不能说话。但周大队长知道来医院，不带一点案子上的工作向他汇报，杨局长会不安的。周大队长一进门就对杨龙生说："杨局长，这次我是顺便看你的，我们刚在广州出租屋抓了一年前在德庆作案后的杀人逃犯。"杨龙生点头表示感谢，并伸出手同周大队长相握。周大队长还向他汇报了盗车案近期破案情况，并说已抓了 20 余名嫌疑人，现已缴获赃车 8 辆，并说："杨局长，你好好养病，有什么事我们搞定，相信我们能完成任务的。"

杨龙生吃力地笑了。

他见周大队长要走，嘴唇嚅动着，又伸手紧紧握住周锦满的手，跟着眼泪顺着眼角流了下来……周队长鼻子发酸，他知道杨局长要说什么。

周大队长没想到，这竟然是同老局长最后的诀别。他向记者介绍时哭了。

10 月 28 日 0 点 10 分杨龙生的心脏停止了跳动。

杨龙生还是走了，带着对未竟事业的遗憾；带着对橄榄林的眷念；带着对战友的挚爱；带着他成功侦破最后一宗案的胜利微笑，匆匆走了。从尘土中来，还归于大地，从群众中来，还归人民。

我想，他终于可以休息了，在大地与彩虹之间继续着他的另一个使命。秋风中，我看见"他屹立着，洞见一切已改和现有的废墟和荒坟，记得一切深广和久远的苦痛，正视一切重叠淤积的凝血，深知一切已死，方生，将生和未生。"

潜　水

热带低气压在关岛之西北形成。翌日，联合台风警报中心将它升格为热带风暴。其后在 13 时 30 分，日本气象厅升格为热带风暴并命名为"黑格比"。9 月 20 日 01 时 15 分 UTC，日本气象厅升格为强烈热带风暴。同日 12 时 50 分日本气象厅再将之升格为台风，15 时联合台风警报中心升格为台风。

面对台风，在海上谁敢前行？谁敢与天气叫板？房磊敢。当房磊收到这条新闻时，竟很兴奋，他暗想：天助我也！

所以我真不知道他是海中蛟龙还是希腊战神马尔斯，荷马在《伊利业特》中把马尔斯说成是英雄时代的一名百战不厌的武士。一听到战鼓就手舞足蹈，而房磊一听到风暴则肝火旺盛。黑夜、雷雨、台风都是房磊的训练道具，他把这种训练称为："地狱式训练"，他们就是与死神交手，究竟鹿死谁手？

地狱训练

闪电、风暴、雷鸣，两个巨大的暴风云团在珠海的万山群岛外东澳岛上空对峙，整个东澳岛笼罩在既黑又厚的云层中。风像疯了一样狂飙，把岸边的许多大树连根拔起，海浪一浪高过一浪，让人想到电影《超级飓风》的场景，似乎将人类打入地狱。

台风来时，海边是禁止人靠近的。而房磊带上队员选择晚上到达东澳岛。风继续着它的疯狂，而他们提着各种潜水装备，一行 14 人迎着狂风深一脚浅脚走在沙滩上，天将黑未黑，14 人如蜿蜒在沙滩的一条巨蟒与风暴抗争，潜入海中。

　　台风又名飓风，"飓风是司命的神，他被自己的凶恶弄沉醉了、糊涂了，它变成了旋风。这是盲目的在制造黑夜。有的风暴发了狂，疯疯癫癫爬上了天穹的脑顶。天穹也张皇失措，只好暗暗的用雷鸣来回答。再没有什么比这个更可怕的了。这真是最凶恶的时刻。"我想起雨果的《海上劳工》。

　　水警不仅以犯罪为战斗目标，水也是他们的对手，没有对手的凶猛就无法体现自我的高超能力，他们在滔天的巨浪中下了海。

　　"刚下去时两组人就给浪打散了。"房磊回忆，当时只能继续下，下去后要辨别方向，一组两个，下去后潜水员要再定向以识别回来的方向，定了向之后才能再上岸。

　　"我们只能相互告知安全后再自己找位置。下水时，大家都装备有指南针和潜水电脑表，但由于被打散，水下尽管能打声号，可水下传音密度比陆地大 4 倍，声音也快 4 倍，根本辨不清声音的方向，无论是远是近，声音从左耳进，几乎同一时间从右耳出，人听到的声音永远像来自头顶。在这种情况下，希望靠打水下声号来确定各自方位，基本上成为一种奢望。'但能确立彼此安全'。"房磊告诉我说。

　　也就在这之前，晚上 8 点，台风最高持续风速达每小时 100 千米。17 点，中国"台湾"中央气象局将轻度台风黑格比升格为中度台风，以时速 30 千米向西北方向移动，穿越巴士海峡。9 月 22 日香港时间晚上 7 点，台风黑格比集结在香港之东南偏东约 790 千米（即在北纬19．5 度，东经 121.2 度附近），以时速 30 千米向西北偏西移动进入南中国海。这时，房磊他们在水下炼狱。由于海下的潜流很大，上岸路线不断被流吹乱，需要潜水者不断的修正方位。房磊他们在台风中是炼狱之旅。即使到了水面，由于每人配备的氧气只有 1 瓶，这时已经用光了，等到浮上水面，离岸还有 100 百多米，基本上是被浪吹回来。

他们像疾风之刃可以披风斩浪，这是训练出来的。训练就是要在这种孤绝的状态下刺破恐惧、保持清醒的判断。

灯全部灭掉，不能出声，入海深 30 米，再保持 30 分钟静默。

水中死一样的静。

"呼——吸——呼——吸"时远时近的声音并不像自己身体发出的，如梦似幻，是地狱之声。直接下水到 30 米以下海域形成 4 个大气压，使正常人的肺慢慢缩成一个网球大小。大脑压力可想而知，不一会头如开裂一样痛，但是不能动，这是训练的关口，必须过这个极限，这是对身体的挑战。

之后，挑战思维和心理承受力。水中听到自己的呼吸声，常常把人的定向思维打破，那种无声那种安静与孤独是陆地无法体会的，一句话，就是在地狱生存 30 分钟，只有听力活着，要靠听力判断水流方向。

"下水以后，什么都看不见，没有一点能见度，打开灯是黑的，但能照到每一个潜水者眼前的一些东西，"房磊描述，这时房磊跟着队员下水——他下去看队员的动作，他说，"队员带我去，你说怎么走，我就怎么走，潜水对周边和未来是不可知的，是人的生理上最恐惧，最恐怖、最孤独的状态和感觉。"

平时训练，如果谁在水中的灯一亮，作为一个规定，该人 3 个月不能下水。

而作为在高压下保持清醒的判断力，房磊是通过极端的训练把这些人一一遴选出来，其中包括深度海域训练和极端天气下训练。

飞舟逡巡

房磊是我的采访对象之一，他的故事多年来萦绕于怀。他是水警，是佛山特警水上警察的灵魂人物。

那天，我们站在东平河岸，他很高，估计 1.9 米，我只能仰视与他交谈。我们站着谈因为他要为我比画下水状态，那状态是把在水下的状态放在陆地的空间演一遍，好让我有直观感。

他背对着喘息河水和光线，而我则迎着光看他长手长脚比画，有一种生机勃勃中野蛮生长的力量感，他伸出"猿"一样的手臂在夕阳下挥舞，目光炯炯，让我想起彼得大帝骑马挥刀的手，雄姿英发。再听他的讲述有一种神话般的幻觉。我不知道他是不是马尔斯的化身，仿佛屏蔽了我的眼睛，却激活我的幻觉。

一只小船，迎着波光，在河面上慢行。而身后是一艘警用巡逻船，上白下蓝，伴着浪花，飞舟逡巡。河流向上，直达西樵、三水；而水道朝下，不远处分为两岔，一处通过广州芳村，一处通往广州番禺——两者都是佛山水道通向广州的关键地理节点。

船停在岸边。沿着莲花状的体育馆向外走，就是佛山南海的东平河，水域环绕体育馆外围，浑黑的河水在傍晚的夕阳下显得更加深邃，散发水的腥味。东平大桥此刻叉开两腿拉大架势有一种不可侵犯的壮观。桥下的船体如一只野鸭子在水上悠闲捕食。东平大桥是佛山禅城通往世纪莲花体育馆的交通要道，而沿着大桥往上往下两公里水域，更是水警亚运期间的重点控制水域。

房磊曾经是蹼水运动员，皮肤被晒得很黑像那条河水。他黑黑的脸对着我，晚霞照在他的脸上有一种古铜色的金黄，眼里时不时会飞过微笑，像放飞的两只鸽子，顺着天空盘旋，由此拉近我与他的距离感。光线流沙一样洒落在他手臂，有些黑色丝绒般的质感，很健美。

在比赛开始前，水警们必须在没有丝毫能见度的河涌里摸索500米，这是警方的规划中，是安检范围的有效地理距离。此外，房磊和他的伙伴们的任务还扩展到赛中，确保亚运项目比赛万无一失。

海的孩子

房磊8岁就在家乡山东烟台的海浪里扑腾了。14岁那年进入山东省蹼泳队。1990年，他与蹼泳队员在亚运会上参加表演赛。之后，他作为队员代表中国队，参加了新加坡举行的亚锦赛。

400 米、800 米、1500 米三块金牌是房磊的。那一年，他 18 岁。

1992 年他调到了广东省蹼泳队；1994 年，当看到当时的佛山市公安局准备成立一支水上警察队伍时，他即报名参加了警队。"警察这个职业，我从小就向往。"房磊说。

那时候的佛山警方针对未来，进行了水警方面的战略性规划，而真正的水警队伍，将等到多年以后才能水落石出。而作为储备人才，他被分配到巡警支队做巡警。

"你眼里揉不进沙子，干这行就对了。"这句闲聊成了他的人生定向。

之后两年，他锋芒初露：1996 年在佛山汽车站，作为巡警的他盯上了汽车站门前的一个背包男子，男子也盯着身穿警服正在盘查的他。经截停，房磊从男子的背包里查获 11 支手枪，那是震惊广东的一宗枪案。

1999 年，水警的目标进一步清晰：水警队伍将在巡逻支队的特警大队内建造。房磊进入特警大队，开始为专业队伍储备人才。标准："对潜水员要求蛮高，一个是水性要特别好，一个是心理素质要非常稳定，不浮躁，一个是抗压力、判断力要强"。

2005 年，两名从海军陆战队两栖作战旅退役的军人来到了房磊的队伍。7 月份，特警大队在大队长的带领下，100 多号人远征肇庆西江，在宽度三四百米的河道上进行横渡训练，上下游来回差不多 5 公里。

这是一种高强度的选拔，最终一百多号人里，包括房自己在内，他的队伍第一波挑出了 14 人。

夜色安宁

而在世纪莲花体育馆之外的亚运水上安保，房磊们不需要经历海上的惊险，但未知的环境一样包裹着他们。

东平河水太脏，因为黑，看不清，底质差，杂物多。在整个亚运期间 11 月份开始每天两次，赛前 18 号摸排两次，同时外围警力开始封锁；而到赛中，则"有蛙人在待命"。如果有建筑物遗留下来的金属，戳穿了潜水员的衣服非常危险。

在亚运比赛的 11 月 19 日至 21 日，东平河道分上午、下午、晚上 3 个时间段封航，每次都 4 个小时。船只要通过该片水域，则需等到下半夜。晚上，水警们还将面对电鱼的人群。

"河里铺设有高压电缆，而电鱼船只开来，专门电鱼的设备加压可以超 1 万伏，要是电鱼时存在一些短路的话，会对电缆形成干扰，甚至让通往世纪莲花的电缆断电。"强大的电压对河里游泳的人形成致命伤害。而针对这种马力大、体形小的船只，房磊他们则通过巡逻艇上的射灯形成雷达式扫描，控制水上夜间秩序。

潜水，依靠声音信号和方向去辨别海水流动的方向，要怎么去调整方向，所以房磊一直在找海水流动的方向……